21

世纪文学之星

丛书 2020年卷

评论集

边界内外的凝视

——中国当代文学研究笔记

刘诗宇⊙著

作家出版社

作者简介：

刘诗宇，青年评论家、作家，文学博士，1990 年生于辽宁沈阳，现供职于中国作家协会创作研究部。于《文艺研究》《当代作家评论》《小说评论》《当代文坛》等期刊报纸发表论文五十余篇，曾担任《羊城晚报》2020"花地文学榜"长篇小说组评委。有小说发表于《青年文学》《鸭绿江》，曾获台湾师范大学"红楼现代文学奖"小说组首奖，电影剧本分别入选第八、九届新闻出版广电总局"扶持青年优秀电影剧作计划"。

所谓"边界内外的凝视"有两重含义。

一是严肃文学有"边界"。从文学的主题、语言，发表、出版的平台，到学者、批评家的专业化阐释，这个链条圈出一道明确的界线，在此之内的文学就是严肃文学。严肃文学是一个需要被反思，但又确实存在的概念。

相比于二十世纪八九十年代而言，今天严肃文学不言自明的威严已经淡化。通俗文学以及更受大众欢迎的影视、动漫、游戏对严肃文学形成了一种"合围"。因此今日的文学研究，尤其需要一种同时能入乎其内、出乎其外的视野。既是为了寻找与时代对话的途径，也是为了进一步将今天的严肃文学"盘活"，让它变得更枝繁叶茂、丰富多彩。

二是一个时代的文化生活，有中心和边缘之分。当我们站在严肃文学的"边界"之内滔滔不绝时，说的可能是比较靠近整个文化生活边缘位置的话。这并没有什么不好，但作为文学研究者应该对此有明确地认知，之后才存在是追求进一步的专业化、历史化，或是从边缘反思、返回中心的选择。

目录

第一辑：当代文学城市叙事研究

第二辑：当代文学人物形象谱系研究

第三辑：当代文学的经验与历史

总　序

袁　鹰

　　中国现代文学发轫于本世纪初叶，同我们多灾多难的民族共命运，在内忧外患，雷电风霜，刀兵血火中写下完全不同于过去的崭新篇章。现代文学继承了具有五千年文明的民族悠长丰厚的文学遗产，顺乎 20 世纪的历史潮流和时代需要，以全新的生命，全新的内涵和全新的文体（无论是小说、散文、诗歌、剧本以至评论）建立起全新的文学。将近一百年来，经由几代作家挥洒心血，胼手胝足，前赴后继，披荆斩棘，以艰难的实践辛勤浇灌、耕耘、开拓、奉献，文学的万里苍穹中繁星熠熠，云蒸霞蔚，名家辈出，佳作如潮，构成前所未有的世纪辉煌，并且跻身于世界文学之林。80 年代以来，以改革开放为主要标志的历史新时期，推动文学又一次春潮汹涌，骏马奔腾。一大批中青年作家以自己色彩斑斓的新作，为 20 世纪的中国文学画廊最后增添了浓笔重彩的画卷。当此即将告别本世纪跨入新世纪之时，回首百年，不免五味杂陈，万感交集，却也从内心涌起一阵阵欣喜和自豪。我们的文学事业在历经风雨坎坷之后，终于进入呈露无限生机、无穷希望的天地，尽管它的前途未必全是铺满鲜花的康庄大道。

　　绿茵茵的新苗破土而出，带着满身朝露的新人崭露头角，自然是我们希冀而且高兴的景象。然而，我们也看到，由于种种未曾预料而且主要并非来自作者本身的因由，还有为数不少的年轻作者不一定都有顺利地脱颖而出的机缘。其中一个重要的原因，乃是为出书艰难所阻滞。出版渠道不顺，文化市场不善，使他们失去许多机遇。尽管他们发表过引人注目的作品，有的还获了奖，显示了自己的文学才能和创作潜力，却仍然无缘出第一本书。也许这是市场经济发展和体制转换期中不可避免的暂时缺陷，却也不能不对文学事业的健康发展产生一定程度的消极影响，因而也不能不使许多关怀文学的有志之士为之扼腕叹息，焦虑不安。固然，出第一本书时间的迟早，对一位青年作家的成长不会也不应该成为关键的或决定性的一步，大器晚成的现象也屡见不鲜，但是我们为什么不在力所能及的范围内尽力及早地跨过这一步呢？

于是，遂有这套"21世纪文学之星丛书"的设想和举措。

中华文学基金会有志于发展文学事业、为青年作者服务，已有多时。如今幸有热心人士赞助，得以圆了这个梦。瞻望21世纪，漫漫长途，上下求索，路还得一步一步地走。"21世纪文学之星丛书"，也许可以看作是文学上的"希望工程"。但它与教育方面的"希望工程"有所不同，它不是扶贫济困，也并非照顾"老少边穷"地区，而是着眼于为取得优异成绩的青年文学作者搭桥铺路，有助于他们顺利前行，在未来的岁月中写出更多的好作品，我们想起本世纪20年代和30年代期间，鲁迅先生先后编印《未名丛刊》和"奴隶丛书"，扶携一些青年小说家和翻译家登上文坛；巴金先生主持的《文学丛刊》，更是不间断地连续出了一百余本，其中相当一部分是当时青年作家的处女作，而他们在其后数十年中都成为文学大军中的中坚人物；茅盾、叶圣陶等先生，都曾为青年作者的出现和成长花费心血，不遗余力。前辈们关怀培育文坛新人为促进现代文学的繁荣所作出的业绩，是永远不能抹煞的。当年得到过他们雨露恩泽的后辈作家，直到鬓发苍苍，还深深铭记着难忘的隆情厚谊。六十年后，我们今天依然以他们为光辉的楷模，努力遵循他们的脚印往前走去。

开始为丛书定名的时候，我们再三斟酌过。我们明确地认识到这项文学事业的"希望工程"是属于未来世纪的。它也许还显稚嫩，却是前程无限。但是不是称之为"文学之星"，且是"21世纪文学之星"？不免有些踌躇。近些年来，明星太多太滥，影星、歌星、舞星、球星、棋星……无一不可称星。星光闪烁，五彩缤纷，变幻莫测，目不暇接。星空中自然不乏真星，任凭风翻云卷，光芒依旧；但也有为时不久，便黯然失色，一闪即逝，或许原本就不是星，硬是被捧起来、炒出来的。在人们心目中，明星渐渐跌价，以至成为嘲讽调侃的对象。我们这项严肃认真的事业是否还要挤进繁杂的星空去占一席之地？或者，这一批青年作家，他们真能成为名副其实的星吗？

当我们陆续读完一大批由各地作协及其他方面推荐的新人作品，反复阅读、酝酿、评议、争论，最后从中慎重遴选出丛书入选作品之后，忐忑的心终于为欣喜慰藉之情所取代，油然浮起轻快愉悦之感。"他们真能成为名副其实的星吗？"能的！我们可以肯定地、并不夸张地回答：这些作者，尽管有的目前还处在走向成熟的阶段，但他们完全可以接受文学之星的称号而无愧色。他们有的来自市井，有的来自乡村，有的来自边陲山野，有的来自城市底层。他们的笔下，荡漾着多姿多彩、云谲波诡的现实浪潮，涌动着新时期芸芸众生的喜怒哀伤，也流淌着作者自己的心灵悸动、幻梦、烦恼和憧憬。他们都不曾出过书，但是他们的生活底蕴、文学才华和写作功力，可以媲美当年"奴隶丛书"的年轻小说家和《文学丛刊》的不少青年作者，更未必在当今某些已经出书成名甚至出了不止一本两本的作者以下。

是的，他们是文学之星。这一批青年作家，同当代不少杰出的青年作家一样，都可能成为 21 世纪文学的启明星，升起在世纪之初。启明星，也就是金星，黎明之前在东方天空出现时，人们称它为启明星，黄昏时候在西方天空出现时，人们称它为长庚星。两者都是好名字。世人对遥远的天体赋予美好的传说，寄托绮思遐想，但对现实中的星，却是完全可以预期洞见的。本丛书将一年一套地出下去，十年二十年三十年五十年之后，一批又一批、一代又一代作家如长江潮涌，奔流不息。其中出现赶上并且超过前人的文学巨星，不也是必然的吗？

岁月悠悠，银河灿灿。仰望星空，心绪难平！

1994 年初秋

序

远方之远

何向阳

刘诗宇是1990年代出生的人，1990年出生的他，评论集选入中国作家协会"21世纪文学之星"丛书2020年卷，是一件值得祝贺的事情，于时间中，也是一件值得纪念的事情，其纪念的焦点在于这是一个研究当代文学的年轻学者的人生中的"第一部书"，而第一部书又是在"三十而立"的当口。

这让我想起我的第一部评论集1996年入选"21世纪文学之星"丛书的那一年，《朝圣的故事或在路上》的序，是中国作家协会创作研究部的雷达同志写的，我的第一部书出版的那一年，也是我的"而立之年"。

时光荏苒，当翻开同样的30岁入选丛书的刘诗宇的《边界内外的凝视——中国当代文学研究笔记》时，那句自己曾在《批评的构成》中的文字如在眼前——"当时间的大潮向前推进，思想的大潮向后退去之时，我们终是那要被甩掉的部分，终会有一些新的对象被谈论，也终会有一些谈论新对象的新的人。这正是一切文字的命运。"

命运一事，真的是有巧合与偶得之说，但一切巧合与偶得其实冥冥之中也是一种必然，这种传递的链条如若以一种宇宙时间的线性关系去看，也是没有边界的吧，正如没有终始的时间一样，或者也包括文化和生命本身。那么，还是自己数年前落笔的那段文字——

　　那么，就将一切视作传承，像一代代人已经做的。
　　我们仍在做。

　　中国当代文学的研究，之所以在常规或传统意义的学术研究中，一直未受到与之成果相匹配的重视，其中一个重要原因即在于，作为研究对象的中国当代文学，是一个没有边界的概念，是一个正在发展的事物，它的开放性或说敞开性，它的正在成长性，或说是正在进行时，或者说它的不确定性，都决定了当代文学研究的性质，它是一种无法用固有的、现有的成规去"套"的研究，同样，当代文学发展的变动不居，影响并决定了当代文学研究的变动不居，这种无法框围的流动性，这种研究对象的"液体"状态，注定了研究者与研究方法的流动性特征。
　　总之，这是一种"在路上"的研究，我现在有些明白当时的《朝圣的故事或在路上》的论文的感觉了，一切都不经意间，"在路上"的意象暗喻了研究者、研究对象、研究方法三者共有的状态。大门开开阖阖，远方之远，"朝圣"的脚步哪里能停？！
　　以这样一种眼光去看刘诗宇的《边界内外的凝视——中国当代文学研究笔记》一书，我们注定要获得的只是一种"瞬间"的思绪，行进的感觉，让不确定的事物"确定"下来，给它白纸黑字，给它一个"命名"，中国当代文学研究之艰辛在此，诱惑也在此。从某些方面而言，这种研究不是一种"获得者"的研究，从深在的意义而言，它未尝不是一种"牺牲者"的研究。
　　换句话说，"牺牲者"的研究之"牺牲"，不是指研究对象而言，而是指研究者而言，指研究主体而言，这种牺牲在于举要优长，指出不足，而此番能量之付出，是以文学创作主体的进步为旨归的，这种一方付出叠加于另一方的能量流动，成就的是研究客体，但有意思的是，批评家的能量之注入，在一个阶段推动了文学整体进步的同时，并不为来自学术界——以固定客体为对象的研究，以及创作界——以自我创造为中心的发展群的更为贴切地认知，这就构成了"牺牲者"的"牺牲"，有了某种祭奠性。

比如我观察到年轻一代评论家，或者说是评论家的年轻时代，当其有足量的"能量"可以输出时，他（她）们的大量的文本都集中于"说理式"的解读，而一旦能量输出过多而假以时日自身能量不足时，他（她）们又几乎多数放弃了以具体的文本或创作态势作为"言论"的"本能"，而自觉转向——或者创作，或者学术。前者，是评论家"改弦易辙"，加入到文学之河的无穷流动之中。后者，是评论家不再兴味于变动不居的对象，而也使自己的言说之"立足点"有了固定的"岸上"性。窃以为，造成这两个方向的都是对于某个"边界"的破除，一个批评家一直或长时期地处于变动不居的流动状态时，他（她）所从事的文字工作给他带来的"眩晕"感是不言而喻的。而"眩晕"本身，就是能量急剧流失的一种表征或症状。

从能量学的角度而言，批评家的"牺牲"似乎是不可逆转的，这种成就他人牺牲自我的工作，从文化与思想的建构上是崇高的，但对于人性的具体而言，也有难与人言的苦痛。

以此观照刘诗宇的"边界"，很有意味，他似乎一直在找一个边界，但又意识到那个固有的"边界"其实并不存在，这就是他在"内""外"之间的犹豫不定，但对于一个流动性极大流动速度也极快的对象，又怎样去认定，怎样使一个批评家的阐释成为可能呢？

他选取了"凝视"——这个词本身的意味还在于，因为"凝视"本身的存在，从侧面决定了"被凝视者"即凝视对象的"暂时"的确定性。

不能不说，这是一种智慧的选择，但这智慧何来，我以为它仍是一种本能的决定。大多时候，其所以然的事情，都孕育于事物的本然之中。

比如，叙事研究。刘诗宇的一组"当代文学城市叙事研究"，其实是正读中文系研究生的他的一份"作业"，他在《长城》杂志参与的这一专栏，我2014年就注意到，这是一组精心打磨出来的研究文字，从当代文学研究的传统上看，研究乡村题材的作品以及从乡土文学出发而关注社会变革发展的还是占多数，起码上世纪六七十年代出生的人，若治现当代文学研究，乡土乡村农民都是他（她）们无法回避掉的主题，或者说，也有个别的城市文学研究，但只是零星点滴，并没有形成什么气势，或者气候。但随着中国城镇化进程的推进，你会发现一个很有趣的文化现象，就是上世纪八九十年代出生的人，若治中国现当代文学，城市文学则开始炙手可热，对于城镇的关注度在文学创作中也大大提高了，因为研究对象的腾挪变换，以城市叙事为对象的研究也渐渐取代或淡化了乡村叙事的研究主题。1990年出生的刘诗宇，其对于城市叙事的认可与兴味，是包含在这样一股大潮流中的。

而他的不同在于，其兴趣较其他研究者要更宽泛，比如其他研究者可能盯紧了一个作家一个城市或从中引发出的一系列作品，而诗宇的眼光更其宏大，他兴味于大都市之变，似乎有一个更大的雄心。之所以这样说，是有例证的，在给《长城》2014年研究专栏撰写的文章中——七年前的他也就23岁——我们看到了王朔笔下的北京、茅盾笔下的上海、叶兆言笔下的南京、郑小琼笔下的广东城镇等等，而其中的北、上、广、深也不是在一个时间段落中的城市概念，其中改革开放后的北京叙事、20世纪早期民族工业刚兴起时的上海叙事、20世纪上半叶的南京叙事与20世纪后期打工潮兴起之后的广东叙事，在他的眼光所到之处，它们各有姿态，又杂糅一起，在对它们一一的悉心解读中，我想藏在这一切研究后面的动机之一，或者是著者本人置身于都市之中的一个在空间与时间中寻找自我定位的心理在驱使，也未可知。

较之这种"空间"的处理与探究，我更感兴趣的是本书中的另一系列——人物谱系研究。从某种程度而言，这是一种"时间性"的研究。

而时间性的研究，较之空间性研究而言，以我之经验，它更靠近研究者的生命体验。

比如，他的《历时性与共时性的"一体化"想象——论〈创业史〉中的旧人形象塑造》一文，从马克思、恩格斯、车尔尼雪夫斯基、高尔基等关于"新人""旧人"的阐释讲起，联系这一问题的发端，从"五四"到"左翼文学""十七年文学"直至二十世纪中国文学史，在强调旧人形象的文学性与审美属性的同时，辅以"旧人"谱系的文学史上的例证，又同时将"中间人物"与"旧人"加以甄别区分，以《创业史》中"梁三老汉"为例，探讨人物的复杂立体与生活逻辑。这篇文章的亮点还在对一般论者忽略的"素芳"这一女性形象做了观照，并将之纳入到一种"类型"的谱系中加以认知，虽然论证终因论文的长度要求而未及展开，但这种"点题"本身也映照出论者独特的思考。

比如，《"新人"形象涉及的问题与可能性——从严家炎与柳青关于梁生宝的争论说起》一文，对当年学者与作者之间的论争公案做了历史化的解读，论述"新人"的理想化与可信性的同时，更肯定"新人"存在的合法性，更重点论述了"新人"被压抑的可能性，他试图规避大多数作家对"新人"的"只空属某一阶级与身份"的误解与图解，他认为"当'新人'形象的'高、大、全'特征被着重强调时"，其后果势必是带来人物刻画上的反动，比如，"当八十年代以来启蒙与审美的文学观对'新人'形象'一刀切'的同时，'新人'表现出的'正面人性因素'也在相当程度上被后来的文学实践所淡化，所以包括寻根、先锋小说乃至后来的新历史主义小说、新写实小说、新状态小说、新体验小说中，表现人生与人性的阴暗面成为了主流。"这种辩证的态度和必要的警觉，对一个时年25岁的论者而言，实属不易，的确呈现出其理论的思辨能力，而其所言"'新人'这个概念与时间修辞有关"的论断，在有创新价值的同时，也体现出一个年轻论者站在"新人"形象塑造之繁难角度，对于"新人"形象塑造的未来的自信。

人物谱系研究的确是一种时间性的研究，也是面向生命的人生价值与意义的研究。这种研究所需的理论支撑与实有对象固然重要，但最重要的还是论者本人在"他者"身上的非凡体悟，这种体悟从哪里来，只能是从对象唤起的自我主体的经验的共鸣中来。这就要求，论者的立论并不只在论文中以典籍的掌握多或知识的拥有量取胜，他还必须在一个其所关注的课题中有自我的精神或情感、角色、心理的自觉参照才行。通俗地讲，你对一个问题发生兴趣，从某种程度上意味着这个问题在某个方面也许是一个你自己的尚未发现的潜在问题。

这个角度言，我特别欣赏诗宇的理论勇气，比如他的《知识分子性形象的"废"与"用"》中所试图探讨的知识分子形象中的一种类型化形象，是一个很有意思的话题。我在1998年曾有一文《不对位的人与"人"——人物与作者对位关系考察暨对二十世纪中国文学知识分子形象及类近智识者人格心理结构问题的一种文化求证》，试图触及这一话题，当然角度不一，我是想从作家与人物的不对位的角度谈，力图探明知识分子形象在中国现当代文学流变中的一种固化和僵滞。诗宇此文直截了当选取了"废人"形象作切片，虽然他的论述我并不尽然同意，一些逻辑关系也有可商榷处，但他的思索与介入是有意义的，比如说他在文中指出小说家处理"知识"的重要性，比如他写道："证明知识分子的价值与意义并非仅有道德信仰这一条路可走，展现出知识本身的意义与魅力亦是一条根本之路。"所体现出的恰是一种风华年代的锐气。所以，尽管有研究的技术可能再作更细地打磨，但问题的涉猎之勇气证明了一个年轻学者的探索的执着，这是最可贵的，而打动我的也是这个。

他说："……这可以是只局限在某一种具体的人物形象上的小问题，也可以是关乎中国当代文学发展的大问题。"的确，一切研究无不如此。这种认知，可能也是支撑论者对一系列人物形象进行持续论证的动力所在。

总地说来，刘诗宇是年轻而敏锐的，正因如此，对于这个世界而言，他的兴趣的触角也是广泛的，但能够从诸多广泛的话题中持续地做一两个有影响力的系列，这在年轻的研究者当中并不多见，这说明诗宇的沉思与多思，而理性思想的深入，恰恰也来自一颗沉静的心。

随着时光的逝去，也正是这颗心，决定了他是他，而不是别人。

在结束这篇序言之前，我还有一句话想说，就是，这部书中所呈现的，只是刘诗宇的一部分，不，我不是指这部书只是他的理论的一部分，我是指，理论只是刘诗宇的一部分，此外的他，这部书之外的他，那个创造力或许在诗、小说、剧本中的他，才是我们需要在丰繁的时间中去注意读解的，而这部书，只不过是抽出了他未来的无数个创造的第一个线头而已。

2021.7.1 北京

第一辑

当代文学城市叙事研究

精神上的漂浮者

——漫谈王朔小说中的城市叙事

"漂浮"一词，一方面象征着自由，一方面象征着无所凭借，令人向往与令人厌恶两种情绪同时包含在了这一个词当中。对于王朔作品的评价，也总是伴随两种截然不同的状态，非褒即贬，其中也总是暗含着强烈的情感。能够同时调动起世人两个方向的极端情感，对于艺术作品而言，某种程度上就象征着成功。

纵观王朔的小说作品，诸如调侃、黑色幽默、痞气等特征随处可见。种种受人喜爱或诟病的鲜明特点，都根植于发生在北京城的形色故事当中。虽然王朔在书中并不像老舍、邓友梅等人一般着意于环境与文化的描写，但一座城的气质还是与王朔的城市叙事如影随形。王朔故事的时代背景，大多为"文革"结束前后直至改革开放大潮当中，主人公们随着时代潮涨潮落的过程恰如其分地反映了一代人特殊的生活际遇与心灵历程，主人公们相对统一的精神状态，往往就是王朔小说城市叙事所要传达的精神所在。

对于王朔小说中的人物，尤其是主人公，笔者倾向于用精神上的漂浮者来形容，这种精神上的漂浮，与作者的生活环境、写作动机，作品中的诸种环境、各个要素互相成就、难分你我，精神漂浮者文学化状态的呈现，就是小说城市叙事过程的具体展开。

就如《顽主》《一半是火焰，一半是海水》《空中小姐》等作品所呈现的那样，小说中的主人公多为成年，但是这些人却基本没有固定的工作，即便是有，这些工作也很难对他们的日常生活产生实际性的约束作用。这种随心所欲、自由或者说是无所事事、游手好闲的状态常常是小说主人公生存的常态。习惯了历史性乡村叙事中对于饥饿状态的描写以及对于食的强调，读者常常会对这些闲人生存的合理性进行质疑。这种质疑正说明了城市叙事与乡村叙事的不同之处。二者的不同之处首先就在于农业文明当中，生存是人们行为的首要目的，而在物质相对丰富、社会分工明确的城市文明当中，由于人类的基本生理需求都不再对人们的生存构成威胁，因此叙事的焦点也就渐渐从生存之争上转移开来，化为了对其他事情的关注。较少关于挨饿受冻、人们挣扎在最低生存水平上的集中描写，这可以说是王朔等人的现代城市叙事区别于历史性乡村叙事之处；而主人公们虽然游手好闲难以富裕，但他们却始终不必为吃穿发愁，这一方面是当时城市生活的特点，另一方面也是作者叙事倾向使然。物质难以对人物构成束缚，成就了精神上的漂浮。

小说描写对象的年龄集中在青壮年，这些青壮年或有父母或有妻儿，但是给读者的感觉却往往是孑然一身，仿佛他们上无老下无小一般，本来应该成为主人公生存压力或者说生活责任来源的社会关系，都在叙事中被有意无意地淡化了。小说中极少有对亲情的描写，随着改革开放、城市的发展、观念的转变，人们的家庭观念日渐淡薄了，虽然飞速发展的科技拉近了人们的物理距离，但是无形之中却又为心灵壁垒的产生提供了条件。在王朔笔下的那个年代，电视、广播等新型媒介在中国得到了迅猛发展，如果说过去终日孤独即象征着外界信息的封闭，但到了王朔笔下的年代，对于信息的接受则已经解脱了社会交往的捆绑，人们在保持孤独状态的同时，又可以避免因信息量不对等而带来的脱节状态，封锁心灵的代价越来越小，因此心灵上的孤独成为了人们日益普遍的状态。

王朔笔下的"侃"文化时常引得读者欣然一笑，可以看到在王朔每一部"侃"风明显的小说中，主人公身边都或多或少地聚集着一班同类，或者说狐朋狗友，常常在一起闲逛游玩是他们的常态。按说群居生活的人不应该显得孤独，于是王朔时代的城市经验特点就在这个疑问中显现了。以《许爷》为例，这篇小说讲述了叙事主人公一个朋友的一生，通过这个作品来观察那个时代城市社会交往关系的特点，再合适不过。

《许爷》中的主角许立宇，人称"许爷"，这个人物基本上贯穿了小说叙述时间截止之前，叙事主人公"我"的一生。许爷的形象集中出现在"我"人生中的四个阶段，童年时候我与许爷等人一同成长，青年时期转业归来看见许爷通过出租车事业成为大款而自己对于前途却比较迷茫，青壮年阶段自己小说写作事业稳步上升而出租行业越来越不景气，以及小说结尾虽然许爷已经不在，但是他的死仍在回忆及当下两个层面上纠缠着"我"。虽然小说呈现出来的景象仿佛是"我"与许爷的关系若即若离，但事实上一个人如果频繁出入另一个人的生活，甚至是伴随始终从未真正离开，那么这两个人的关系一定不仅是若即若离那么简单，仅仅是交往时间的长度也足以沉淀出一份不寻常的感情。

但听到许爷已死时"我"的情绪却并未产生什么波澜。王朔把主人公得知消息的这一时刻在叙事时间中进行了拉长，使得其中的特殊之处也许并不明显，但当这样的事实以一句话的长度，白纸黑字的形式呈现在眼前时，其中冷漠残忍的味道也许就令人不忍直视了。可叹的是实际上在王朔笔下时代的城市生活，乃至今天我们所处的城市生活中，其常态化的经验就是如此。前些日子笔者听说儿时一个院儿长大,如今已十年不见的"发小儿"在自家的地下车库自杀了,为了不让向我传达这个消息的朋友面上难堪,也为了让我自己心里好受一些,我做出了很难过、很难以置信的样子。事实上,我可耻地意识到,儿时玩伴的死对于我的生活来说,不会比一阵风之于一棵树更重要,听过之后我仍麻木地继续着自己的生活,好像此事与我无关,可悲的是这件事好像确实与现下我的生活无关,以至于我需要为悲伤找一个借口。

科技的发展使得人们空间上的所在位置变得越来越具有偶然性。人们天各一方的同时,心灵间的距离也在不断拉大,彼此都处于一种不相干的状态当中,这时一个人的死之于他人的意义也许就只是茶余饭后的谈资而已,这种状态虽然冷漠得可耻,但却是事实,一如王朔笔下的主人公,甚至没有为朋友的死,狠狠地皱上一回眉头、自虐式地狠吸一口烟,更没有掉上几滴眼泪。

朋友虽然杂且多,但是却难以成为人物生活向某一个固定方向前进的着力点。加上物质上的充足、心理距离的产生与增大、孤独代价的消弭,共同将王朔笔下的城市人物推上一个无所着落的漂浮状态。在传统乡村叙事当中,春种秋收,保证自己与家人能够避开饥寒而在生命的终点得到善终,这既是人们源于本能而略显被动的生活要求,也是一个明确可靠的前进方向。当人还是那样的人,生存的阈限却在短时间内因为经济的发展而被淡化,这时失去生活的目标也许就成为了无可厚非的状态,王朔笔下的精神漂浮者们,往往因为这种"山不转水转"的不确定性而感觉进退维谷。如果再结合进一步的分析,则可以发现这种状态不仅和城市乡村的区别有关,还与由政治集约化向经济市场化的社会发展步调有关。一如王朔谈及自己创作时所说,他笔下的人物,由于父辈的原因在改革开放前颇有政治优越感,然而改革开放后经济状况成为衡量个人的最重要标准,于是在他们的青壮年时期，面对的往往是"巨大的失落感，经济上的优越被私营者取代了，政治上的优越感又很模糊"。① 这种状态又因为小说当中的主人公身处全国的政治中心——北京，而越发明显。

这种状态颇有些进退失据的味道。有着最基本的生活保障但没有明确的前进方向，于是王朔笔下的人物们或漂浮在原地或随波逐流，生活中俨然充满了无聊之感。无聊与漂浮，将最终混合成一种无法排遣的孤独与寒冷，于是在进退失据与生活焦点迷乱的状态下，"爱情"成了暂时麻醉孤独的一剂良药，请注意这里的"爱情"加了引号，因为在王朔的笔下，我们明显可以看到在男女之间，游走着两种不同的情感，这两种当中具体哪一种更像是爱情也许我们不得而知，但总有一种不是。除了传统的因互相喜爱而决定结缘一生的传统式爱情之外，在王朔的笔下男女还有另一种相处的方式，如张明与吴迪、胡亦一般，他们因孤独而走到一起，结伴而行是为了摆脱孤独，一旦他们达到了摆脱孤独的目的，除非日久生情，他们的存在对于彼此而言都将失去意义。这种男女相处的模式更像是自然界中动物抱团御寒的模样，男女关系的倒退与城市化的快速发展并行，形成了一个值得思考的现象。

区别于传统的乡村叙事，在王朔笔下我们很难看到那种天地不仁的壮烈悲剧。小说世界里面有的，往往更像是人们在轻节奏生活的指引下，自导自演的生活化小型悲剧。王朔笔下的女人让每个男性读者向往，这些虚构的女人们有着男性最渴望的性格特点，就如王朔笔下的吴迪（《一半是火焰，一半是海水》）、石静（《永失我爱》）、王眉（《空中小姐》）等女性那样，她们可以最巧妙地营造或解读风情，当男主人公快乐的时候，她们可以锦上添

---

① 张新波：《王朔整天胡说八道》，载刘智峰编《痞子英雄——王朔再批判》，中华工商联合出版社 2000 年版，第 51 页。

花；当男主人公郁闷、狂躁乃至固执地陷于男性折磨人的自尊之中无法自拔时，这些可爱的女性也总是配合着他们那不成熟的配偶，将自己的耐性延伸至无限，一边深受其伤，一边等待着男方恢复理智之后没有任何实际作用的道歉。身为男性，笔者也觉得有这样的一个配偶夫复何求，然而回归文章的主题，这种女性书写是城市生活中女性的真实面目吗？基于常识便可以很快得出否定的判断。虽然这种女性面貌的书写产生于男权主义潜意识，是虚多于实的，但其背后透露出的城市经验与一代人的生活状态却是真实的，从这种无所不能容的女性面貌上，我们可以看到城市生活中男性脆弱而偏于"撒娇"的心理愿望。这种心理愿望绝不仅停留在男性心中，如果写王朔这些小说的作者是一名女性，那么相信她的笔下同样可以出现如此理想的男性。

当生活不用再像几十年前那样充斥着家国大义，北京也不是现在这么寸土寸金、必须为了一口吃食朝夕奔波时，这些有着一定资本漂浮在社会中层的人们，为了也让自己的生活有所波澜，开始"自娱自乐"。王朔笔下的故事，虽然总是贯穿着幽默，但结局却是在感情方面略显悲哀，然而与之前的城市叙事或者传统的乡村叙事进行一番比较，便可以看出相比于其他，王朔小说中的悲剧结尾似乎缺乏一种必然性，而显得更像是男主人公在自己任性的恶作剧当中尝到了恶果。其他叙事中的悲剧往往因其不可避免而显得愈加悲壮，而王朔笔下的小型悲剧则显得充满了自为性。笔者倾向于把《空中小姐》这篇小说看成是王朔笔下一切爱情故事谱系当中最为原初的一环，基本上王朔在其之后的爱情叙事，乃至像《非诚勿扰》系列电影剧本当中的爱情叙事，都可以从这篇小说中找到原型。纵观小说的爱情悲剧，女主人公王眉从性格到所作所为，基本上无可挑剔，最后小说甚至用意外死亡来为王眉的一生添加上了完美的注解。这种对女性的美化更是突

边界内外的凝视 |

出了男主人公的"无理取闹"，由于女性角色已经不能表现得再好，而男性角色还是对女性有更进一步的要求，于是"不满"与已经达到的"极限"形成不可调和的冲突，悲剧就此形成。但之所以说王朔小说中的悲剧缺乏必然性，则在于大多数的故事中只要男性稍稍进行让步，悲剧便不会成立。纵观王朔的爱情故事创作，男性向女性低头的例子极为少见，更多的则是像《空中小姐》中"我"与王眉，《一半是火焰，一半是海水》中张明与吴迪等那样，男性一方只有在女方已经营造出求和氛围之后，才会象征性地让步认错，但实际上还是取得了自己挑起的争斗的胜利。从这种意义上讲，很多时候这种城市经验中的男性，对于女性对象的依赖程度，不下于弟弟对姐姐或者说儿子对于妈妈的依赖。

较为先进的文明与较为优越的生活条件，加之漂浮孤独又对此种状态潜含恐惧的心理，使得人们对客观环境总是提出更高于现实一步的要求，这种无法被满足的"撒娇情绪"因为无法满足而始终存在，又因为始终存在而无法满足，这一悲观的循环有时还会被套上成年人自尊的枷锁，从而更使漂泊的状态令人隐痛，这不仅是王朔小说世界当中人物的精神状态，也确实是城市化发展过程中，特定时代下钢筋水泥囚徒们的时代心理。

在漂浮状态当中，连地心引力都没法产生束缚的作用，看上去这或许就是人们渴望的绝对自由，但笔者相信每个人应该都做过类似的梦，即在梦中曾因为某种原因迫切地想快速向前跑，但是却因为身体发轻、无处借力，而无论怎样迈腿都寸步难行。这就仿佛是宇航员在真空之中，任何事物都不对你产生束缚之时，也就意味着你没有任何事物可以凭借、依靠，看上去绝对自由的漂浮状态，实际上也是最能禁锢人的无形牢笼，看着身边的事物匆匆而过自己却无法向前，以至于人物们只能如《空中小姐》和

《许爷》当中的情节安排一般，只有在事情已经发生之后才能依靠回忆与求访等方式慢慢拼贴出事件的真相，这种滞后性体现出了一代城市发展当中，物质文明与精神文明二者相互龃龉的真实状况。

在《看上去很美》中王朔说："给一巴掌就哭，给块糖就喊大爷，情感稍纵即逝，记吃不记打，忙忙碌碌，蹉跎岁月。"[①] 精神漂浮者的悲喜，不仅映照着一代北京人或者说城市人的心灵，也书写着一座城池，在那样一个时代中的记忆。

发表于《长城》2014 年第 1 期

---

① 王朔：《看上去很美》，云南人民出版社 2004 年版，第 11 页。

资本逻辑与现代想象

——从《子夜》中的上海形象谈起

即便没有到过上海，人们对于上海也都会有一番自己的想象。无论是灯红酒绿、租界弄堂，还是大亨巨头、浪奔浪流，上海之外人们这些"凭空"的想象都说明上海作为一座城市，承载了太多文化记忆。这座城市的意义，对于中国来说是独一无二的，它的地位甚至与国家的首都北京不分轩轾。两座城市隔着半个中国遥遥相望，几乎占据了中国城市文化中最精彩的风景。

从元朝设立上海县以来，上海已经走过了七百余年的历史，但与北京在许许多多历史剧变中充当重要背景、文化记忆源远流长的命运不同，上海仿佛是一个直至清末才横空出世的怪客，其之前数百年的历史似乎已经掩埋在时间的尘埃之中，几不可闻。由此可见，对于上海形象的塑造与传承中出现了极为明显的偏向性与针对性，这样的反映方式对于一座城市来说未必是公允的，但却是人们偏爱的。于是在无数作家的努力下我们不难发现，相对于现实中的上海来说，文学中的上海越来越具有自足性，它几乎成为了一个独立的美学符号，跃动在作家的笔下和读者的脑海之中，与现实中的上海呈现出相对的差异性，并且文学中的城市形象，往往只侧重于城市的某个方面，而不会——历数。

换言之，当论及文学中时而天堂、时而地狱、时而梦幻、时而真实的上海时，我们得出的必然是一个与现实相关，却又颇有距离的虚构印象。但从另一个角度上看正是这种独立的、有机的、多变的特点，才使我们对于文学中上海形象的讨论变得血肉丰满、富有意义。谈及文学中的上海形象，除了张爱玲、新感觉派、王安忆等作家的作品之外，茅盾的《子夜》也是一部无法回避的里程碑式作品。尽管这部作品颇具争议，但这部作品确实在奠定茅盾地位的同时，也成为了人们在进行上海想象时重要的参考系之一。

《子夜》中的上海形象，于一种强势逻辑下呈现出一种吞噬性。一方面由于生存的原因，整个群体会对强势产生极为明显的崇拜。另一方面在城市内部不断上演着大鱼吃小鱼的故事，而最终无论是多么强大的个体，都始终置身在上海这座城市的血盆大口中，无一例外。

通过总结历史我们不难发现，在西方列强的血腥侵略之后，上海于寂寂无名之中突然闯入人们视野。在后来的岁月里上海这座城市则始终依靠自身的奋斗，通过经济、文化上的领先始终占据着人们视野的一席之地。可以看到，与北京依靠悠久岁月、苏杭依靠宁静气质区别于他者不同，这座城市先是被强者占领，后是自身成为强者，上海之所以为现在的上海，与一种强势逻辑有着不可分割的关系。

《子夜》时代的上海作为当时的世界第五大城市，无论从政治还是经济的角度上，都处于中国各种漩流势力的中心位置。在1930 年代，政治方面汪精卫、阎锡山、冯玉祥一方与蒋介石一方为了争夺国民党内部权力，爆发了党内规模最大的一次内战，战争沿着津浦铁路展开，上海深受影响。经济方面此时正值欧洲经济恐慌，在中国尚未有重工业基础之时，上海作为当时中国经济的窗口，轻工业饱受其害。在这样的大时代背景下，吴荪甫、赵伯韬等人各显神通、翻云覆雨，在城市上空展开了一幕扣人心弦的壮举。在他们博弈的过程中，一种精明强干、昂扬向上的上海形象迅速凝聚成形。

纵观整部作品，主人公吴荪甫的产业几乎遍布当时存在的各个行业。作为轻工业代表的丝厂是他贯穿始终、主力经营的事业，加上随后收购的八个小型工厂（灯泡、热水瓶、阳伞厂等），吴的产业几乎代表了中国当时拥有的所有轻工业品类，并且他在双桥镇的米店、油店等显示了他对生活必需品行业的广泛涉猎。除此之外，公债市场上他也具有举足轻重的作用，其创办的信托公司还证明了他在金融界的野心。吴荪甫手中的产业、雇员像一张巨网般撒向整个上海的所有行业，这背后支撑着的必然是异于常人的精力、智慧与胆量。

伴随着这种精明强干，《子夜》中折射出的"效率至上""唯才是举"的观念，也使人印象深刻。在中国的人情社会中，"裙带关系"一直是为人熟知的潜规则，但《子夜》却颠覆了人们对于人情社会的想象。在这个弥漫着商战气息的大都市中，我们看不到裙带关系的作用，相反只有个人的实力才是安身立命的唯一本钱。以丝厂工人屠维岳为例，这个青年人并无深厚的根底，即便是与企业最高领导者的父亲有一星半点的联系，他也不屑于将其加以利用。凭借着个人强大的心理素质、办事能力，他从一个普通工人平步青云成为了一间大工厂的管理者。而从吴荪甫的角度上，即便这个有才干的年轻人一穷二白，但只要能够为我所用，能够独当一面，就可以直接提拔。至此作者笔下的上海形象俨然被赋予了一种实用主义的内涵，为了效率的提升、事业的前进，只要是有才能的人，就可以在大上海找到自己的位置，充分发挥自己的光和热。这在充满"裙带关系"的社会中，几乎是不可想象的，但在上海，这似乎就是真实的。《子夜》中的上海对于精明与才干抱持一种近似于崇拜的态度，那些巨头大亨的形象无不具有相当的人格魅力，以至于吴荪甫脸上的肉疱看上去也充满威严，"红头火柴"周仲伟也并不显得滑稽，而是八面玲珑，左右逢源。

于是，上海成为了强者的天堂，弱者的地狱。像吴荪甫这样的"铁腕"领导者，尽可以在这里大展宏图，充分实现自身价值，寻找认同，前方等待着他的是无上的地位以及无限的荣光。乱世方能逞英雄，上海这样一座城市，自晚清以来，便始终处于经济或是政治的高速变动之中，相比于北京等城市来说，上海的新陈代谢速度极快，它随时对新的秩序抱有期待，这种期待使得它变成了一个不折不扣的"机会之都"。然而所谓"机会"，只是通向某种可能性的一个引子，美好的未来是否能够成就，实际上是未知的。

这种情况下，一种"赌徒性格"在《子夜》的上海形象中获得了比较明显的体现。所谓"赌徒性格"即是指这些鲜活的上海人物们，绝不轻易放弃眼前的任何一个机会，在结果来临之前坚信自己能够获得成功，并且为此不惜任何代价。这种赌徒性格由充满机会的社会环境和上海大浪淘沙般的淘汰机制共同造成。一方面在上海这块寸土寸金的宝地上，各种机会鲜艳诱人，看似俯拾即是，挑动着人们的贪欲，诱使他们吞噬对手；另一方面上海的淘汰机制，使得因失败而丧失自信的人早已被掩埋在了时代的泥沙和先行者的浪潮之下，那些至今还活跃在时代舞台上的人，都在之前无数次的历练中建立了对自己才干的坚实信心。之前的胜利让他们将失败者踩在脚下，随着垫脚的失败者不断增加，不断抬升的高度催促他们倾尽所有去追逐更高的巅峰。至于失败，他们也许未曾想过，在无数次的胜利之后，他们理应认为自己就是天择之人，即便他们脚下已经失败的骸骨也曾经这样认为。

在《子夜》当中，吴荪甫不止一次在败象已呈时说过类似"放手干一干"①这样的话，这是他索性孤注一掷的表现。屠维岳同样是无论到了什么样的境地，工人如何造反叛乱，他对吴荪甫的交代都是先瞒住实情，哪怕后院已经失火，他坚定地相信过后凭着自己可以圆满解决问题，此一时的慌乱不过是小小不言的瑕疵而已。最具有代表性的吴、屠二人，就像是牌桌上的赌徒，总是情愿认为这一回合的失败只是运气不济，只要继续赌下去，下一回合就会将失去的全部赢回，无论事态是否一直朝着不好的一面发展。

就像亡命的赌徒，一旦将自己的身家性命抛之不顾，他人的安危自然也无足轻重，甚至为了达到最终的胜利，即便置竞争对手于死地也在所不惜。在《子夜》当中，自从共同在公债市场大赚一笔之后，每当吴荪甫在公债市场有所动作，赵伯韬都要暗中与其作对，最后吴荪甫势力的覆灭，几乎也是由赵伯韬一手造成。至此赵伯韬被塑造成了一个阴险毒辣，杀人饮血的危险人物，但实际上他的所作所为，不过是茅盾笔下上海形象赌徒性格的一个侧面，换言之，吴荪甫和赵伯韬实际上就像是同一枚硬币的两面。在这种为了实现自身抱负可以不顾一切的心理催动下，吴荪甫对于自己兼并的目标同样也毫不手软，只是作者采取了省略的叙事手段，如果将时常"狞笑"、眼神"狞厉"②的吴荪甫与赵伯韬交换位置，恐怕吴也会对那个碍手碍脚的民族资本家施行毁灭性的打击。见惯生死、秉持着强人哲学的上海资本家，默契地进行着你死我活的博弈，精明强干与恶毒自利共同在大上海的夜空中闪耀着，然而就像无论赌徒怎样胜利，最终受益的还是赌

---

① 茅盾：《子夜》，长江文艺出版社 2010 年版，第 339 页。
② 在《子夜》中，茅盾总是毫不厌倦地用这两个词语形容吴荪甫的神态，其中的情感倾向可见一斑。

场一般，杀死别人再被人杀死，无限的循环之中大上海的人们以为自己的对手是他人，实际上他们对抗的是这座城市弱肉强食的逻辑。

硝烟弥漫的生意场上是如此，那么看似宁静安逸的所在呢?

> "晚上九点钟光景，吴公馆里不期而会的来了些至亲好友，慰问吴荪甫在厂里所受的惊吓。满屋子和满园子的电灯都开亮了，电风扇荷荷地到处在响。这里依旧是一个'光明快乐'的世界。"①

无论外面的资本博弈、工人运动进展到何种腥风血雨般的地步，宽敞的客厅永远都像是另一个世界。

与生意场上你争我夺并行不悖的是看上去和谐融洽的"客厅文化"。这种客厅文化与欧洲的贵族聚会、沙龙文化极为相像，可以说是中国被殖民后引自西方的舶来品。就如《子夜》中展示的那样，一群或是享有较高社会地位，或是占有大量社会财富的人，他们生活无虞，每至下午时分或夜幕降临，这些人便齐聚一堂交际取乐。无论外面时局如何，大上海的客厅是远离时代的安乐窝，这里灯火通明、金碧辉煌，有美食美酒、才子佳人，他们不会为生计发愁，永远衣着光鲜、谈笑嬉戏。大上海的客厅，俨然是一番天堂般的模样。

吴荪甫整日在生意场上焦头烂额、惨淡经营，但家中的客厅却整日高朋满座，人们无所事事谈笑风生。这种情况一如淞沪会战时，国军与日军在上海展开死战，一时间狂轰滥炸，伤亡无

---

① 茅盾：《子夜》，长江文艺出版社 2010 年版，第 256 页。

数，但一墙之隔的租界却在中日双方彼此默契的高级命令下得以波澜不惊，人们在租界内袖手看着对面血肉模糊的大战，仿佛那只是一场突然开始的大型皮影戏。这样的现象可以说只为上海所独有，民国时期的上海，是各种势力互相争斗、妥协之后组合而成的复杂畸形体，小至客厅，大至租界，都是这种畸形体的组成部分。这些看似宁静的所在，背后作为支撑的实际上仍然是弱肉强食的逻辑。

西方列强的铁蹄在上海踏出了租界的范围，西方世界在这里获得延伸。租界中的宁静平和实际上是无数中国人已经被血腥杀戮的结果，这种与周围时代风暴所格格不入的安宁氛围实际上被鲜血与弱肉强食笼罩。与租界一样，公馆客厅中看似天堂一般的景象，背后作为支撑的仍是迥异于表面现象的逻辑。在《子夜》当中，无论是客厅中的物质环境还是人际关系，都要靠吴荪甫在生意场上的胜利来维系，一旦他的商业帝国垮塌，这一切天堂般的环境都将烟消云散，而所谓胜利一直都来源于吴荪甫的强大以及他对弱者的吞噬与压榨。

客厅文化的逻辑实际上也暗示着上海这座城市的逻辑，殖民统治下传统儒家价值观在这里被颠覆，1930 年代乃至现今的上海，其所遵循的恐怕并非都是道德原则，而是一种强权原则。突然目睹这种不以道德、因果为准绳的生活原则，如吴老太爷这样已经建立了自足世界观的外来者，甚至直接横死在了又像天堂又像地狱的客厅之中；而像四小姐惠芳这样尚未成熟的青年外来者，也终究因为亲身感受了这种对于外乡人来说过于格格不入的另类世界，而拼命想逃回藏香缭绕的《太上感应篇》之中。他们的到来与才干、野心无关，因而他们不可避免地被挡在了上海弱肉强食的准入机制之外。

然而在这客厅之中，大多数人还是选择陶醉于上海生活之中。在吴老太爷因过度刺激而死的同时，年轻女性张素素却渴望死在更加激烈的刺激当中；而在吴老太爷葬礼之时，几个企业家与交际花却躲在弹子房之内进行"死的跳舞"，这样的描写暗示了1930年代的上海心理。某时某刻总会有一部分人是上海的主人，但是对于其中的男性来说，他们的地位依靠将别人踩在脚下得来，而女性们的一时风光，则更多依靠自己的青春美貌以及妩媚的手段。于是经常挫败他人的男性，失败很可能是他们潜意识里的宿命，而"如花美眷，似水流年"更是颠扑不破的经验。当这些上海暂时的主人们对上海的短暂浮华越是迷恋，他们就越是会在有机会的情况下拼命挥霍，仿佛这样可以留住时光，证明他们未曾白来一遭。

《子夜》的结尾，作者给出了一个尚算光明但极为仓促的结局，这明显与作者难以为继的写作状态有关。如果按照故事逻辑将小说中所有角色的故事继续演绎，恐怕每个人最终都要走向毁灭一途，这样的结果与完整时间长度必然带来的悲剧性有关，但更起决定性作用的则是上海这座城市的特点。1930年代的上海，为所有奋斗于斯、失败于斯的人们营造了一种可以人定胜天的假象，而百年过后，整座城市确实在一代代人的拼搏中蒸蒸日上，但是一个个吴荪甫与赵伯韬们却湮没无闻。被假象所迷惑的人们声嘶力竭地负隅顽抗，但实际上他们的对手却是这座城市无可辩驳的逻辑以及永远无法逆转的时间，因而他们的步伐终有一日要止步于失败当中。

> "从桥上向东望，可以看见浦东的洋栈像巨大的怪
> 兽，蹲在暝色中，闪着千百只小眼睛似的灯火。"[1]

---

[1] 茅盾：《子夜》，长江文艺出版社2010年版，第1页。

这便是《子夜》当中，1930 年代的上海形象，这里是强者的天堂，弱者的地狱，但无论你是谁，终究无法逃脱被吞噬的宿命，笑到最后的永远是这座飞速向前的城市。

发表于《长城》2014 年第 5 期

惟草木之零落兮，恐美人之迟暮

——论叶兆言《夜泊秦淮》中的南京叙事

　　南京这座城市被誉为"六朝古都"，漫长的历史、丰富的经历为这座城市沉淀出了独一无二的意义与美感。但从三国时期一直到今天，在一座城市的命运面前南京始终都像一个被动的接受者。接近两千年的风雨当中南京这座城市命运摇摆，无论是中心还是边缘、繁华还是暗淡，南京的命运几乎完全取决于时代，取决于在这片土地上来了又去的各路权势。

　　秦淮河上最为人熟知的风景就是女人，这些女人美丽迷人、富有情趣，但她们却没有能力主宰自己的命运。当她们被迫徘徊在不同的男人之间时，这些男人就成为了这些女人实际上的命运，虽然她们非同凡响，在一段段徘徊之中上演了一幕幕只属于自己的精彩华章，但随着时间流逝，岁月的终点必然还是人走茶凉。"惟草木之零落兮，恐美人之迟暮。"无关贤主佞臣，《离骚》中的句子与叶兆言笔下的南京形象遥相呼应，达成了一种穿越时空的默契。

　　《夜泊秦淮》（以下简称《夜》）中的四篇故事集中发生在二十世纪上半叶的南京城中。二十世纪前叶的南京曾一度辉煌，不逊色于北京并且强于上海，然而从抗战到解放再到中华人民共和国成立，相比于北京、上海来说南京历经劫难、逐渐趋向边缘的命运已成为不可更改的事实。作者站在二十世纪末反观几十年

边界内外的凝视　│

前的历史，逐渐走向衰落在作家文风的影响下已经成为了这一阶段时间流动的客观状态。因此《夜》中的南京在被典雅、风流包围的同时，内里又充满一种命定的悲伤。当别的城市欣喜地走向未来时，叶兆言笔下的这座城与城中的人却像是在为自己进行悼念，仿佛在某一个即将到来的时间点后，他们注定被生存抛弃。于是时间就成为了一种让人恐惧的东西，它的每一丝流逝都不走空，草木在它的威力下逐渐零落，美人也终将迟暮，人们能做的仅仅是一慢再慢，一丝一毫地体味身边慢慢逝去的所有美感。

文化传统与金陵女子

至少有四种力量共同撕扯着二十世纪上半叶的南京城。封建势力、国民党、共产党、日本侵略者及旗下的伪政府，这四种力量互为对立，各有新旧。"河水开始发臭，清风过处，异味扑鼻。"就连桨声灯影里的秦淮河也逐渐变成了一条臭水河，在新旧势力的交互下标志性的旧事物正在衰败，时间向前的步态不可更改。然而无论是旧院窄巷还是玄武湖、夫子庙，《夜》中的美感却从种种旧事物间从容不迫地抽丝发芽，南京显然对于自身的过去极为留恋。这种使整座城市流连忘返的过去生发于南京城特有的文化传统。

谈到南京的文化传统，旧院女子这一群体是不可回避的话题。南京这座城市经济上的繁荣，过去曾在相当程度上依赖于这一行业，以至于太平天国禁娼之后南京的经济迅速萎靡，金陵的富人将金钱转而投向上海等地，促进了上海租界的繁荣。娼妓一方面是市民社会繁荣的象征，另一方面虽然这一行业看起来并不光彩，但是娼妓与民族或地域的精神层面实际上有着相当大的关联，在偏颇的评价中更多是根深蒂固的儒家文化传统在作祟，关于这些女子性格的多面性并不能简单用道德的眼光一概而论。

男人和女人共同组成一座充满人文气息的城市，谈及南京叙事，必然要先谈及金陵城中的女性。与作家的个人好恶相关，叶兆言笔下的南京女性形象与那些旧院女子的精神面貌有着密不可分的关系。属于她们的那种既憧憬爱情、懂得欣赏品味生活又敢于冲破世俗捆绑、敢爱敢恨的个性几乎渗透到了《夜》中每一个女性形象的灵魂当中。在《夜》中《状元境》、《半边营》与《十字铺》三个篇目中都涉及到了娼妓，但其中比较典型的妓女形象只有《状元境》中的三姐一人，并且妓女这个身份也只出现于三姐的个人历史当中。三姐由妓女变成了将军的小妾，因与副官偷情被惩罚下嫁给十分窝囊的张二胡，至此她经历了从秦淮河上的风尘女子到军官的阔太太再到市井泼辣女子的三重身份变化。虽然身份一变再变，但支撑着这个人物的却始终是一份属于旧院女子的性格。

三姐最引人注目的性格要素当数泼辣。泼辣女子在中国历代市民社会当中都并不罕见，甚至悍妇某种程度上可以成为中国乡村社会的一个代表符号，但泼辣在妓女这个群体当中表现得最为明显。对于普通身份的女子，除去自身之外，她们还有丈夫、子女、伦理道德等诸多因素可以作为生存的凭据，而娼妓则不同，特殊的职业属性使得她们的身份与家庭形成对立关系，她们往往是孑然一身的，在遇到非难时她们并没有相对强势的男性家人可以倚靠。而以保护正常社会成员不受侵害为目的的伦理道德，也常常将这些女子拒之门外，甚至这些可怜女子，还常常成为其杀伐的对象。由于职业属性她们面对的来自异性或同性的非难往往异常棘手，而她们又处于伦理道德与家庭的保护区之外，因此她们只能极度发挥自身泼辣的一面，以求自保。所以在《状元境》中，三姐无论是与人互相辱骂，甚至与男人斗殴，她都来者不拒、我行我素。不仅妓女出身的三姐如此，在《半边营》中的华太太与逦娴母女二人等其他主要女性角色也都不同程度体现出这样的特质，尤其是华太太年轻时大闹妓寨的情节令人印象深刻。这样的女性形象一反常态，与人们习惯思维当中女性需要保护、柔弱胆怯的形象南辕北辙。

但如若只是泼辣，女性形象则必然失去魅力，叶兆言笔下这些独特的南京女人，总是集剽悍泼辣与温柔美丽于一身，既能不顾仪态与别人一争长短，又能温柔款款、深谙爱情的奥妙，这使得这些金陵女子的形象远比一般只具有单向度美感的女子更具引人之处。这样的特质又与旧院女子精神面貌的传承影响密不可分，一般的风尘女子必须懂得如何为别人带来快乐，而对于青楼女子来说爱情更是她们的必修课，她们不仅要懂得琴棋书画，更要懂得如何展现美、与他人分享爱情。因此《状元境》中三姐在泼辣非凡的同时，又是整个状元境中男女目光的焦点，"状元境的男人为了她，打来吵去，状元境的女人为了她，吵来打去"。[①]当张二胡满足了她对男性的期望后，她的柔情似水令张二胡神魂颠倒。《半边营》中的逦娴与两个爱慕她的男子一同在玄武湖中荡舟说笑，三人之间的情感在逦娴一人的操控下复杂波动、此消彼长，尽显恋爱的美妙动人，至此金陵女子自身的妩媚在多变的性格渲染下更显迷人。

南京的美于秦淮女子处尽显无遗。这座城市的美与其女子的美一样，既非单纯地柔弱到底，又于当下即时性的美当中体现出某种传统的积淀。秦淮八艳、四大名妓，李香君、柳如是、马湘兰、寇白门等知名的旧院女子为文学中的南京叙事尤其是南京女性形象的塑造奠定了一种传统。这些名留青史的女子除了有缠绵

---

① 叶兆言：《夜泊秦淮》，人民文学出版社 2012 年版，第 46 页。

悱恻的情感经历之外，更重要的是她们在后人书写的历史之中，与某些特定的历史事件产生了交集，她们在大事面前镇定自若、我行我素的风骨令后人倾倒。《夜》中的女性同样也显现出了对此种风格的继承，虽然这些女性并没能与重要的历史事件互动，但是如《十字铺》中真珠在社交方面展现出的惊人风采、《半边营》中华太太对整个家庭展现出的统摄能力都体现了叶兆言笔下南京女人不甘偏安一隅沉溺风月，对严肃事件有着充分参与感的特征。

至此南京女人在各个方面都展现出了令人倾倒的气质，但正是这样的女人，其命运更加取决于环境。就如本文开篇时对于南京零落无主之感的阐释一般，这些女人徘徊于不同的男人之间，男人就成了她们的命运。当遇到合适者如《十字铺》中的真珠遇到士新时，真珠自身的本事与气质得到充分发挥，甚至宋美龄也对其青睐有加，此时南京女人身上的惊艳气质铺展向四面八方，女人自己春风得意，伴侣因此得到协助，周围的人都从她的一举一动中获得审美的愉悦。但是当叶兆言笔下的女人没有获得一个良好舞台之时，如《半边营》中折磨一家人也折磨自己的华太太、《状元境》中使自己丈夫与婆婆无立锥之地，既让人痴缠、让人畏惧又让人唾弃的三姐一般，一旦她们原有的志向、本领无法疏导至正面，这些本应是妙处的东西就会变成了让身边寸草不生的消极能量。叶兆言笔下的秦淮女子虽有诸种好处，但其人生如何延展却并不能由自己掌控，四个中篇小说当中十数个各色女子，大多数都并没有遇到合适的归属，即便她们曾风光无限，但前面等着她们的却多是已知的悲惨结局，于是时间流逝变成了一件可怕的事情，秦淮女子与南京这座城市一样，处于让人怜爱又略显可悲的宿命之中。

名士风度与弱向审美

中华人民共和国成立以后，中国城市文明的发展过程一定程度上就是城市文明同化的过程。南京以这一过程开始之前展现出的文化属性为资本，化身为鲜明的文化符号闪耀于中国的东南方。《夜》中民国时期的南京非常好地接续了中国古典文化的传统，在整个中国都呈现风雨飘摇态势的大背景下，南京常常能展现出一种由于根基稳健而形成的特有宁静。在现当代文学的诸多城市形象中，北京对于传统文化的接续也非常明显。北京于明成祖时期开始连续成为国家首都，因此现当代文学当中的北京形象，更多传承了明清之间底层市民社会的文化传统。而南京作为首都的时间则比北京早得多，《夜》中南京对于传统的接续，更倾向于贯穿中国历史始终的中上层文人雅士传统。

这种接续在《追月楼》与《十字铺》两篇中获得了比较明显的反映，丁老先生、南山先生以及关季云等男性形象互为补充，形成了一种相对完整的名士形象。南京这座城市承载了太多才子佳人的故事，因此在《夜》中不仅女性有仿古的倾向，男性角色也是同样，虽然已时过境迁但他们仍在努力地试图恢复古代文人的品格。他们多才多艺，无论是诗词书画还是考据文章，他们对于这些准入门槛极高的人类文明成果得心应手。这足以让他们有资本认为自己非同凡响，因此当附庸风雅的权贵们或索书或求画，希望寻求认同时，他们只是置之一哂。

《夜》中的这些男性角色们常常以古怪的品性自矜，"大凡奇人怪客，都是饿鬼投胎。我最见不得不能吃不能喝的男人"，[①]在《十字铺》中南山先生如是说。这种古怪的品性一方面是这些

---

① 叶兆言：《夜泊秦淮》，人民文学出版社 2012 年版，第 241 页。

真正的能人们见异于世的标签、自然而然的行为，另一方面也是名士风度对于俗世来说能够具备观赏性的前提。对于大多数世人来说，名士们古怪的品性实际远比他们的真才实学重要，因为这些是最直观可见的，品性与才学之间的辩证关系象征着这些金陵名士在世俗之中尴尬而又微妙的处境。南京屡次站在历史舞台的中心，从隋文帝的荡平政策到南京大屠杀，这座城市从古至今经历了太多创伤，每一次权力更迭对于这座城和城中的人都构成极大的戕害与挑战。因为各路豪强来了又走，所以南京城里的人们总是要面临一个是否"变节"的问题，毫无疑问名士以守节自居，然真正面临选择时结果却是多种多样的。一些人选择投降或者折中，如《追月楼》中的少荆与明轩；另一些人则选择抗争到底，坚持自己真名士的气节，如丁老先生等老派人士。这些人所能够守住的尊严与炙手可热的权贵们的耐心是成正比的，正因为这些人有才华、地位与气节，所以一旦折节他们受到的屈辱也是加倍的。就如脾气与学问的关系一般，权贵对于他们的尊重建立在观赏和可为我所用之基础上，在《十字铺》中叶兆言多次用"附庸风雅"来形容权贵，除了可鄙之外这种形容的客观含义还包括对于权贵风雅可有可无之意。于是权贵对名士们的尊重实际与笼外之人对笼中的猴子无甚差别，之所以喂食送水、笑脸相迎是为了笼中的动物能够做出取悦人的动作，一旦笼外之人发现自己的客气与谦逊无济于事时，等待着笼中猴子的就只能是呵斥、断粮与皮鞭。

名士的本事是自己的，命运却掌握在他人手中，因此作者在描写这些人时，常常用上"遗老遗少"这一名词。遗老遗少的意思基本等同于无用之人，在《夜》中与无用之人对应的则是拥兵自重的军官，一雅一俗，一弱一强，此二者的对比与互动其实就是二十世纪上半叶南京形象的真实写照。遗老遗少的琴棋书画与近代军事中的飞机火炮不相关联，正如南京城的独一无二、深具魅力在强权逻辑中从来就不生效一样。南京的意义从来就不在强弱层面之上，就像这些名士掌握的才学、女人们拥有的美一般，都无关乎力量。对于艺术与美等非物质目标的追求使得南京在面临强权的更迭时总是以受创的姿态收场，在《夜》的时代中抗日战争、解放战争迫在眉睫，南京又即将面临创伤性的未来。种种客观属性决定了未来很可能不如当下，所以南京的男女老少们，都愿意把步子放慢，认真地品味当下的一丝一毫。正是这种非强势逻辑的审美姿态，使得张二胡与三姐这种"伪才子佳人"搭配之后，其中也生发出很多细致而又感伤的韵味；葆兰与阿米这样一对同属软弱无自保能力的人，组合在一起也产生了许多因为可怜所以珍贵的美好。这种效果是强势思维所不能理解的东西，也是《夜泊秦淮》南京叙事之所以充满价值的原因所在。

惟草木之零落兮，恐美人之迟暮。暮色必然到来，无论是草木、美人还是名士都无法更改这样的事实，这座城池也是如此。当北京、上海、广州们风驰电掣于政治与经济的康庄大道时，《夜泊秦淮》中的南京却悄悄缓下脚步。康庄大道上已不见北上广们的背影，四周则显得越发幽静，于是南京开始流连风光，咀嚼过去，旁若无人，一如其既往的姿态。

发表于《长城》2014 年第 7 期

书写在城市背面的底层记忆

——漫谈郑小琼《女工记》中的广东城镇叙事

当试图从郑小琼的诗作中概括出一种城市经验时就会发现，可以作为话题论据的切入点看上去好像俯拾即是，诗中的种种符码仿佛关系着非常鲜明的工业时代图景。但真正要将这些散布在长短诗句中的独特经验统摄在一种城市叙事的逻辑之下时，郑小琼的诗歌想象又似乎与我们习惯思维中的城市经验有着若有若无却又至关重要的差别。对于《女工记》中大量没有交代具体位置的女工们，我们无法分辨她们到底生活在如广州、东莞等大城市之中还是生活在城乡过渡地区的小城镇里，并且这些已经生活在城镇中的人，大多保持了乡村的生活理念与人生哲学，用自己的生存际遇巩固着"城中村"这个在城市逻辑中充满吊诡与悖论的存在。在郑诗之中城市经验与城镇经验的外延是模糊的，这种状况为她笔下的城市书写增加了一层复杂的意味。

我倾向于用"城市背面"来定义郑小琼的城市书写。城市经验应该是一个具有诸多面向的立体存在：发达的经济、开明的文化、自由进取的精神这些或许都是以广州为首的珠三角地区展现给历史与时代的光鲜一面，而《女工记》中无数女工的苦难与命运通向的则是这一地区面对人性与生存的另一面。时至今日，当作为珠三角地区经济支柱的第二产业在全国乃至世界经济背景的变化之下后继发展乏力时，当海量背井离乡从乡村拥入工厂流水线或城市阴暗面的青年变成中年，并发现自己梦想实现的可能性几乎完全消失时，这种城乡混杂并趋向灰暗的生活书写也许就是珠三角地区城市经验的真实写照。城与乡之间的界线在现代中国本就模糊不清，而人们所习惯的城市本就与乡村拥入的打工一族的血汗与苦难无法分割。以《女工记》中的人物命运为线我们可以另辟蹊径，获得一种书写在城市背面的生活记忆。

> "时间的碎片，塞满女性体内汹涌的河流
> 混乱的潮水不跟随季节涨落，她坐于卡座
> 流动的制品与时间交错，吞噬，这么快
> 老了，十年像水样流动……
> 看着
> 苍白的青春，一路奔跑，从内陆乡村
> 到沿海工厂，一直到美国某个货架。"①

　　相比于"观光客"们更感兴趣的历史传说、习俗风物，"在地者"们对时间与空间认知的独特性或许才更能反映一个地区的精神内核。在开篇的第一首诗里，诗人就向我们展示出了一幅时间与空间交错缠绕的复杂图景。在诗人笔下的广州城镇中，时间与空间被特殊的生活环境赋予了不同的意味。这种错综状态一方面受到诗人表达方式的影响，在另一方面也为我们观察以珠三角地区为代表的底层女工的生存状态及其包含的精神现象提供了一种有效的视角。首先是时间，时间的流逝在为人生带来宝贵的积淀或财富的同时，也因其不可逆转的特性而为人们带来悲观的体验。但是在《女工记》中，时间流逝带来的况味对于城镇女工则

---

① 郑小琼：《女工：被固定在卡座上的青春》，选自《女工记》，花城出版社2012年版，第1页。

单调得多。"你听见年龄在风的舌尖打颤 / 身体在秋天外呼吸,颤栗 / 招工栏外,年龄 18-35 岁 / 三十七岁的女工,站在厂门外 / 十几年的时光锈了,剩下老……/ 落叶一样的老……在秋风中 / 抖动着。"[①] 对于大多数并无一技之长的女工们来说,年复一年的时光流走只能让已经身处于城市边缘的她们愈加临近淘汰的底线。"三十七岁"的年龄划定耐人寻味,在人口老龄化问题越来越严重的今天,广东大小城镇中尚有很多地方奢侈地汰洗着宝贵的青壮劳力,在大多数人眼中应属"年富力强"的年龄阶段在这个地区与阶层中却象征着"明日黄花"。巨大的劳动力需求为年轻人提供进入城市的路径,也让她们习惯了新的人生秩序与工业时代的人生价值,在广州、东莞等城镇里面,文明的进程使这些女工的暮年提前来临,她们的青春在这里显得轻如鸿毛。

　　与时间主题相关的还有关于女工们的工作时间与业余时间。生命在时间维度上的运动不只意味着青春远去,在女工们的生活中这往往还意味着一种个人身份的转换。"青蛙似的男人有恃无恐,将手停在她隆起的部位 / 将她压在身下……她习惯了这种生活 / 其实你更习惯的名字是子墨,有书卷气息 / 你喜欢穿越小说,在 QQ 里用子墨与人聊天 /《三体》刘慈欣,有时你会在群里讨论 / 刘小枫与他的书籍……"[②] 在广东的这些大小城镇中女工们渴望着一种身份上的断裂。在工作时间她们是这个城市中极度卑微、羞耻,却又是绝不可少的组成部分,而在业余时间,她们与所有的市民无异,也谈论文学、政治,也渴望游山玩水的旅行或者可以修饰自身的奢侈品。时间中身份状态的转变割裂了正常的人生,这种身份转变并不像从儿子到丈夫再到父亲那样自然而然、

---

① 郑小琼:《三十七岁的女工》,选自《女工记》,花城出版社 2012 年版,第 99 页。

② 郑小琼:《蓉蓉》,选自《女工记》,花城出版社 2012 年版,第 124 页。

无可争议，其截然相反的落差让我们意识到这片土地到底包含多少纠结与辛酸，在这个经济活跃文化开明的地方尚有多少人对自己的身份感到羞耻、厌恶与不安。

> "城中村低矮的瓦房，阴暗而潮湿的光线
> 肮脏而霉味的下水道，她们坐在门口
> 织毛衣，聊天，打量来去匆匆的男人……在混杂的
> 城中村
> 她们谈论她们的皮肉生意与客人
> 三十块，二十块，偶尔会有一个客人
> 给五十块……"①

在时间之外，《女工记》中关乎空间的独特感受同样为我们架构出广州等地的城市现实并指向广东底层的生存想象。自从土地承包制实行以来，中国城市的大规模扩张为了避开农村问题而将许多乡村原封不动地包裹在了城市之中，这种现象被称为"城中村"。城市发展过程中的问题在学术语言的陈述与政治语言的规划中显得冰冷客观，其中隐含的血泪常常被不经意间消弭无形。好在郑小琼的诗句穿越了语言表层的冰冷，通过笔下百余名女工的生命历程，将自然的田地溪流被整饬的钢筋水泥包围时的迷茫、乡村古已有之的自给自足在准备不足的情况下被利益至上的市场经济包裹时带来的恐慌、生活拮据的农民子女在与生活条件教育资源等多方面占据压倒性优势的城市后代竞争中逐渐沦为底层而"永世不得翻身"的残酷呈现得感性而又深刻。"这么多年，我经过行政中心／面对四周的繁华，背后是贫民区与／挣扎

---

① 郑小琼:《中年妓女》，选自《女工记》，花城出版社 2012 年版，第 55 页。

中的人民……这些 / 让我活在深深的担忧之中。"① 从空间角度出发，"城中村"的书写不仅反映了一个地区的真实面目与人们挣扎着的现实，更以一种有血有肉的方式触摸到了法规、政策、新闻报道的盲区。

"岁月像毛织厂纷飞的毛绒扑进她的身体……她觉得塞在肺部的毛绒越来越多，她咳嗽，像村前的河流 / 淤积了塑料袋，煤灰球，垃圾，我看见 / 她坐在针织机上捂着胸口，停下来了……她佝偻的身体更佝偻下去 / 瘦小得更瘦小，像要贴着大地，从1995年到2008年 / 在大朗毛织厂的缝盘机台上，她用毛线 / 织起了楼房，为儿子织起了媳妇，她佝偻得更低 / 肺管里毛绒让她不能呼吸……"② 仍然从空间角度向文本投掷关注，这是《女工记》中对于工厂环境的描写之一，篇幅所限如此短暂的引述绝无法复现诗中表现的深沉苦难。借此我想点出的只是尽管现代工业对底层工人们造成了这样惨烈的戕害，但曾经真正在广东底层打工六年，并且体验过失业与走投无路滋味的郑小琼深谙底层工人与工业之间恩怨交织的关系，所以她并没有像更多文学作品那样站在注定成为过去的乡村土地上对城市工业进行否定，而是对城市工业在满足工人生活需求的方面充分予以肯定，而对于期间发生在女工身上的疾病与死亡，诗人只能客观地予以书写并适当地保持沉默。从乡村来到城市的女工们大致有两个出路，要么成为工人，要么出卖肉体。为了生存即便流水线、性服务业会对身体与精神产生消极影响，女工们也只能饮鸩止渴。这种略显残酷却又迫不得已的态度，更切实地向我们展现了让珠三角欣欣向荣的

① 郑小琼:《年轻妓女》，选自《女工记》，花城出版社2012年版，第127、128页。
② 郑小琼:《伍春兰》，选自《女工记》，花城出版社2012年版，第34、35页。

城市工业文明对于这些卑微弱小的当事人到底意味着什么。

　　"她和他搭伙，夫妻相称的背后 / 两颗孤独却彼此戒备的心相互温暖 / '他修了十五年鞋，有一些积蓄' / '她三个儿子长大成人，没有负担' / 媒人如此拆开他们生活的真相，也缝织 / 心灵的担忧，他们小心翼翼维护 / 生活真相没有如她设想的一样 / 他防备着她和她的儿子，没想象中大方 / 她也并非没负担，小儿子，拖着两个 / 未婚先孕的小孩。"[1] 这便是《女工记》中对"搭伙"这种独特的家庭关系的描述。延续之前的论述，因为工作与生活的关系，女工或者说广东城镇的底层工人们的人生往往提早步入风烛残年。疾病与死亡过早来临使得这一群体中出现大量鳏寡之人，为了满足物质与生理方面的需求，在广东城镇中则出现大量"半路夫妻"。从方才引述的诗句中可以看到在这种家庭关系的描写中郑小琼传达出了一种相互"猜疑"的氛围，虽然"搭伙"只是《女工记》中反映出的诸多男女家庭关系种类中的一种，但其余无论是夫妻两地分居，抑或是性工作者与保护人组成的临时家庭，还是第三者与富人之间的非正当关系，或是备受生活与疾病打压的普通夫妻，种种家庭关系都因为广东城镇底层的生活现实而蒙上了一层信任危机的色彩。由此蔓延开来，男女组成的家庭关系中由性灵萌生出的美好意涵几乎被一一剥除殆尽，其意义仅仅剩下提高生活水平、满足性欲而已。

　　随着社会的发展婚姻观念不断变化，其中庄严的内涵似乎已开始呈现消解之势，家庭成员之间的联系也开始逐渐弱化。以女工们为代表的城镇底层家庭关系或许在形式层面上暗合着时代潮流，但是情感方面体现的匮乏却绝对是一种人本角度的退化。在

----

① 　郑小琼：《黄娇兰》，选自《女工记》，花城出版社 2012 年版，第 144 页。

夫妻关系之外，有关儿女后代的问题在《女工记》中也引人注目。首先能否生育后代变成了许多从事性服务或有毒有害行业女工身份得到认证的关键钥匙。"结婚后，如果生育了小孩，生活便走向正常轨道，返回到母亲、儿媳、妻子的正常角色，生活慢慢稳定下来。如果结婚没有生育，几年后，大部分人都离婚了。"[1]农业文明延续下来的生育观念使后代在尚未长大成人之时便有了左右父母命运的能力，而偏偏大量的女工们因为工作因素已经无法生养。对于能够孕育后代的女工来说生活也并不意味着一帆风顺，"十四岁的儿子留守江西/不上学去网吧，没人能管住，她与儿子之间/是每月几张薄薄的钞票，过年短暂的相聚/一根电话线……"[2]在真挚的感情之外，于女工们与后代的联系之中我们无法忽略其从传统习惯中延续出的带有机械感与义务感的部分。母子之间的感情在缺乏现实陪伴而仅靠抚养金作为联结的情况下已经难以保证质地的纯粹，从身为人母的女工们身上可以看到深深的迷惘。"她经常受到村里人嘲笑，笑他们两夫妻拼死拼活送儿子读书，结果钱没有存下来，儿子还得去工厂打工，读这么多书做什么，白白地花钱。"[3]当孩子因为缺乏关爱以及教育水平无法得到保证，而在成年之后重新踏上父母进城打工的老路时，"进城打工"本身象征着的希望与从孩子身上得到晚年幸福的期待终将两相幻灭。这种"死循环"的状态侵蚀着广东城镇底层的生存信心，为整个城市的继续前进埋下了随时可能引爆的危机。

---

[1] 郑小琼：《手记2：一个湖南的村庄》，选自《女工记》，花城出版社2012年版，第20页。

[2] 郑小琼：《仇容》，选自《女工记》，花城出版社2012年版，第110页。

[3] 郑小琼：《手记6：渐渐老去的第一代农民工》，选自《女工记》，花城出版社2012年版，第105页。

一座城市或一个地区在走向繁荣与开明过程中所付出的代价，可能永远不是我们停下前进脚步的理由，而城市"背面"的书写即意味着在不盲目否定"正面"的前提下，让人们意识到还有着许多承受压力并为人们所忽视的存在。《女工记》十四篇手记中最使人印象深刻、重复率最高的一个词汇便是"无言"。当更多问题最终还是要归结到文化、法规、政策等宏大话语或与生存同在的固有矛盾时，诗人恐怕无法承担更多。每个城市或者地区都有它自己的宿命，既然广州、东莞、常平、黄麻岭等城市或乡村的故事已经通过诗人的笔镌刻在了纸上，那么郑小琼的诗作便已经是无愧于一个时代生活与历史之真实的了。

发表于《长城》2015 年第 5 期

楚文化传统与现代城市精神

——论方方笔下的武汉形象

"九省通衢"往往是人们形容武汉这座城市时想到的第一个形容词。从经济和资源的分配图来看武汉几乎位于全中国最中心的位置，是九个省份之间的交通要道，距离北京、上海、广州、成都、西安等经济与文化重镇的距离都在 1000 公里左右。如果将整个中华大地比喻成一具躯体，那么武汉绝对是躯体的腹心所在，无论北京还是上海，中国再没有其他城市能够享有这样的经济地理位置。然而就是这样的一座城市，无论提到政治、经济抑或文化，我们首先想到的前三座城市当中都很难有它的席位，这样的现象是耐人寻味的。

从商代的盘龙城开始算起，武汉至今已有三千五百余年的城市史。春秋战国时期，以荆山为据点武汉地区成为楚国的政治经济中心，楚文化也于这一区域孕育发展。当几乎贯穿中国历史的儒家文化将中华文明塑造成今天这个既定的样貌之后，回望过去，那个当初可与孕育儒家的齐鲁文化等量齐观的荆楚文化则显得尤为神秘而又充满意义。由于这样的原因，武汉形象的呈现在相当程度上受到异质文化传统的影响。

于是为何方方、池莉等作家笔下的武汉形象看上去似乎缺乏一种文化传统，与描写北京、南京的小说呈现出鲜明差异的问题则可以得到解释。读者之所以可以迅速识别其他古城叙事中的文化气息，是因为创作者与接受者处于同一思维范畴之内。而相比于影响中国祖祖辈辈的儒家文化来说，诸如《风景》《黑洞》当中表现出的楚文化因素显然是一种不易辨析的异质文化，并且这种楚文化因素的展现并不直接，在儒家文化传统的打压、同化之下，楚文化被迫以一种隐蔽而又相对奇怪的方式展现在读者面前。于是因为习惯思维与知识谱系的原因，文学中武汉形象的深度与意义很容易遭到受众的消解与误读。

从性格上看儒家主导的齐鲁文化讲求的是中庸与节制，而楚文化则更为注重一种接近自然的质朴与遵从内心的野性，二者虽然不乏相通之处但大致面貌上是背道而驰的。方方笔下的武汉尤其是汉口生活中的另类之处，与这种楚文化传统在时间流变后的遗存紧密相关。时间的力量总是匪夷所思，因此即便是以坚韧不拔著称的楚文化在时间面前也早已颜面大改，与大行其道、对政治与经济频施影响的儒家文化相比，楚文化弱小飘忽仿如孤魂野鬼。时至今日它虽然无法对家国大计的制定产生影响，但却真实存在于武汉人日常的一言一行中，透过方方笔下的各种线索我们能够看到楚文化曾经存在的痕迹，以及它们绵延至今的影响。

> "何汉晴在外面买菜买肉时，也常会和人发生冲突，对方不管说什么，都一是一，二是二，捅娘骂老子，清清白白。有理就大声吵，没理也骂几句出出气，然后走人。完了事，也不会觉得心里不爽快，只当是锻炼身体，活动心肺。可是那些以为自己有文化的人呢？你总是连他说什么都难得闹清，吵起来也不晓得从哪里下口。"[1]

---

[1]　方方：《出门寻死》，选自《方方作品精选》，长江文艺出版社2005年版，第275页。

方方笔下人物的骂战成了小说当中武汉生活的一个必要组成部分，俏皮又犀利狠毒的语言让人读来印象深刻。在礼乐传统的影响下，涉及到对方性器官以及父母的各种脏话在日常生活中是严格受限的，一旦陌生的或者是并未熟悉到一定程度的双方以这样的话语相互贬低，彼此的关系则宣告进入一种紧张状态，脏话是下一步更激烈冲突的预示。当代文学作品中专注描写骂人斗嘴的作品并不少见，但在这些作品当中，无论是为了占得利益还是保护自己，语言上的攻击总是作为某种手段出现，而方方笔下的武汉人们则简单得多，吵架作为一种情感上的宣泄既是手段也是目的，其背后并没有什么实质性的立场或含义，"捅娘骂老子"这样的脏话说过后双方很少再出现更进一步的行动，结果只是"锻炼身体、活动心肺"而已。

　　这种粗野豪放的情感表达明显违背了中国文化传统所遵从的节制、中庸的理念，而显现出了一种与繁文缛节、道貌岸然相对立的生活模式。因此当站在既有文化立场给出诸如泼辣、好斗等评价之后，我们应该看到文本显现的武汉形象实际上与另一种文化传统息息相关，只是这种关联已经极大程度地被通行文化观念同化。儒家以父母为尊、以性为禁忌，因而当脏话作为颠覆性武器出现时此二者是首选对象，然而这是儒文化规则的产物。楚文化影响下的行为动机却秉持着儒文化的行为规则，其所呈现出的复杂面貌使方方笔下的武汉形象获得了更值得玩味的阐释意义。

　　血缘是维系中国社会的一条重要纽带，但在另一种文化传统的影响下，方方笔下的武汉叙事中则对其进行了解构。以《风景》为例，其中的父亲、母亲在与孩子的交往过程中几乎全然看不到一贯传承在中国历史中的父慈子孝、舐犊情深，故事中子女抢占着父母的生存资料与空间，父母动辄辱骂殴打则不断对孩子的身心产生严重伤害，在贫困的生存环境之中他们彼此构成不可回避的威胁。既往的研究成果基本一致认同方方的《风景》从死者的角度，写出了人性的冷漠与扭曲，但这样的说法从文化传统的层面看是缺乏辨识度的。对于那种没有造成明显生命财产损失却又似乎违反"善"的准则，或者是直接超出既有认知水平的行为，人们都会倾向于用扭曲与冷漠来形容，但实际上无论是所谓的"善"还是既有的认知水平，都是特定文化传统的产物，并不具有绝对性。传统中国家庭观念对于血缘有一种近乎偏执的强调，而像方方的《风景》《落日》这样的小说作品中则对这种观念进行了颠覆。当《落日》中丁如虎、丁如龙兄弟在母亲还未完全死亡之时便将母亲送入火葬场，母亲终于停止呼吸后兄弟二人彼此释然道"上帝保佑总算完了！""算是了结了一件事。"[1] 时，此时血缘层面上母亲的身份被剥除殆尽，母亲被还原成了相处几十年的"人"。这种解构体现的就是另一种文化传统的力量，虽然在既定价值观的面前，丁氏兄弟二人的行为注定是一种不孝，然而母子关系之中恩恩怨怨不可尽数，谁对谁错已难分辨。自然界中像东南亚纹蛛类、三刺鱼类、印度洋罗飞鱼类母亲以身饲子的动物比比皆是，此时在母亲尸体上成长的幼子无谓善恶，因为相比于人类它们处在异质的文化传统中。人类说到底还是一种哺乳动物，人类社会无论多么发达也只是自然界的组成部分之一，因此如方方笔下的武汉叙事中所反映出的种种特殊现象，它们作为当代文学中武汉形象的特殊标签，并不适合简单地用扭曲或是冷漠等形容词进行概括，人们需要对其重新进行挖掘与审视。

"陆建桥近期分管取照，柳红叶管开票，两人天天

---

① 方方：《落日》，群众出版社 2004 年版，第 169 页。

并肩而坐，朝夕相处。虽无私情，但打情骂俏却是每日重要的生活之一，必不可少。仿佛你捏我一把，我嘲你一句，便如给生活这碗菜加了味精似的，吃起来津津有味。"[1] "搬运工男女相遇常有骇人之举，这便是扒下对方裤子或伸手到对方裤裆。虽是下流无比却也公开无遗。"[2]

方方武汉叙事中的男女调情与脏话的使用具有异曲同工之妙，调情之后进一步的行动本不存在，所以调情本身就是最终目的所在，这一行为本身也并不附加更多内涵，仅仅是一种遵从于内心欲望的行为而已。这样的两性相处方式虽有不尽如人意之处，但结合楚文化影响下血缘关系的泛化，像《孔雀东南飞》与《梁祝》这样的爱情悲剧在这样的文化传统中却可以得到避免。

当然文学中的武汉形象是加入了作家主观想象的产物，并且故事都发生在历史时段当中因而不可与现实完全等同，但透过引人入胜的叙事我们可以看到在楚文化精神的牵引下，方方笔下的武汉形象中确实少了许多社会历史逻辑的束缚，多了一种自由不羁的味道，虽然其笔下的这些小人物们时常为生活所迫，为城市里酷热的气候和飞涨的物价感到苦恼，但他们善于从生活当中寻找宣泄的出口，物质的束缚如天罗地网不可回避，但很多单一文化传统沉淀下来的精神束缚在这里则被区别于儒家文化的楚文化甚至是其他更为抽象与隐秘的异质文化传统悄悄击碎。

方方的武汉故事多发生在汉口。新中国成立之后武昌、汉阳、汉口三镇合一，相比于行政手段区分出的武昌与汉阳两地，

---

① 方方：《黑洞》，江苏文艺出版社 1995 年版，第 306 页。

② 方方：《风景》，选自《方方自选集》，海南出版社 2008 年版，第 155 页。

汉口这一城镇的产生更具有自发性。谈及方方的城市叙事，"底层性""市民性"是不可忽视的关键词，然而在豆皮热干面等小吃，男男女女的家长里短之外，文字中的汉口隐含着一些其他新中国城市叙事所缺乏的内涵。

相比于数千年的中国历史，新中国从成立至今在时间上还略显短暂，因而在历史遗存的影响与行政区划的力度之下，新中国的城市无论在成员数量上还是性质上都相对稳定，虽发展马不停蹄，但鲜少质变，因此我们于反映这一段历史变迁、知名度较高的当代文学作品中极少拥有目睹城市形成过程的机会。此时方方笔下城市叙事的意义就得到了凸显，《风景》中对于河南棚子的描写，显现的就是乡向城转换的过程。

城市的形成就在于生存资料相对过剩后，农牧渔民在基本生存无忧的状态下聚集在一起开始致力于制造、发明、交换，这种群落不断扩大于是城市便应运而生。相比于第一批城市人，后续不断有以农民为代表的其他身份者进入城市，适应城市的生存规则，这种不断发生的身份变换就是城市发展扩大的过程。《风景》中以父亲母亲为代表的第一代汉口人身上农民身份与城市环境之间产生的龃龉就是对这一过程的表现。通过横向对比可以发现，父亲母亲的形象与《红高粱家族》中的余占鳌、戴凤莲惊人地相似，《红高粱家族》中的人物都是农民身份，而《风景》中的父亲母亲身上并无与此二者的本质区别，因而结合小说的具体情节可以发现父亲与母亲虽然在实际身份上属于市民，但无论在心理还是技能上他们都与农民并无二致。第一代汉口人以农民的心理身份介入到精密而不讲究人情的城市机器之中，周而复始一日不停的运转很快使这些即将成为市民的外来者迷失了自己的生活逻辑，于是生活的焦点又回到了原初状态，即男性的力与女性的色。他们对于商品交换几乎一窍不通，脱离了稳定的生产资料，作为男性就只能依靠自己的汗与血去获取生活的资本，比如打码头的父亲，而女性则开始依靠自己的风骚与美色度日，如浪荡泼辣的母亲。这种野性原始的生活状态自然与楚文化传统的影响关系甚密，但更具决定作用的则是吸纳与扩张过程中的城市逻辑。这一阶段他们对官员抱有一种盲目的恐惧，在这种恐惧下脾气暴躁的父亲对成为官员的七儿子唯唯诺诺，而他们对于农业社会排斥的商品交换则仍然保持嗤之以鼻的态度，例如父亲对于五儿子、六儿子刚开始经商时的态度。"官"与"商"在第一代汉口城市人这里变成了准妖魔化的概念，这正是城市环境中倍感不适的农民们的正常反应。而到了以九个儿女为代表的第二代汉口人，曾经的农民身份与心态渐渐消失，从第一代的尴尬不已到第二代的乐在其中，方方笔下城乡混杂、市农交错的汉口风景从个体的角度反映了城市形成与发展的过程。

在城市初始状态的流动之外，方方笔下的武汉或者说汉口形象中还表现出一种个人主义倾向。《水在时间之下》《风景》等小说中汉口作为一个相对富庶的通商口岸在社会构成上贫富分化非常明显，此种情况下上层人欺凌压迫下层人，下层人则对上层人心怀仇恨并时刻准备僭越，这使得以汉口为中心辐射出的武汉形象于上述诸方面中又添加了一丝狠毒。当然在另一种文化传统之中所谓狠毒也是站不住脚的，真正的重点在于为了实践这种狠毒背后体现的个人主义色彩。《水》中的汉剧名伶水上灯从小立志于成为人上人为父以及自己雪耻，日后其果然凭借着自己非同常人的努力梦想成真，并且对于曾经的仇敌毫不手软，这一过程中叙事强调的始终都是"为自己"的动机以及"靠自己"的方式。《风景》《落日》当中血缘关系淡漠的家庭生活也使得个人属性得到空前凸显，人物的成长与生活缺乏应有的凭借，个人原则支配下的人际互动以及伴生的个人奋斗精神则成为决定事态发展的重要推手。城市逻辑下产生的个人主义与中国既往的集体主义区别明显，而与简单直接、野性质朴的楚文化则较为贴近，在这一点上楚文化与这种特殊的城市精神在汉口的环境中相互贯通。

方方笔下的武汉形象因与既往的中国城市面目相异而显得耐人寻味。当科技发展进入质变阶段，文化与其他上层建筑的发展却面临瓶颈之时，对于另一种文化传统进行思考的价值则开始显现。然而古旧的文化在时间与正统文化的压制下其痕迹已难追寻，因此我们只能从蛛丝马迹中对另一种平行的当下面目进行想象。口语上肆无忌惮的交锋、男女之间公开的调情、淡薄的血缘束缚共同编织出了另一种文化传统影响下文字之中的武汉生活，在传统文化熏陶出的视野当中这样的生活是诡异而难以接受的，然而就像脏话更能在有限的篇幅内表达更直接的含义与更明显的情感一样，这种质朴与野性以及另类的城市精神背后隐藏的可能是与繁文缛节、效率不足、人情至上、面目虚假相区别的另一套完整体系。虽然另一种体系未必对现实具有全知全能的启发，但是沿着这样一种思路，方方等作家笔下的武汉形象无论是在文学阅读还是现实生活之中，都将更富价值。

发表于《长城》2014 年第 9 期

冲淡平和中的生活迷思

——漫谈吴明益《天桥上的魔术师》中的台北印象

> "那时的台北还像是一个盆子，即使你站在盆底的一处不算高的地方，还是可以看到盆子的边缘和盆子里头所有的东西。而此刻我和魔术师站在天台上，一边是灯火辉煌的西门町，一边是'总统府'的灯光。"[①]

这就是当时台北的真实写照，而这个俯瞰的视角来自中华商场。自从六十年代台北市政府将中华路上用来收容二百万随国民党南渡移民的竹棚全部拆除而在原地兴建中华商场后，这里就逐渐成为了当时台北的地标。八栋外形一致，分别以"忠、孝、仁、义、信、爱、和、平"命名的巨大三层水泥建筑按照直线排列，连接着西门町与"总统府"，雄踞着整个城市中最为发达的商业资源，关联着整座城市人们的吃穿用度。上世纪六七十年代的中华商场俨然一副"台北之巅"的模样，站在这里的顶端可以俯瞰到整个台北。但这里上演的却注定不是商业巨子或王侯将相的时代传奇，因为看似如此庞大的集合体在当时被划分成了一千六百多个几坪大小的租户，而这些租户作为中华商场的构成要素，几乎清一色是徘徊在生老病死、柴米油盐中的市井平民。

---

① 吴明益：《天桥上的魔术师》，选自《天桥上的魔术师》，新星出版社 2014 年版，第 22 页。

经过岁月淘洗，五十年代作为城市贫民窟、"都市之瘤"的贫穷与六七十年代商业往来的极度频繁在这里中和成了一种安居乐业的小市民生活，而这种世俗生活也因为历史的变迁以及陆、台混杂的社会状况而饱含着丰富性与典型性。

《天桥上的魔术师》（以下简称《天》）作为一部短篇小说集，由故事性较强的《天桥上的魔术师》《九十九楼》等九个短篇小说与一篇具有后记性质的《雨豆树下的魔术师》组成，前九篇故事几乎都发生在中华商场，并且从这九篇中的最后一篇《流光似水》与《雨豆树下的魔术师》中，可以非常鲜明地看出作者意图用文字与故事来重塑当年辉煌一时的中华商场，以及一代人对已逝的事物与时间的回忆。中国当代文学对于六七十年代的记忆大多沉浸在狂热的政治氛围以及饥饿与暴力构成的生死边缘状态中，但在《天桥上的魔术师》里，这些六七十年代的故事却完全属于另外一种话语谱系，因而体现出了一种鲜明的台湾味道。

"我比较喜欢爱跟信之间的天桥，因为那个天桥比较长。桥的另一端连结到西门町，上头卖什么东西的小贩都有，有卖冰淇淋的，有卖小孩衣服的，有卖烧饼的，有卖华歌尔内衣的……警察有时候来赶摊贩，但天桥的通道实在太多了，摊贩通常把布包一卷就顺便去上个厕所再回来。何况警察常常慢慢走，以为每个摊贩都患痛风跑不动似的。"[1] 在第一篇小说中吴明益就用一个本地儿童的视角展现出了台北中华商场中人们平凡而又安居的生活。在后文中也是一样，这种即便是最普通的小人物也能靠劳动获得尊严，有权势者不忙着欺压百姓的生活正是全书中台北叙事的主调。

---

[1] 吴明益：《天桥上的魔术师》，选自《天桥上的魔术师》，新星出版社2014年版，第8页。

作者在小说中对童年视角的大量应用可以在一定程度上避免读者对生活细节的纠结，而相信这里就是一片衣食充足、人们不必徘徊在饥饿与寒冷之间的土地。在这里人们之间也没有贫富差距过大带来的蔑视与仇恨，例如《强尼，河流们》中开皮箱店的"我"家要比"我"暗恋的开眼镜店的小兰姐家贫穷，但在这种贫富差距下小兰姐仍然十分愿意为我补习，并且当我家以普通而又廉价的水果作为感谢与报偿时，身在富裕人家的小兰也欣然接受，不以施舍者的姿态拒绝。在这里也没有那种带着死亡气息的辛酸劳作或资本主义制度对人的残酷剥削，即便是像《唐先生的西装店》中"我"父亲那样稀里糊涂地在四坪大小的租户里卖着不懂内容是什么的旧书，也可以过上还不错的生活，并且为之后的牛仔裤生意攒下本钱。

"商场的生意大概维持到九点左右，九点以后客人渐渐少了，大部分人要不是看港剧，就是坐在骑楼聊天。"[①] 悠闲而又规律的生活与小孩子们的童年趣味相结合，再加上不时出现的与魔术相关的神奇片段，从感性出发，吴明益笔下这片土地就是这样平静、闲淡甚至略带散漫，市场规律乃至最基本的"物竞天择"带来的野心与焦虑在这里似乎没有土壤。

然而如果将九篇小说进行统一分析，就会发现在这样的意境之下有着一些不和谐但却频繁出现的声音。九篇小说中，除去《天桥上的魔术师》《金鱼》《鸟》三篇之外，每篇小说都涉及到了主要人物的死亡，并且这些死亡都成为了小说的重要情节。如

---

① 吴明益：《强尼，河流们》，选自《天桥上的魔术师》，新星出版社2014年版，第97、98页。

边界内外的凝视

此高频率的死亡事件为《天》中的台北叙事蒙上了一层悲伤与迷茫的色彩，使这片土地上人们的生活显现出了一种与衣食住行无关的别样之苦，对于这些人物死因的追寻则为与这片土地相关的阐释行为提供了广阔的空间。

《强尼，河流们》中的死亡事件涉及到一对年轻男女以及女方的父亲。故事讲述还是个小男孩的"我"暗恋邻居家年长七八岁的小兰姐姐，而小兰则与一名叫做阿猴的同龄男青年相爱。阿猴虽有些流氓气但是为人不错，并弹得一手好吉他，"我"对阿猴的敌意渐渐消失，并与之成为好朋友。阿猴应征入伍，在"我"的告知下发现小兰移情别恋，最后阿猴与小兰在火灾中双双死去，现场发现了阿猴从军营偷出的步枪，而早年丧妻的小兰父亲则在事件发生不久后因忧郁而毫无征兆地突然死去。当这里人们的人生选择不再被饥饿、寒冷以及草菅人命的战争与政治斗争主宰，根植在人性深处的其他情感诉求便渐渐苏醒并不断放大。在吴明益笔下这显然既是好事又是坏事，因为类似爱情般的情感乃至灵魂层面的空虚与诉求在一定程度上是无解的。曾经饥寒与集体性的政治狂热是压制人们情感的有效方式，然而在基本生活需求不成问题，但更高级与普遍的精神寄托方式没有产生之时，只有死亡才能让这些精神需求告一段落。这种空虚感时而为这里的人们带来生存的意义，时而折磨着他们，形成一种另类的、难以解脱的生命之苦。

《天》中类似《强尼，河流们》的爱情悲剧中传达出了属于台北印象的特殊味道。包括《金鱼》《一头大象在日光朦胧的街道》等在内的篇章所涉及到的内容几乎都与早熟的爱情或空虚有关。而大陆当代文学在触碰类似的故事时，例如《透明的红萝卜》或《动物凶猛》，则几乎无一例外地将少年主人公设计成了与常人有别的特殊形象，这些少年要么如痛感缺乏、无父无母、不言不语的黑孩一般有着明显的自闭倾向，要么像《动物凶猛》中喜欢溜门撬锁、白日做梦的"我"一般在情感上极度敏感。大陆当代文学在用孩童视角窥探成人的爱情世界时，仿佛总是要借助人物本身的"病态"才能掩盖故事本身的"不合法性"，而《天》中的一系列主角却都是普通的少年形象，相关的生活困惑与空虚感也都自然流淌而出。这种差异没有对错或高下之分，只是在这种差异里我们能感受到同一时期内，以中华商场为代表的台北城市与大陆城市相异的生活味道。

由此进一步深入，《天》表现了更加耐人寻味的生活迷思，其中最具代表性的是《九十九楼》。小说讲述儿时的马克（小学老师为主人公起的英文名字）因父母吵架离家出走，父母遍寻中华商场的八栋大楼乃至整个城市的大街小巷无果，三个月后马克才突然重新出现。他交代魔术师曾教他如何把厕所变成具有魔力的垂直电梯，再让自己以类似观看者的状态进入类似电影般的现世，在这种情况下旁人即使面对面也无法发现他的存在。在回忆之外，已经人到中年的马克娶了巴西北方部落的姑娘为妻，但妻子在怀孕期间却突然消失，马克像儿时自己的父母般遍寻台湾与巴西无果，最后上吊死在了一部垂直电梯底部的预留空间里，死后将近一个月才被人发现。

在《九十九楼》中，这种与现实出入不小的神秘元素不仅因为文字叙事的独特性而合理，并且为有关生活感受的隐喻提供了空间。马克童年之所以进入异质空间是为了躲避母亲的寻找，后来妻子的消失也是马克的不断寻找的相对行为，最后马克自杀时地点的选择显然也与想重新进入那个异质空间而不被人发现，或是想寻找已经消失的人有关。在这篇小说中三段重叠的故事隐喻了一种类似于"消失"与"旁观"的莫名状态，这种状态恰与魔术表演的意旨类似，其中夹杂着故事里台北城市人们对某种未知既向往而又恐惧的情感。

在《一头大象在日光朦胧的街道》中，主人公也不止一次提到隐身术，并且只有在他穿上覆盖全身的大象服装时，才能肆无忌惮地观察来往路人，并从其中辨别出许多不愿想起却又偏在脑海中徘徊不散的故人；在《石狮子会记得哪些事?》中"我"被庙中显灵的石狮子带到中华商场午夜空无一人的街上，心中虽忐忑不安但也因为前所未有的体验而觉得舒爽。这种"消失"与"旁观"的愿望几乎隐藏在小说每一个人物的行为当中。中华商场里的大部分人都不分昼夜安身于小小的租户里，而一千六百多个两三坪大小的租户又被密密麻麻地安排在了八栋几乎一模一样的水泥大楼里面，虽然这里是衣食无忧、极为繁华的所在，但是生活在这里的人们被狭窄的生活空间与繁复而又几乎零距离的人情世故牢牢捆缚。有形的限制与惩罚尚可反抗，但这种束缚却既是根植在城市环境之中的客观现实，又是人们意识中理所应当甚至是保障生活之物。五十年代贫困与脏乱的阴影在这里尚且挥之不去，因此中华商场乃至台北式的城市生活就更显得弥足珍贵，因此这些人们在进退维谷的状态下只能把自身对于现实的隐形焦虑以及对于这种束缚状态喜忧参半的情感融化到自己的日常行为中，进而体现出一种别样的生活迷思与生命之苦。

　　"魔术师，魔术是真的吗?"

　　"真的? 坦白说，那要看你怎么说'真的'……比方说，你觉得光是真的吗?"

　　"你是说太阳那个光吗?"

　　"对呀。"

　　"当然是真的啦。"

"可是你看得到光吗？"[1]

　　贯穿每一篇小说的那个天桥魔术师充满虚幻色彩，他的作用或许就是通过种种只有在文字中才可能实现的魔法，提示读者那些我们习以为常的东西或许正是生活的困惑所在。在魔术师的手中，真实与虚假总是完全混淆界限，一如《天》中的故事一般，对于生活的不解迷思本就在那被无数电影、文学、音乐镀金的老台北印象之中。

　　　　　　　　　　　　　　　发表于《长城》2015 年第 9 期

---

[1]　吴明益：《流光似水》，选自《天桥上的魔术师》，新星出版社 2014 年版，第 185 页。

第二辑

当代文学人物形象谱系研究

历时性与共时性的"一体化"想象

——论《创业史》中的旧人形象塑造

关于"旧人"与"新人",西方的阐释恐怕要追溯到马克思甚至更早的年代。当时这一问题在文学中的面孔是比较模糊的,而与社会上的政治运动关系更加紧密。后来经过马克思、恩格斯、车尔尼雪夫斯基、高尔基等人的铺垫,"旧人"与"新人"问题以"五四"为发端,正式成为中国文学中一个重要的问题意识,并历经"左翼文学""十七年文学""文革文学",贯穿了过半的二十世纪中国文学史。

因为这一阶段的中国文学总是与政治过从甚密,所以"旧人"与"新人"也就成了文学领域内一个颇为重要的问题。"旧人"与"新人"真正达到泾渭分明,并且在农村这一中国最广阔的舞台上展开对垒,显然要从"十七年"算起。之所以要重新对这一时段里的"旧人"形象予以重视,是因为当占据主流的新人形象塑造,总是以牺牲心理上的复杂性与人性的真实性为代价来着意体现主流意识形态对于阶级与成分的想象时,旧人形象作为新人形象的"他者",反而吸纳了大量为主流意识形态所摒弃的东西,这其中正包含今天我们所看重的文学性。时隔数十年,审美属性或者文学性已然成为衡量一部作品研究价值的主要标准,此时旧人形象中积淀与隐藏着的文学传统以及作家个人的才华技巧,为面向二十世纪四十到七十年代中体量巨大但政治属性过为明显的"非纯文学"的研究提供了极为重要的价值与角度。

在"十七年文学"乃至整个四十到七十年代的旧人形象序列中,柳青的《创业史》(以下简称《创》)显得非常独特。《创》第一部于1959年发表于《延河》,并在1960年5月由中国青年出版社出版。应该说在此之前,"旧人"的谱系已经相当饱满,包括《小二黑结婚》《三里湾》《三年早知道》《锻炼锻炼》《山乡巨变》在内的一系列农村题材作品中已经塑造出了如"二诸葛""三年早知道""常有理""小腿疼""亭面糊"等一系列个性鲜明的充满滑稽色彩的"中间人物",《红旗谱》一类的作品也创造出了与地主不共戴天的旧式农民英雄形象。但在面对这一谱系时,《创》中的旧人形象体现出了新的意义。从历时性角度上,《创》在无法规避叙事的政治色彩时,其旧人形象继承的"旧"文化传统维持着社会主义革命下的乡村与千百年来农业社会历史的联系,使旧式农民形象重新获得了人性与历史的深度;从共时性的角度上,小说对贫农与中农、富农的同质化处理,使乡村世界从"阶级""成分"造成的割裂中得到了一定程度的还原。

需要明确的是,"十七年"时期所谓的"中间人物"与后来所谓的"旧人"在概念的外延上并不一致。以邵荃麟为代表,当时文艺界曾对"中间人物"有通行的认定:"好的、坏的人都比较少,广大的各阶层是中间的,描写他们是很重要的。"[①] 言外之意,所谓"坏的人"并不被包含在"中间人物"里,相比之下,"旧人"则并不区分"好"与"坏",全面包括了所有被旧式思想主宰着的人物。从"中间人物"角度出发,严家炎等一批学者挖

---

① 邵荃麟:《在大连"农村题材短篇小说创作座谈会"上的讲话》,1962年8月,根据记录稿整理后收入《邵荃麟评论选集》,人民文学出版社1981年4月第1版,第389~403页。

掘出了梁三老汉的典型性与艺术性，而从"旧人"的角度出发，应该看到《创》对当时所谓的"中"与"坏"进行了"一体化"的处理，这在当时是非常具有文学史意义的新变。正是作者对梁三老汉与郭世富、姚士杰等反面人物的一体化处理，使梁三老汉等"中间人物"的性格在诙谐之余变得复杂立体，摆脱了被"平面化""喜剧化"的命运，也使反面人物因与中间人物体现出了相同的生活逻辑而有血有肉，在政治化的风暴中留下了一份人性的真实性与历史的必然性。

> "像任老四那号半老汉……借的时光说还，还的时光没钱。这社会，你把他看上两眼！我看，不如取他们几个利息。"[1]

想要理解《创》对旧人的一体化处理，可以从梁三老汉对梁生宝的这句话切入。故事时间中，就在说这句话的几天前，梁生宝为了说服老父而假想出一幅创家立业的美好图景时，梁三老汉为了表明自己的身份与立场，还说着"咱不雇长工，也不放粮。咱光图个富足，给子孙们创业哩！"[2]几天后当其他贫农可能损害他的切身利益时，梁三老汉便不留情面地向儿子提出这样的带有"剥削"色彩的建议。虽然小说里养子与老伴在话语上的"釜底抽薪"总是让老汉频频出现的"剥削思想"变成小说的笑料，但面对虚幻的财东生活时老汉的心痒难耐，以及面对贫农邻居时的不讲情面，还是体现出了底层农民在人生理想与生存哲学上与所谓"剥削阶级"之间剪不断的亲缘关系。

---

[1] 柳青：《创业史》，中国青年出版社 1960 年 5 月第 1 版，第 120 页。
[2] 同上，第 109 页。

梁三崇拜那些成功"创业"的乡里，类似"三大能人"也大多从一无所有开始自己的"创业"经历，于是蛤蟆滩上不同阶层的旧式农民被连接成了一个整体。从"中间人物"的角度出发，梁三老汉因目光短浅、愚昧自私而造成的喜剧性背后，是他身为"旧人"所拥有的一整套关于乡村现实的生存哲学与几千年不变的生活理想。在大量有关《创》的批评与研究文字中，梁三老汉因为看似纯朴质拙，甚至带着一点"傻气"而被看成一个既可怜而又有些可爱的角色。但是从历史传统与文化基因的角度，应该看到在小说田园风俗画式的叙事表象之下，以梁三老汉为代表的一系列旧人在面对世俗人生理想时，是不乏理应属于反面人物的"残忍"的。在这里不妨以梁三老汉处理家庭问题时为例：

> "'咱娃！'梁三斩钉截铁的大声改正，'往后再甭有"你娃""我娃"的了！他要叫我爹，不能叫我叔！就是这话！'"[1]

题叙中"立婚书"一段里，中年梁三表达了对养子视如己出的态度。梁三老汉的理想是成为"三合头瓦房院的长者"[2]，"瓦房院"指物质条件上的优越，"长者"背后则是一个家庭的完整有序，在这种传统乡村社会的理想中，二者缺一不可。对于年轻的梁三，外乡的孤儿寡母与"成家"理想合辙，尤其一个未来将要成长为壮劳力的男娃更是理想实现的关键，因此梁三老汉果断跨过乡村文化极为重视的血缘关系，把养子看成了自己的孩子。

但在接下来正文的第一章中，因为梁生宝一心扑在党的事业上，不再与梁三老汉一条心发家，老汉便在心中多次强调这个儿

---

① 柳青：《创业史》，中国青年出版社1960年5月第1版，第8页。
② 同上，第19页。

子与自己并没有血缘关系的事实，甚至冲着老伴说出这样的话："秀兰可是我的骨血哇！……"①大有要从这个家庭剔除梁生宝的言外之意，即便一向没有犯下过失的老伴因此痛哭，梁三老汉也并不服软。当然，在小说的后半段，包括《创》第二部中，事情并没有向极端的方向发展，梁家父子的关系不断调和，逐渐梁三老汉也成了儿子坚定的支持者，但是不能忽略的是——梁生宝的事业确实附带着改善了养父的生活。如果后来老汉没能"穿上新棉衣""庄严地走过庄稼人群"，②他会怎么对待这个养子呢？

　　时隔数十年的文本当然已经容不得如果，但叙事表象之下"旧人"的逻辑已经显现。在追逐传统式理想的过程中，梁三老汉对亲生女儿也一视同仁、斩钉截铁。在小说的第十九章，老汉以为女儿对早已许下的亲事不满，在事实并非如此的情况下多次不顾情面作出"老子打死你"这样的威胁。这样的场景在《红旗谱》等小说中也多次出现过，不同文本中相似的桥段反复地说明着传统理想的不可动摇，作为理想基础的家庭无论在名誉方面还是物质方面的损失，都是"梁三老汉们"不能容忍的。在这里我并没有从当代道德的角度去挞伐梁三老汉等"旧人"的意思，反而我更愿意去理解为什么在《白鹿原》中，以对内苛刻无情著称的白嘉轩反而被誉为以"仁义"来"耕读传家"的典范。不同时代有不同的"道德"，除了从解构意义上可能有的"反讽"之外，我相信这种角色设定中折射出来的几千年的文化传统遗存是更应该被重视的。为了发家，梁三老汉累出了哮喘病、罗锅腰，不惜与亲人反目，如果说他的这种几乎无条件的执着让读者感到可悲可叹，那么身为"富裕中农""富农"的"三大能人"们为了

---

① 柳青：《创业史》，中国青年出版社1960年5月第1版，第27页。

② 同上，第483页。

"守业"而表现出来的刻薄、坚忍、自私、精明甚至是奸诈与残忍，也就不似"十七年"乃至"文革"时期理所应当的那样让人憎恨了。以此为线索，旧乡村社会底层农民形象与中农、富农乃至地主们的形象在被"阶级"与"成分"划分的表象之下，重新产生了相辅相成的整体性。

如果只涉及男性形象，那么这一篇对旧人的讨论明显是不完整的。从梁三老汉以及郭振山、姚士杰的家庭叙事中，柳青很自然地带出了几位女性角色，其中除了"新人"改霞之外，梁家的梁王氏、梁秀兰母女，以及被姚士杰诱奸的素芳等女性角色，虽然着墨较少，但其家庭身份与人生遭遇还是相当具有代表性的。

应该承认，柳青塑造男性角色的能力确实更高一筹，但在为数不多的女性形象中，素芳这个形象值得重视。这个人物身上同时杂糅着"旧"与"新"的属性，一方面在公公王二直杠——一个经历过清朝、民国、新中国，因为年轻时在县衙被打了八十大板，而终生以对各类统治者忠心耿耿为荣的"斯德哥尔摩综合征"式的瞎眼老汉——的暴力压制下，素芳作为儿媳，在智力不健全的丈夫身边重复着无数代乡村妇女曾有过的悲惨生活。另一方面，尤其在《创》的初刊本、初版、再版中作家特意增删的有关性与爱的文字中，那种后来被大书特书的因突破了性爱禁忌而徘徊在乡镇边缘的女性形象已经隐约浮现。这一形象谱系以《白鹿原》中的田小娥、《檀香刑》中的孙眉娘为代表，因为体现了根植于人性中的"酒神精神"而显得与现代西方自由爱情观或女权思想有异曲同工之妙。不难发现，这一系列人物形象之所以触动人心，正是因为人类的天性与其身上属于"旧人"的命运因子发生了无处不在的抵牾，她们的遭际才焕发出了别样的悲剧色彩。

借用李杨在《抗争宿命之路》中的话，《创》已经是"现代民族国家叙事的完成阶段"的作品了，但小说中的旧式人物，却格外引人注意，甚至喧宾夺主。事实正是这样，无论一种属于无产阶级或者社会主义的叙事是否真正建立，小说中旧式人物形象所占据的地位与提供的能量都是毋庸置疑的。

虽然在今天看来，这部作品有不少属于那个时代的局限，但《创》无疑是政治年代中少有的达到较高艺术水平的作品，并且在八十年代以来的农村题材作品中，都能或多或少地看到《创》的影响。柳青在农村十余年苦心孤诣的经历，以及既成文学史观对作品的拔高，都影响着人们对《创》的评价，但我想《创》取得的成绩，最终还是要归因于特定时代里，作者对"旧人"的成功塑造。

发表于《长城》2016 年第 1 期

"新人"形象涉及的问题与可能性

——从严家炎与柳青关于梁生宝的争论说起

　　1959 年，作家柳青先后在《延河》与《收获》杂志上发表了小说《创业史》的第一部，1960 年，小说即由中国青年出版社出版。作品问世之后赞叹者络绎不绝，其中梁生宝这一"社会主义新人形象"更是广受好评，被评论者视为社会主义现实主义文学在人物塑造上的重要突破。

　　当时青年学者严家炎的声音值得注意，他对于《创业史》的评价似乎正符合新时期以来占据主流的评价态度。1961 年，严家炎在《文学评论》《北京大学学报》上分别发文《谈〈创业史〉中梁三老汉的形象》《〈创业史〉第一部的突出成就》，在肯定《创业史》的基础上，尤其肯定了柳青对"中间人物"梁三老汉的塑造，而对饱受赞扬的梁生宝提出了一些意见。这一观点被批驳后，1963 年严家炎发表了《关于梁生宝形象》一文，对这一人物形象塑造的不足展开了专门分析。严家炎的论点在当时确实独树一帜，甚至在一定程度上与"前十七年"文学界的主流观点"唱了反调"，而不久之后，一向低调的柳青专门在《延河》发表《提出几个问题来讨论》，指名就严家炎对梁生宝形象的指摘一一回应。随后出现了大量附和柳青、对严家炎的观点展开批评的文章，直到 1964 年严家炎发表《梁生宝形象和新英雄人物创造问题》，这一系列的论争才算告一段落。在这篇文章中严家炎虽然承认"离开了梁生宝形象，当然是不能估计《创业史》成就的"[1]，但对自己的观点还是有所坚持，当时这一系列争论，成了当代文学史上一段常被提及的公案。

"注定失败"的"新人"形象

随着"文革"结束，当代文学在八十年代迎来转向，严家炎在当年受到批判的观点俨然已经在新时期以来成了公认的常识。提到《创业史》人们大多认可梁三老汉是"十七年文学"人物谱系中的一抹亮色，而以梁生宝为代表的"新人形象"则不仅在艺术上不尽如人意，还隐喻了一个不堪回首的时代。然而随着时间前进，"十七年文学"乃至"新时期文学"终需被"历史化"，这种视角意味着人们不能再只从"文学"与"政治"二元对立的框架中讨论问题，将一个时期的主流文学仅仅视为对政治的"图解"。

从"历史化"的角度重读这段公案，便可以发现一些有趣的事情。严家炎对梁生宝形象的批评，最鲜明并集中地体现在《关于梁生宝形象》一文中，文章写到柳青在对这一形象的塑造中"写理念活动多，性格刻画不足（政治上成熟的程度更有点离开人物的实际条件）；外围烘托多，放在冲突中表现不足；抒情议论多，客观描绘不足"[2]，概括起来则是"三多三不足"。时至今日在谈及严家炎的文章时，还有人认为其评价完全正确（比如余岱宗的《"红色创业史"与革命新人的形象特征——以二十世纪五六十年代中国农村题材小说为中心》，《文艺理论与批评》，2002 年 02 期），但从"历史化"的角度出发，我们应该看到"三

---

[1] 严家炎：《梁生宝形象和新英雄人物创造问题》，《文学评论》，1964 年第 4 期。

[2] 严家炎：《关于梁生宝形象》，《文学评论》，1963 年第 3 期。

多三不足"中体现的评价标准中的含混之处，以及柳青回应中的合理性因素。

"三多三不足"有些笼统，这几乎是所有同时期文学创作中人物形象都会面临的问题，而"足"与"不足"也无法量化，因此谨举两个例子，来看严家炎和柳青的观点具体有怎样的冲突。当严家炎把梁生宝那些相当"简陋"的"马克思主义话语"说成"参加革命若干年的干部都很难得如此成熟如此完整地具备的"马克思主义理论素养，随时能将身边的小事上升到"哲学的、理论的高度"时，柳青则强调所谓的涉及到政治成熟、理论素养的字句，只是自己在参加农村党员整党教育和思想动员时听到的内容①，换言之在小说中梁生宝对于现实中许多"上纲上线"的感慨并不是个人的"创见"，而是对任何一名农村党员都有权利参与的学习过程的"复述"与"理解"；严家炎认为梁生宝处理的事件太过平凡、与蛤蟆滩"三大能人"为代表的反面人物缺乏正面冲突时，柳青则认为在小说内容展开的范围内，并没有更严重的事情，至于是否重要的正面冲突都应由梁生宝来完成，柳青则认为"这样包打天下的英雄"并不合适。

当时论争的具体细节，与"文革"后成为主流的评价形成了有趣的反差。按照后世的理解，"新人"正是因为过于"高、大、全"而违反了现实主义文学创作的真实性原则，然而在当时，正是身为"新人"塑造者的柳青在强调梁生宝并没有想象中的那么强大与完美，它只是集体中的一分子，在党的领导下成长。而严家炎则认为梁生宝的行为需要更进一步才配得上作者对他的定位。包括在《梁生宝形象和新英雄人物创造问题》一文中，严家炎还说到梁生宝"对女方的手有些微妙奇怪的想法"，这与"朴

---

① 柳青：《提出几个问题来讨论》，《延河》，1963 年第 8 期。

实的青年农民不太协调"①，进一步对梁生宝的人格提出了更高的要求。

与此同时，在严家炎当时的观点中，又是梁三老汉那样的"旧人"形象才最为明显地体现了作品的艺术水平，与思想水平相关的"土改后农村阶级斗争和生活面貌揭示的广度和深度"也正是通过作者对这一形象身上"落后"因素的精准把握来实现的。但如果梁生宝变得更加符合对于"英雄人物"的要求了，那么他势必无法"兼容"根植在农民或者中国人身上的落后性，而梁生宝的形象如果"矮化"了，则很难满足对梁生宝形象的进一步要求。不同方向的要求近乎自相矛盾，这意味着在这种评价体系下令人满意的"新人"形象本来就是无法存在的。

这并不是严家炎一个人在用文字游戏"兜圈子"，在八十年代以来启蒙思想主导的文学观中，"新人"必然是一种有缺陷的人物形象并体现某种错误的文学观，几乎已成为大家心照不宣的常识。既然如此，注定失败的"新人"在图解政治、戕害形象塑造的可信性之外，在文学与文化上的存在是否真的没有合法性？

"新人"存在的合法性

在讨论"新人"合法性之前，我认为必须要明确的一点就是，"十七年文学"与"文革文学"的实践并不能涵盖"新人"形象所有的可能性。

弗雷德里克·杰姆逊在《后现代主义与文化理论》中曾经说到，十六世纪宗教改革之后，一直信仰基督教的农民与新教徒在对于世界与个人生活的观念上出现了不小的冲突。新教主张消

① 严家炎：《梁生宝形象和新英雄人物塑造问题》，《文学评论》，1964年第4期。

灭一切教会，在信众自己的心中建立信仰，注重个人对宗教的理解，于是曾经农民生活的三个主要组成部分"沉思、劳动、休息"中，"沉思"因为由教士和僧侣主导而被划为"寄生性"行为，由礼拜日和圣徒纪念日组成的"休息"中带有的明显的宗教成分，也是不符合新教教义的，曾经能够获得"持续性满足"的"劳动"，也被"延续性满足"的"工作"所取代。杰姆逊认为，在这种观念的冲突下，"过去那种心理结构在新的历史时代消失了，取而代之的是一种崭新的心理经验……人类主观性的结构，精神本质的结构，或者说心理主体的结构，得到了彻底地调整。这种精神结构的改变产生出了新的人，就像在苏联有所谓的'苏维埃新人'的说法一样"。①

人们在论及类似基督教——新教这种新旧制度的变化时，总是会潜移默化地带上某些政治正确的考量，但我在这里想讨论的只是既成事实，并不想涉及到正确与谬误的争论。1949 年以后，中国共产党为中国农民原有的心理结构带来的冲击，与十六世纪欧洲宗教改革为农民带来的影响有很多共同之处。可以说在所谓的"亚细亚生产方式"中，土地的所有权在很大程度上直接决定了农民的人生价值，因此新中国成立前后国家对土地所有制等一系列基础性制度的变动必然使农民无法再按照过去的方式继续生活。

> "文化革命是一个重新安置人们的过程，使人们适应新的情况、条件和要求；这也是一个必须有的过程。"②

---

① ［美］弗雷德里克·杰姆逊：《后现代主义与文化理论》，唐小兵译，北京大学出版社 2005 年第 2 版，第 47 页。
② 同上，第 69 页。

这里的"文化革命"当然不能等同于发生在我国六十到七十年代的"文革",它泛指大范围的文化观念变动。当宗教的影响力降低,文化则逐渐承担宗教的功能,只是其作用模式更加隐蔽,限制力也相对弱一些。在中国社会中,宗教对生活的影响本就不如西方那样明显,因此作为文化的一个重要组成部分——文学,则必然要承担起弥合两个历史时期精神观念裂隙的任务,安放人们因剧变而惊慌、迷茫的情绪。就如杰姆逊所说,新的精神结构必然催生出新的人物形象,因为文学终究与现实有着紧密的联系,所以梁三老汉这样的旧式人物形象虽然能够为人们带来阅读的愉悦,也只是写出了处在转折期农民当下对现实的震惊与错愕,而终究不能帮助人们完成某种时空体验与精神状态上的过渡。梁三老汉在小说第一部结尾已经认可了养子的合作化事业,而前提是老人终于满足了对物质与尊严的需求,能"穿上新棉衣","庄严地走过庄稼人群了"。因此梁三老汉的保守与变化虽然被刻画得入木三分,但与之前数十年数百年的农民在面临私有财产得失时的喜悲并没有本质区别。

阿喀琉斯、普罗米修斯、堂吉诃德、哈姆雷特、艾丝美拉达与卡西莫多、拉斯蒂涅与伏脱冷,乃至《变形记》中的格里高尔与《尤利西斯》中的奥波德·布鲁姆,这些不同历史阶段的重要的文学形象在身份与观念上的巨大差异——从半人半神的骄傲与勇气,到骑士、王子的疯癫与徘徊,再到市民阶层的美丑对照以及资产阶级的进取姿态,乃至通往无限可能性又止步不前的现代主义神话——无不证明伴随历史的断裂,新的人物形象也必须应运而生。当然,梁生宝、高大泉等人的形象是不可能和上述这些经典的人物形象相提并论的,但他们作为旧式人物形象的"他者",代表了一种尝试,也蕴含着某种可能。仅靠梁三老汉、"三大能人"，乃至后来文学中上官金童、福贵、谭端午这一类与西方现代文学或中国传统文学呈现高度一致性的人物形象，是不足以面对新的时代的。

被压抑的"可能性"与对文学现状的一种解释

必须承认，政治曾经对文学施加的庞大压力，限制了作家与批评者对于"新人"形象的想象，"新人"在大多数作家笔下要么只空属某一种阶级与身份，要么成为政治的简单图解，而这种没得到充分发展的新人形象更是被文学研究与批评者"封杀"。1994 年，浩然的《金光大道》重新出版，叔绥人撰文《关于"名著"〈金光大道〉再版的对话》中写道："民族劫难中吃香走红，酿成日后寂寞冷落，也算咎由自取嘛……总而言之，老弟完全不必如北京的李辉等人那么较真儿，岂不反为这等陈货促销吗？我看还是任其闹闹，什么金光大道，回光返照而已！"这样的语气中蕴含的态度已经不言自明，当时包括陈思和、李辉的一系列批评文章虽然用词较为严肃与委婉但也表达出了类似的观点。结合1998 年关于《环球时报》对浩然的访谈引起的争论，在八十年代以来的主流文学界，有相当大的一部分人都是希望当年的那些与政治联系紧密的文学最好同那段已经过去的历史一样永远不要重现。

然而当"新人"形象的"高、大、全"特征被着重强调时，或许应该思考一下是否当"十七年文学"与"文革文学"用生涩而暴力的手段去压抑文学的可能性时，实际后来以审美和启蒙为主导的文学观，也用了看似不同、实际相通的手段压抑了新的人物形象出现的可能。当我们对代表性的"新人"形象身上所具有的"正面因素"进行归纳时，不难发现，虽然表面上他们的行为与新式的国家话语贴合的非常紧密，但这些农民或工人之所以被看作"英雄人物"，并不是因为他们体现了多么高深的马克思主义理论素养，反而还是因为他们不仅没有违背，甚至还凸显了包括仁义礼智信等在内的中国传统伦理道德。马克思主义与中国的传统伦理道德之间恐怕没有必然的联系，因此就目前当代文学史中已经存在的人物形象来说，当时研究界确立的"新"与"旧"之间的界限，在一些角度上其实并非表里如一。因此当八十年代以来启蒙与审美的文学观对"新人"形象进行"一刀切"的同时，"新人"表现出的"正面人性因素"也在相当程度上被后来的文学实践所淡化，所以包括寻根、先锋小说乃至后来的新历史主义、新写实小说、新状态小说、新体验小说中，表现人生与人性的阴暗面成为了主流。

九十年代以来，随着《丰乳肥臀》《兄弟》《江南三部曲》等一批时间跨度较长的小说问世，严肃文学逐渐与大众读者分道扬镳，像《平凡的世界》这样唤起六七十年代生人强烈共鸣的作品在当代文学史上遭遇了"冷处理"，记录了80、90后成长环境的类型小说也被认为是不登大雅之堂。于是关于代表了主流严肃文学界的50、60后作家们对于当下现实能否进行有效的表述，产生了不小的争论。上述提及寻根、先锋等一系列小说潮流发生的年代，正是这一批作家在文坛上活跃之时，因此我认为此期间主流文学界对于"新人"形象的封锁或许在一定程度上可以解释后来关于当下现实阐释存在的问题。时代发展之下心理主体的结构不断发生变化，然而受之前文学观念的影响，徘徊在主流文学创作与批评中的却一直是"旧人"，于是人物形象与叙述环境的断裂促成了读者对于作家表述能力的集体性怀疑。

这样说的意图当然不是让作家们都重新去写"当代梁生宝"的故事。"十七年文学"中形成的一系列"新人"与"准新人"

形象并不足以涵盖"新人"塑造的全部可能性。"新人"这个概念与时间修辞有关，所以只要是"新"人，就一定会变"旧"，这既是许多研究与批评者认为"新人"塑造必然失败的原因，也暗示了"新人"理应与流动不止的时间一样层出不穷，既通向过去也通向未来。

去年年末至今年年初，德国面临着是否重新出版希特勒《我的奋斗》的难题。在很多人眼里，这本书的出版就仿佛是打开了潘多拉魔盒，会召唤出一段黑暗恐怖的历史。在中国，对于"新人"形象的研究，乃至对"十七年文学""文革文学"的研究同样面临这样的挣扎。对于血淋淋的历史覆辙，警惕与敏感当然是无可厚非的，但机械的因果论早在黑格尔的时代便已经宣告结束了，文学与政治之间的关系理应得到更为细致的重审，这既是文学史的需要，也是文学进一步发展的需要。

当有人问马克斯·韦伯为什么从事那么令人沮丧的社会学研究，了解社会中的种种丑恶时，他说："我要看看这个世界究竟腐败到什么程度。我自己在多大程度上能够直面这种腐败。"① 我想对于"新人"形象的研究也是一样，它在一定程度上摸索到了当代文学发展过程中的限度，对其蕴含的可能性与涉及的问题进行研究，必然对了解历史与当下的文学有重要的作用。

发表于《长城》2016 年第 2 期

---

① ［美］弗雷德里克·杰姆逊：《后现代主义与文化理论》，唐小兵译，北京大学出版社 2005 年第 2 版，第 86、87 页。

知识分子性形象的"废"与"用"

从清代《红楼梦》中的贾宝玉到《儒林外史》中的"群丑"，从鲁迅笔下的魏连殳、吕纬甫到《围城》中的方鸿渐，从王蒙笔下的刘世吾到张贤亮笔下的章永璘，再从《废都》中的庄之蝶到《春尽江南》中的谭端午，近现当代文学的知识分子性形象谱系中产生了一个特征鲜明的"废人"传统。

"废人"的形象曾一度是中国文学成就的体现，但时至今日，过剩的"废人"形象也成为当代文学发展中的隐痛。趋炎附势、庸俗丑陋、百无一用，这几乎是联想起当下文学中的知识分子性形象时人们脑海里最先闪过的几个关键词。对于这种形象无休无止的牢骚、抱怨，只能说明在今天这个远离革命与理想、埋头于现实的时代里，人们对知识与知识分子，以及对于文学，还抱有某种与救赎、超脱有关的希望。知识分子性形象对于这个社会有重要的意义，然而遗憾的是，在批判当代文学中的这一类形象是不合格的"废人"时，人们只知知识分子不应如此，没人知道理想的知识分子该是什么样子。

这是社会的责任，文学也难辞其咎。文学在塑造和传播知识分子性形象方面作用巨大，因此有必要对当代文学中的知识分子性形象进行讨论。

在中国谈论知识分子问题，似乎是危险的，因为在中国社

当代文学人物形象谱系研究

会的语境中，对这个词本身的定义就是存疑的。它几乎和"现代性"一样存在百十种解释，然而正是因为问题的重要性，即便在指鹿为马、盲人摸象的状态中人们对相关讨论仍然乐此不疲。对前人的研究成果进行梳理就不难发现，文本中但凡有着大学本科及以上教育水平，或者在故事中显示出了细致的思考能力，就有可能被纳入到知识分子形象的讨论，因此在这样的讨论环境中，严格从西方的知识分子定义出发再对诸多文学形象进行框定，恐怕很难同之前的研究谱系形成对话关系。本文之所以使用"知识分子性形象"来划定讨论对象的范围，正因为它既包含着严格意义上的"知识分子形象"，也包括那些在某一方面具有知识分子特征，但并不属于严格意义上的知识分子群体，却又被前人频繁讨论的对象。使用这样一个概念，正是希望可以在有限篇幅中避免概念上的分歧，而涉及到更多文学层面的内容与问题。

颓废本身就具有美感，当代作家与文学批评也时常将知识分子性形象中的"废人"视为文学性的寄寓之处。但作为文学与社会中非同寻常的组成部分，知识分子性形象中总是出现"废人"也难免让人担忧。

就当代文学已经呈现出的知识分子性形象来看，这一形象在当代文学中的"废"是大势所趋，首先独善其身是不足以成为合格知识分子性形象的，以张贤亮的《绿化树》为例，当人们都在为温饱挣扎时，主人公章永璘在白天因掌握着类似盘火炕这样的"稀有技能"而与众不同，夜晚还能读上一段《资本论》，并且在面对马缨花时这个知识分子性形象全面碾轧着代表强健、力量与世俗生活的海喜喜。批评研究者绝不仅因为在《男人的一半是女人》中章永璘成了一个"性无能者"，才总是将章永璘作为"废人"型知识分子性形象的代表；张贤亮在这本怎么看都难免有自叙色彩的书中表达出同样的观点——除去夜里偷读《资本论》时，章永璘都愧对了"知识分子"这样的身份。《资本论》在当时的语境中有改天换地的象征性力量，类似作者的观点说明这种力量正和人们对合格知识分子的想象相符，而独善其身无法使他超脱"废人"的范畴。

那么"兼济天下"呢？物质生活相对富足但仍然碌碌无为甚至道德出现问题的庄之蝶等人肯定与此无缘。能够兼济天下的知识分子性形象必然要从知识分子的理想出发，向陈腐的现实规则发动挑战，然而知识分子的话语、理想，在不同时代的主潮面前总是显得不堪一击。格非的"江南三部曲"是这方面的代表，陆秀米、谭功达两代人心中一直怀揣着建立乌托邦的火热理想，但是历史轨迹证明的是什么？推翻当前的政治体制，是为了建立另一个殊途同归的政治体制，而乌托邦永远是痴人说梦。于是等待陆秀米和谭功达的结局都几近幻灭后的隐逸，原本希望超越尘世的知识分子性人物终归被排挤到边缘的位置，于是才有了第三代谭端午这种"进错了房间"的尴尬形象。

理想的知识分子性形象是被现实"扫地出门"的，但在民间社会意识中这种形象却理应是进退自如，自愿放弃名利。太多人选择将对现实的不满寄托在这种子虚乌有的形象之上，而大量真实知识分子性形象只能选择在现实与理想的夹缝中蝇营狗苟或长吁短叹，呈现出一派颓靡气息。

那么不谈理想，知识分子性形象就不能取得世俗意义上的成功吗？《沧浪之水》中的池大为也是人们对知识分子性形象进行讨论时选取的典型，他从一个四处碰壁的准"废人"型知识分子挣扎成为了"副厅长"，从世俗角度池大为获得了成功，但是当池大为说出"说好听点吧，是梦醒了觉悟了，看清楚了不骗自己。说难听一点吧，是堕落了放弃了，只剩下自己了"①时，他已经不再是人们所呼唤的那种知识分子性形象了，要想获得世俗意义上的成功，知识分子需"背叛"自己这一重身份。

就目前已经展现出来的知识分子性形象所具备的特征与能力来看，只要作家还在现实的基础上展开故事，知识分子性形象就难以逃脱"废"的命运。这是批评与研究界比较通行的观点，但对这一逻辑进行检视，就可以发现这里有一个根本问题遭到了忽视——除了道德与责任问题，"知识"在"知识分子"身上更应该扮演基础性的角色。

具体说，在大部分当代文学文本中，知识分子性形象的"废"与"不废"总是跳过知识本身进入信仰与道德层面。此时知识分子成了一个预设的、无须验证的身份定位，对之"废"与否的评价，看到的往往只是作家预设的掌握知识的人，在社会金字塔的不同等级中能否在不违背道德和责任的前提下做上升运动，并对整个金字塔的构成产生影响，在这个过程中知识本身被忽略了。为了明确文学作品中"知识"与"知识分子"间的关系，我想举一个非常通俗的例子。在武侠小说中，在主人公或成为侠之大者或恶人，或碌碌无为或因大彻大悟归隐山林的过程中，武学既是武者们人生选择凭借的工具也是选择的动因。知识之于知识分子一如武学之于武者，现实存在的"知识"五花八门，并且对小到个人生活大到社会国家都有着巨大的影响作用，但在知识分子性形象占据主要地位的当代严肃文学作品中，有多少对知识的描写能让读者印象深刻？

余华的《鲜血梅花》，是没有具体武学描写的武侠小说的代表作，而主人公阮海阔从武侠的角度上看，正是一个很明显的

---

① 阎真:《沧浪之水》，人民文学出版社 2009 年版，第 404 页。

"废人"形象。巧妇难为无米之炊，同理，没有知识的知识分子性形象必然难以从个人和社会的角度找到应有的尊严、逃离颓废的命运。如果从道德信仰角度知识分子的颓废反映出的是社会的局限，那么由于"知识"的匮乏而导致的"废人"形象则需要由作家来承担责任。知识分子性形象的取材来源于现实，但归根结底是作家主观创造的产物，如果作家本人对于他要创造的角色所应拥有的知识仅仅一知半解，甚至有意回避，那么作家呈现出来的知识分子性形象必然是空洞而易碎的。

在阎连科的《风雅颂》中，主人公是一名文学专业副教授，在小说中他有一本毕生心血凝聚的学术著作《风雅之颂——关于〈诗经〉精神的本源探究》，这一著作是主人公身份的支撑。不论从学术角度这样一个题目价值几何，在文本的设定中这是他作为一名"知识分子"所怀抱的"知识"的具体体现，并且这部研究成果是促成他发癫并离家出走、最终以他人无法理解的方式建立理想国的核心动因之一，但在小说中这本书的内容以及其中蕴含的精神力量却并没有得到详细说明。相反，主人公妻子与副校长偷情、主人公与性工作者赤裸相对的幻想图景却得到了反复描写。作家未必是专业的学者，但也不能说相比于这些场面，作家对学术方面的问题就理应更加陌生。最终作品呈现出来的主人公，是个知识分子式的"废人"形象，但这种"废"在很大程度上是因为主人公作为一名知识分子，他本身坚守与追求的东西在作者含混的笔触下显得缺乏理性，而并不仅由于他对于现实的心有余力不足。

在这一类小说中，"知识"本身像是"镜花水月"，知识背后的道德、信仰则似乎除了给知识分子带来耻辱，以及精神分裂症式的疯癫之外，很难再见到什么积极的作用。在这样的呈现效果面前，到底是社会的真实状况使人对知识绝望，还是作家对知识的片面展示使读者对知识分子式人物产生了错误的认识？

自从"新时期"以来，书写"废人"形象在当代文学中有成为某种"政治正确"的趋势，涉及到知识分子性形象时尤其如此。应该说在"前二十七年"激进的社会主义实践告一段落后，"废人"形象确实对整体当代文学的发展轨迹起到了拨乱反正的作用，并且为文学审美属性的呈现提供了广阔的土壤。但是过犹不及，新世纪文学经过了十余年的探索与发展，虽然对"知识"的侧重仍显不足，但当代作家们或许已经在一定程度上意识到了问题。

以 2015 年的中篇小说《地球之眼》为例，我认为《地球之眼》的意义在于作者借助一个具有虚构色彩的监视系统，将"废人"从当代严肃文学创作的范式弱化成了一种叙事合法性的"外壳"，进而"废人"得以不"废"。主人公安小男是理科奇才但执意转入历史系学习，最大的志愿就是从历史当中找到改善当下社会道德状况的方式，外人看来他一贫如洗，遭尽现实白眼，毫无地位与尊严可谈，只生存在自己的幻想中，与前文所述的废人型知识分子性形象有高度的一致性。然而从自身的责任感与聪明才智出发，安小男在现实与理想间苦苦挣扎，最终以自己发明的先进监视系统使贪赃枉法的"官二代"李牧光得到了法律之外的惩罚，实现了作为一个知识分子对良知与道德的追求。2011 年出版的《陆犯焉识》也是一个例子，与《绿化树》《男人的一半是女人》非常具有相似性的劳改故事，塑造出了一个与章永璘颇为相似的"废人"形象。但是可以看到相比张贤亮，严歌苓采取了不同的讲述角度，使得由"废人"型人格探索的人性深度与社会阴暗面，在相当程度上让位于作家颇具幽默感的叙述，这种幽默感的背后是知识对于生活以及对苦难认知态度的改变。对于亲情与回忆的处理、浪子回头金不换的人生感悟成为了陆焉识人生的主线，相反没人在乎这样一个"章永璘"式形象能否承担既有知识分子身上背负的道德与责任。

类似的例子还有不少，总之在"废人"代表的人性、反思、批判、审美的笼罩下，当代作家已经有蠢蠢欲动，寻求改变的迹象，其最明显的趋势就在于对知识分子性"废人"形象的呈现已经逐渐从最终的追求弱化成面对文学传统与主流批评家检阅时的一层合法性外壳。但我认为既有的努力，还有进一步提升的明显空间，有很多与"知识"有关的问题，仍然处于被忽略的状态。

在有限的篇幅中，我不能花太多笔墨在对于当代中国严肃文学尚属"美好期待"的事情上，但有些话却不得不说。在当下中国的社会语境中，恐怕没有一个严肃文学作者愿意将自己单纯定义为"写手"，他们或多或少都有着某种"知识分子"式的追求。因此在当下的小说创作中，"泛知识分子性"可能越来越成为小说创作的主流。此时小说家如何处理"知识"这个问题，就显得尤为重要。证明知识分子的价值与意义并非仅有道德信仰这一条路可走，展现出知识本身的意义与魅力亦是一条根本之路。

在这方面，日本小说家京极夏彦在1994年出版的《姑获鸟之夏》，可资借鉴。在这部小说的开头，只是一场发生在二手书店里关于"意识"与"存在"的对话，就足以使读者对关于这个世界的常识产生陌生与恍惚之感。结合着作家对叙事节奏的巧妙拿捏，以及环境描写上的细微差异，只是最简单的形而上讨论，也许还结合着一些新历史主义的世界观，就使"哲学"这种"知识"在文本中体现出翻手为云、覆手为雨的玄妙。京极夏彦是写鬼神怪异的高手，这种目前在中国当代文学界常被划为"不入流"的类型文学的题材，在他笔下一样通过对知识与知识分子的恰当处理，而被提升到了现实的高度。与此同时，发起谈话的主人公京极堂，虽然只经营着一个半死不活的书店——如若这个题材由中国当代作家来处理，八成又会塑造出一个"废人"——但在知识的加持之下，却显得异常高大。

前一段时间蜚声海内外，风靡通俗与严肃文学界的科幻小说《三体》之所以吸引人，在我看来完全要归功于小说中蕴含的"知识"。物理学、社会学、生物学、宇宙学等角度的知识虽然从专业的角度都难说绝对正确，但它们确实借助文学的手段体现出了非凡的魅力，而文学也因为它们显得趣味无穷。小说中的重要人物，几乎全是代表各个领域的"知识分子"，这一身份在惊涛骇浪的时代巨变中存在感异常鲜明。

中国当代的严肃文学在将种种通俗文学从自身砍掉时，也使得各种各样的"知识"消失于严肃文学，进而知识分子性的形象才会面临着诸种问题，最终倒向宿命一般的颓废，在陈规与减法之下，知识分子性形象与严肃文学都难免走向边缘。本文谈论的主要是知识分子的"废"与"用"，这可以是只局限在某一种具体的人物形象上的小问题，也可以是关乎中国当代文学发展的大问题。

发表于《长城》2016年第4期

莫言的"革命者"形象：
历史与文学层面的双重意义

　　无论是从中国历史的角度，还是从近代西方传来的哲学与社会学角度，说到八十年代以来当代文学中的革命者形象，人们似乎更容易想到格非《人面桃花》《山河入梦》里类似陆秀米、张季元、谭功达那样的角色。他们怀揣着乌托邦的理想，才学、胆识兼备，有诗人般的浪漫情怀，并且亲身参与了近现代中国政治意识形态的构建过程当中，而莫言笔下的此类人物，却更接近民间草莽，也更接近我们常识中"革命者"的气质。

　　《庄子》外篇中有一句"道在屎溺"，大抵对应的就是莫言笔下那种泥土气十足的"反英雄"式革命者形象。如有批评家所指出的，莫言胀破了"社会学与伦理学"的向度而成就了"人类学"的厚度，进而重新形塑了一种叙事的"历史伦理"[1]，莫言笔下的"革命者"也不鸣则已，一旦这些英雄与混混——代表着生命强力或者投机倒把的人们从混沌的现实中被加上了"革命"的投影时，镜像就会碎裂，远古田野中的幽魂将会穿过新的纪元，为人们对历史的认识重新立法。

　　从政治生活的角度，革命有两重最基本的含义。第一重含义从人们对既往制度缺陷的不满中来，与对"乌托邦"的渴望有

---

① 张清华：《叙述的极限——论莫言》，《当代作家评论》，2003 年第 2 期。

关，象征着一种永无止境的追求。正是"革命"的这一重意味，将中华民族的二十世纪与之前数千年的历史区隔开来。格非在《人面桃花》和《山河入梦》中塑造的那一类"革命者"承载的就是这一重内涵，然而就像陆秀米、谭功达等人物形象的精神世界充满乌托邦理想和个人私欲的矛盾一样，革命也从这一角度分裂出了第二重含义。在英语中，革命一词写作"revolution"，其词源"revolve"为旋转、循环之意；在中国古语中，从《周易》"革"卦中的"汤武革命，顺乎天而应乎人"①开始，"革命"就一直和改朝换代联系在一起，而这在中国历史的长河中，简直如同家常便饭。词语的历史折射出了"革命"平凡的一面，这一重含义指涉的对象充满不确定性，在理想之外，还关联着民族矛盾、个体欲望等多种现实问题。

这两重含义可说互为表里，前者显得纯洁高尚，后者则泥沙俱下；后者常假借前者的面目出现，也偶尔为前者的现实化提供可能。应该说在今天的话语环境中，"革命者"一词同时包含着以"革命"为目的和以"革命"为手段来实现其他目的的人。

莫言侧重的显然是后者，他对于"革命"的切入角度，注定了他的言说对于传统观念具有颠覆性意义。以《红高粱家族》中的《狗道》一篇为例，莫言着重描写了战争过程中，以食人尸体为生的狗群如何团结在一起对抗人类，如何分化成以红狗、黑狗、绿狗为首的三个分支，在内斗中彼此消耗，抢夺狗群的统治权和对尸体的占有权。这段对狗群的高度"拟人化"的"志异式"的描写可谓令人大开眼界——这些饱食人尸的野兽已经是三分像狗、七分像人了，它们有共同的天敌，但彼此又貌合神离，而狗群中出现的派系又恰巧是三个——显然这是在影射以余占

---

① 朱熹注：《周易》，上海古籍出版社 1987 年版，第 43 页。

鳌、江小脚、冷麻子为代表的三伙人马。

作者这么做的目的是什么？除了显示其一贯在动物叙事方面的天赋之外，我相信其中蕴藏着莫言对更加深层之奥义的某种本质化理解。中国现代各种政治力量、民间宗教势力（后来余占鳌加入铁板会，这群笃信"刀枪不入"的社会边缘人和《檀香刑》中的义和团可以说高度类似，都体现了政治、革命与民间宗教信仰的粘带关系），恐怕很难有人理得清这三个符号背负了多么沉重而又隐形的文化含义，它们已足以让普通读者昏头涨脑、是非不分了。狗身上并没有这些复杂的东西，但它们之间发生着与三伙人之间近似的争斗。在与日本人的正面冲突之外，应该说余占鳌等人之间的恩怨，也同样是历史中民族革命进程的一部分，因此通过狗的例子，作者想讨论的应该是革命过程中不以时代意志为转移的那一部分，即永恒不变的古老逻辑。

三条狗内斗的焦点在于争夺狗群的控制权，以及更多的食物和交配对象。作者将狗与人并置，类似江小脚、冷麻子假借民族革命之名扩大武装、抢夺地盘的行为并不难理解。即便没有抗日的由头，江、冷作为地方豪强相互倾轧算计，也是不难想见的，但在这种情况下，余占鳌的行为显得难以理解，他的行为俨然不能用自利原则来衡量。

狗群间三国鼎立的崩塌，开始于黑狗在红狗、绿狗虎视眈眈之下，竟然毫无戒备地与老母狗进行交配。很明显在"狗性"中有一种偾张而又原始的冲动，盖过了它那被"妖魔化"了的理智。随后绿狗向黑狗发动突袭，艰难得胜之后又被红狗坐收渔翁之利，红狗虽一统江湖，但终因内耗导致狗群整体实力不足，死于乱枪之下。三只狗的行为分别导致了自身的死亡，违背了自利原则，作者提到嗜食人血让狗群陷入疯癫，让它们有了"送死"的冲动，那么这些"革命者"呢？《高粱殡》最后，由戴凤莲出殡引发的一场混战非常像是狗群内战的翻版与复刻，余占鳌为女人出殡，给了江小脚可乘之机，余、江两败俱伤之际冷麻子杀出，成了赢家。最后三家一同抗日，但是面对兵精粮足的日军，严重内耗的本土势力仍希望渺茫。

高密东北乡纵横的三股势力，就是整个中国历史之混乱状况的缩写。莫言以看似含混的描写给予了我们看待历史的新视角，从《狗道》到《高粱殡》，抗日战争很难被归纳为简单的正义战胜邪恶，我们可以看到理想、进步、自强等口号只是民族革命进程的附属品，相比本土与外来势力之间的斗争，民族革命更像是一个首先建立在内耗之上，受控于神秘的无意识与自毁倾向的进程。

就像巴尔扎克、托尔斯泰等人的创作有的时候比历史学、社会学方面的著作更意义非凡一样，莫言的小说也不仅仅是虚构，它们贡献了一种对中国历史进行阐释的独特角度。与此同时，恐怕正是莫言对于"真实"的精准眼光，使他的创作——尤其是与"革命者"相关的内容，为我们观察当代文学的发展也提供了另外一种视角。

经过了意识形态与主流叙述的过滤，在 60 后以及更年长的作家笔下，日常生活是很难以其本来面目出场的，所有的故事最终都要纳入到宏大的历史叙事之中。类似余占鳌这样的人物——徘徊在道德的临界点、依仗弱肉强食的丛林规则为所欲为、偶尔出现令人咋舌的神秘与高尚——是莫言这一代作家心目中的英雄形象，但是这种形象与传统审美并非丝丝入扣，于是作家选择让其与宏大历史合流，让"革命"赋予其合法性；同时与尼采式的生命哲学等时代思潮相结合来获得"现代性"。也就是说，仅仅用"酒神精神"、生命强力、人类学角度去解释余占鳌一类角色是不够的，这一类角色之所以能让人接受，很大程度上还是因

边界内外的凝视 |

为他们最终在民族革命的过程中扮演了推动者的角色，而非阻碍者。

主流当代文学史倾向于认同 1985 年以来，寻根小说与先锋小说一扫颓风，从内容和形式两个层面扭转了前二十七年以来的文学的发展趋势。然而当我们从"革命者"的角度切入，就会发现历史层面的"道德"，仍然在很大程度上限制着一个形象乃至一部作品能够达到的高度。

《红高粱家族》背后隐藏的这一价值立场，为日后莫言创作在现实与艺术层面受到的争议埋下了伏笔，近似的形象在反映不同时期的作品中面临着完全不同的命运。不难发现莫言笔下的人物形象在不同的作品中具有高度的一致性，比如戴凤莲的性格因素被分置到《丰乳肥臀》中上官家的女人们身上，"独乳老金"身上也能看到高粱地里"我奶奶"的血统，甚至在世纪之交，《檀香刑》中的孙眉娘几乎就是戴凤莲的"借尸还魂"。我们有理由相信《红高粱家族》中的"我爷爷"和"我奶奶"就是高密东北乡文学世界的亚当夏娃，无论后代繁衍到世界各地，他们的身上还是徘徊着"原型"的影子。

到了《丰乳肥臀》中，"我奶奶"的灵魂还飘荡在主角身上，而"我爷爷"呢？"革命者"主要与这一类形象相关。上官金童这个最主要的男性角色身上并没有余占鳌的影子，但是在男性配角身上，余占鳌的基因俯拾即是。用"正面人物"和"反面人物"去区隔"新历史小说"中的人物形象，显然容易踏进作家和评论家联手设定的陷阱，但是客观地说，即便是在"新历史小说"中，人物"身份"曾经带来的确定性已经被打破摔碎，但是在性格之间仍然存在着二元对立。如果说在《红高粱家族》中，余占鳌和江、冷二人站在对立的维度，那么到了《丰乳肥臀》中，这两个维度合二为一，变成了司马库、沙月亮、鲁立人等角色，站到了上官金童的对面。

《丰乳肥臀》是一部对二十世纪历史进行"地毯式轰炸"的作品，因此人们赋予这个世纪中国历史的一个最重要的主题——"革命"，在文中不可能被忽略。正是上文提及的两重意义上的革命的循环交替，使《丰乳肥臀》获得了异常复杂的内涵与成功的可能。

作者对上官金童"恨铁不成钢"，但这一形象也明显寄寓了作者心中最珍贵的东西。上官金童要么与革命绝缘，要么像贾宝玉那样，怀揣最极端的第一重意义上的乌托邦理想——希望世界在本质上只受男性视野中理想女性光辉的笼罩，并因自我矛盾而寸步难行。所有的故事内容，不依赖金童的存在都可以成立——即没有任何一个人物的行为或者事件是以他的意志为转移的。但是如果这个小说中没有这个人物，又会是什么样？

在目前的历史体系中，民族革命之后的阶级革命、市场经济革命在历史的"道德"层面仍然是暧昧地带。所以无论是司马库、鲁立人还是司马粮，"革命者"的形象在与时代背景结合时，没法找到一个类似"民族革命"这样的"甜蜜点"，使莫言崇尚的生命强力与道德认同之间的矛盾在评论者与普通读者之中获得平衡。司马库和余占鳌一样在高密东北乡神出鬼没、满手鲜血、爱憎分明，"最能喝酒最能爱"，但是鲜有评论家给予其类似"我爷爷"般的重视。同样，在迈入市场经济时代后翻云覆雨的司马粮，虽然无所不能、敢爱敢恨，也许作者对他怀揣着类似余占鳌的情怀，但在读者眼中这样的形象却更像是一个抽象的符号，而不是具有强大生命力量的鲜活形象。

所以上官金童虽看似无用，但又必须登场。首先上官金童一辈子挂在乳房上的"软弱"，构成了对作者自己一直崇尚的生命强力的反拨，是对缺乏明显道德坐标的"红高粱"式世界的一种补足；另外更重要的是，上官金童身上蕴藏的第一重革命力量，暂时转移、超脱了阶级革命、市场革命阶段的不确定性，形成了一种对文本而言生死攸关的"无用之用"。

莫言的其他小说为这一观点提供了证据。《酒国》就像是《丰乳肥臀》的后三分之一，虽然这部小说有着比《红高粱家族》更夺目的叙事形式，以及"肉孩""小妖精"这样的神秘因素，但正是因为小说在市场经济的背景下缺乏"上官金童"身上的"无用之用"，《酒国》并不能像同样"天地不仁"的《红高粱家族》那样，在更深的层面迸发巨大火花。

为什么之后的《檀香刑》中没有民族革命也没有上官金童那样的角色，却仍然获得了成功？因为莫言"一退十万八千里"①——就像李敬泽在《莫言与中国精神》中说的那样——他避开了危险地带，把历史更加完全地遁入民间传奇的迷津中。至于更晚近的《蛙》的成功，恐怕不仅在于莫言几乎完全避开了"余占鳌"式的男性革命者形象，更在于从"计划生育"这个主题上，我们能再次嗅到与当年《红高粱家族》中"民族革命"相近的气味——莫言凭自己的先知先觉和对历史的敏锐把握，再一次找到了时代的"痛点"与文学的"甜蜜点"。

莫言的文学世界气象万千、难以把握，但由于对"革命者"形象的思考，我们似乎找到了一条贯通其中的小径。

发表于《长城》2016 年第 5 期

---

① 李敬泽：《莫言与中国精神》，《小说评论》，2003 年第 1 期。

当代文学中"反面人物"形象的问题与可能性

    当文学开始扮演一定阶段内政治意识形态的传声筒，或是社会历史的裁判员时，对人物形象从"正面"与"反面"角度的划分，就成为了一个溢出了文学本身的"重要问题"。在中国当代文学范围内，关于"正面形象""中间形象""反面形象"的讨论与争议，在"十七年文学"中表现的最为明显。此时作家与文学评论者对于不同性质的人物应该如何写、写多少的争论已经超出文学范畴，甚至对作品的文学性造成损害。

    这几乎是时至今日文学史的定论，然而这么说并非万无一失。人物形象的对立，应该说从叙事性艺术诞生的那一天起，就已经是一种必然存在的关系。矛盾的架设、情节的推进、情感的表达，几乎都要依靠人物关系的对立方能实现。但是当我们将观察的范围进一步向历史深处扩展，就会发现"正"与"反"中从始至终隐含着价值上的判断，这种价值判断势必不完全站在文学性的立场上。

    在人物形象的划分上，"正""反"几乎和"善""恶"是等价的。在古代文学中，"善"常常与"忠""孝""礼""义"等概念联结；在现当代文学中，"善"与"民族情感""革命热情""建设社会主义"等内涵关系紧密。由此观之，所谓"正"与时代的"道德观"或者说"政治正确"相呼应，除去一些可能贯穿在人类文明史中的"恻隐之心"外，实际上正面人物对应的内涵是摇摆不定的。维克多·雨果曾经在《克伦威尔序言》中提到了"美丑对照原则"，在审美问题之外，实际上正面人物摇摆的内涵，与背后背负的时代问题，需要反面人物来辅助确立。

然而反面人物注定是一个难以讨论的问题，相比于正面人物那种在不同时代都较为确定的内涵而言，反面人物涉及到的形象、品质必然要更为宽广、模糊、复杂，才能从各个角度包围并明确正面人物的内涵。当正面人物的内涵发生变化时，反面人物常常要加倍作出变化。

因此"十七年文学"以及之后的"文革文学""样板戏"等激进的文学实践在使正面形象的内涵变得狭隘时，也遮蔽了反面人物身上的复杂性。从自身的特征以及对正面人物的作用来看，反面人物形象可以分为两类。虽然两类都使得正面人物的形象更加鲜明，但一类为了突出时代的道德观，例如《水浒传》中的高俅、童贯，《四世同堂》中的冠晓荷、大赤包就属于前一类反面人物，他们更像是福斯特所说的"扁形人物"，作者对这些角色采取的否定性态度，进一步明确了正面人物身上承载的道德属性；而另一类则带有解构时代道德观的效果，例如《三国演义》中的曹操、《雷雨》中的周朴园等，则属于第二类反面人物，这一类反面人物更像是"圆形人物"——曹操作为刘备的"他者"，在使刘备形象更加立体的同时，既在一定程度上对刘备的"仁德"形成了解构，又从"王道"的角度，与刘备互为补充。

当代文学前二十七年的文学实践中，第二类反面人物几乎消失，直到八十年代寻根小说、先锋小说、新历史小说出现，第二类反面人物仍未在当代文学中实现"复活"。

八十年代以来的文学实践，以《爸爸爸》《红高粱家族》《罂粟之家》《活着》等小说为代表，依赖一批亦正亦邪的人物形象完成了"解构"性质的工作，但必须承认，他们身上只是部分复现了第二类反面人物形象的特质。以《罂粟之家》为例，陈茂这一形象虽然具有解构作用，但解构的只是上一个时代的正面人物和与之相关的道德、正义。他身为农民阶级的一员，完成的是文学史谱系中的"自我解构"，而并没有涉及文本所处的"当下"。

并且不难看出，相比于曹操一类反面人物，类似陈茂、福贵等角色并非在确立一个终极目标后，提供与时代道德有鲜明差异的人生选择，而对正面人物所代表的道德与正义进行解构，并展现出建构的可能。这些形象多是以一种"两败俱伤"的态度，在解构的同时自我终结。《红高粱家族》算是一个特例，主人公余占鳌以土匪的身份，在民间的恩仇故事外壳下体现着外敌入侵下的民族意识，但是余占鳌的行为动机是暧昧而含混的，高粱地中的"酒神精神"，对于解构国、共的政治道德之后的重新建构仍显乏力，这似乎也解释着余占鳌式人物为什么在莫言之后创作中的地位一变再变。

八十年代以来小说中并不缺乏反面人物形象，甚至以如上列举的几部作品为代表，几乎每个主人公身上都带着传统反面人物的特点。但是不难发现，随着前二十七年激进的社会主义文学实践结束，所谓正面人物的灵魂被掏空，残余的躯壳已经和第一类反面人物融合在了一起，成为了裹挟着性与暴力等生理因素，以及怯懦、自私、愤怒、贪婪等心理因素的"怪胎"。

新时期文学取得的成就是伟大的，八十年代以来，中国当代文学风云激荡，寻根、先锋、新历史、新写实等一系列实践形成了中国新文学的又一系列高峰，但辉煌之下也暗藏祸患。第一类反面人物与曾经的正面人物混合，第二类反面人物消失，这些意味着反面人物这个谱系在当代严肃文学中已经风雨飘摇。依照雨果的"美丑对照原则"，反面人物的消失必然使塑造正面人物的参考系崩溃。

关于正面人物与反面人物，高尔基曾经有这样一句话："那里是两个彼此交锋的敌对者，那里也是两个英雄。"[①] 言外之意，正面人物与反面人物必须相互成就。其反例就是"前二十七年文学"中，反面人物的力量与智慧都不堪一击，正面人物片面的高大全也只能变成荒诞的笑话。在中国乃至世界的文学传统中，正面人物身上背负的始终是属于一个时代的道德与正义。反面人物的谱系一旦崩塌，文学中的道德与正义也就失去立足之地了。虽然这些内容会随时代而变化，在不同的主流话语的言说下以不同的面目登场，在某种程度上有其虚伪性，但它们的崩溃意味着某种"秩序"的崩溃。

借由反面人物形象在当代文学实践中的流变，我们应该对"秩序"，以及广义上的"道德""正义"在文学史中的意义给出重新思考。经过激进的社会主义实验之后，人们对于类似"秩序"这样的词会有一种本能的抗拒——但是千万别小瞧这个词，当代文学史视野中九十年代以来令人棘手的乱象，也许正和这个词有着关系。人们排斥文学史中机械的论资排辈、政治先行，但是像勃兰兑斯描绘的"十九世纪文学主流"呢？从"流亡文学"到"青年德意志"，从"德国的浪漫派"到"英国的自然主义"，在这其中穿针引线的，不正是一种建立在鬼斧神工式的理性判断力和在包罗万象的感性经验上的"秩序"吗？而勃兰兑斯笔下这种"秩序"的背后，是那些小说家们——雨果、巴尔扎克、司汤达等等的作品中，两种类别的反面人物以活跃的姿态，参与着一个时代的精神世界的建构。

---

① 《高尔基三十卷集》，第 24 卷第 278 页。转引自 [苏] 瓦依斯菲尔德编：《电影剧作问题论文集》第 1 集，中国电影出版社 1961 年版，第 370 页。

反面人物谱系的流变，当然不仅对当代文学史构成启示。尤其是第二类反面人物的缺失，可以作为反思当下严肃文学创作缺失的重要角度。

　　在现当代文学中，曾不乏对"废人"的讨论。"多余人""零余者""进错房间的人""东方式哈姆雷特与堂吉诃德"都是广义上的"废人"形象在不同话语体系中的代名词。时至今日，"废人"形象所承担的"丰富的痛苦"几乎成了当代严肃文学的通行证，然而如果将每个文本都视作一个自足的世界，那么痛苦的对岸是什么？这对于八十年代以来大多数严肃文学来说是个无法言说的谜。

> "是什么受诅咒又受欢迎？
> 是什么被盼望又被驱逐？
> 是什么总受到保护？
> 是什么被痛骂又被控诉？
> 什么人你不可把他招来？
> 谁的名字叫人喜笑颜开？
> 是什么走近御座的台阶？
> 是什么让自己逐出门外？"①

　　应该寻找一个怎样的存在去填补当代严肃文学中的空缺？我没法不想到《浮士德》中的梅菲斯特。这个魔鬼，既像天外来客，又像是浮士德博士灵魂中固有的一部分。作为一个硬币的两面、一个世界的此岸与彼岸，正是浮士德与魔鬼梅菲斯特的两个

---

① ［德］歌德:《浮士德》，陆钰明译，长江文艺出版社 2011 年版，第 212、213 页。

赌约，撑起了通向终极灵魂探索的路径。在我看来，当代文学体量庞大的"废人"形象对面，缺少的正是像魔鬼梅菲斯特式的反面人物，手持尖叉朝着正确的方向戳破"行动上的侏儒"那过于硕大的头颅，让过剩的"迷惑"以思想的形式喷发、升华。

以《浮士德》的高度对当代严肃文学提出要求，显然是苛刻的，但如果不是像《浮士德》这样奇崛的作品，却不足以现出当代严肃文学的"短处"。梅菲斯特显然属于上文中提及的第二类反面人物，这种形象的缺失，原因是多样的。当代文学六十余年，受到国家政治话语的规范，并经手无数作家、批评家、研究者而形成的判断严肃文学的"标准"遮天蔽日，使得第二类反面人物并无立足之地。类似《三国演义》，曾一度属于通俗文学的范畴，而如今亦被纳入严肃文学的范畴内进行讨论，但是类似曹操这样的形象，恐怕必然因所处文本包含太多非现实的因素，而被划归到通俗文学，或是更具体的类型文学中。

当下严肃文学界对于类型文学的研究，虽然正在逐步开放，但仍略有偏见。诸如金庸、古龙等人的武侠小说，是在大众读者中间盛行数十年后才被"正式"纳入严肃文学的讨论之中；类似《三体》，虽然已斩获无数声誉，但似乎严肃文学界的主流声音还是倾向于认为这一类作品美则美矣，探讨的却并非"重要问题"，并且在文学性上也值得质疑。然而像《三体》中的叶文洁、托马斯·维德以及神秘的三体星人形象，作为第二类反面人物，虽尚无法与梅菲斯特相提并论，但其中俨然已经浮现出已在严肃文学中蛰伏多年的气象。

以托马斯·维德为例，作者塑造了这么一个对于个体而言无比残酷，义无反顾站在时代道德与正义的对立面，却又将人类群体的存活奉为至上的形象，不仅实现了文本中人物性格的丰富性，更是从另外一条出人意料的路径，思索了当下的问题。《三体》中种种来自地外的威胁也许真的存在，但以严肃文学研究更能接受的思路来看，这部书是假托未来之名，以正面、反面人物形象的碰撞思索当下之事，一如西方的乌托邦与反乌托邦小说。在中国当代严肃文学范畴内，如果我们正视诸如格非、阎连科等人在乌托邦与反乌托邦叙事上的拘束与偏差，实际上这个小说类别在当代文学中的缺席一如第二类反面人物的缺席，无疑说明当代严肃文学在与文本之外历史、现实、未来之间的互动仍留存着极大的空白。

篇幅所限，但《三体》绝不是中国当代通俗文学或者说类型文学中的"孤证"。世界文学史范围内，不难找到类似的参考坐标，而当前各文化传统内包括电影、电视剧、漫画等叙事性艺术中大量出现的第二类反面人物形象，也说明"反面人物"这个概念虽曾带有狭隘的时代印记，却足以为思索中国当代严肃文学得失与可能性提供重要的角度。

发表于《长城》2016 年第 6 期

少年本体的逐渐觉醒

——当代文学中少年形象的演变

在中国文学的发展历程中，"少年形象"的存在有些独特。一方面古今家庭观念不同，少年与女性类似，时常是受到压抑、忽视的对象。另一方面从文学创作的角度，因为少年往往不具备完整的言说能力，以及表达自己的"话语权"，所以"少年形象"的塑造往往由"成年作家"代为完成。这些都使得"少年形象"在文学中长期处在一种近似于"他者"的位置上。

中国古代文学中，类似曹植、李白等诗人为少年形象建构出了一种充满浪漫色彩的心理模型，但是他们笔下的少年其实更多指向当下常识中的青年以及成年人；在类似《世说新语》《二十四孝》等故事集中，少年形象成为"性本善"的绝对象征——这里的"善"具有强烈的社会性与规训性，少年时常需要通过过度压抑乃至"自戕"的方式才能实现这种"善"；在类似《西游记》《聊斋志异》等志怪、传奇小说中，少年与神魔鬼怪相重叠，这种通俗式的处理使少年形象"下潜"、返回至民间。《红楼梦》集合了三种范式的长处，为少年形象的内涵冲破主流话语束缚，从人性角度获得复杂性提供了可能。

对当代文学中少年形象的阐释，具有两方面的意义。首先，文学中的少年形象常是成年作家借彼人之酒杯，浇自我胸中之块垒的结果。少年作为人生的起点，无论从"性善论"还是"性恶论"的角度出发，抑或直接将少年视为成人来塑造，少年形象中总是更明显地蕴含着主流话语埋藏在个体心中的无意识，或是个体对于社会、人生的本质想象。其次，当民主、平等观念从社会意识形态进入艺术领域后，少年形象以及其他在文学发展过程中处于"他者"地位的形象，能否从本体论的高度上从压抑中得到还原，本身就是时代伦理为文学创作与批评研究留下的一个重要问题。

当代文学开端期的少年形象塑造，不仅未能对古代文学中积淀下来的范式形成超越，甚至使这一谱系变得更加单调。从四十年代的《鸡毛信》《雨来没有死》《歌唱二小放牛郎》到"十七年文学"时期的《闪闪的红星》《小兵张嘎》，一系列"少年英雄"形象几乎就是《世说新语》《二十四孝》中孝子才童的"翻版"，具有强烈的规训意味，只不过对于忠孝之道的遵守，变成了为国家与民族抛头颅洒热血的热情，出众的才学变成了与敌人斗争时敏捷的身手与机智的头脑。到了六十年代，诸如《刘文学》等作品中，因为斗争对象的变化，少年形象更加平面。原本活跃在诗词中的浪漫少年形象，其生命活力被作为正面因素保留，而其对成人社会主导的价值观与生存方式的反叛则消失无踪；《聊斋志异》《西游记》中的灵异少年，乃至《红楼梦》式超脱善恶而升华至本体论高度的少年形象，更是因为创作立场受到严格限制，以及文学性的整体滑坡而无法产生。

在《青春之歌》《创业史》《红旗谱》等涉及"成长"问题的红色叙事"经典"中，人物的少年阶段则或被略去不谈，或被几笔带过，"少年"与"成长"在急切的意识形态需要下，仿佛并不相容。广义上的成长，必然既包括一种经历于性格层面的"加法"，也包括时间与情感层面的"减法"，但是为了与意识形态的需要相适应，中华人民共和国前二十七年文学中的"成长"

注定只能体现"加法"。以《红旗谱》为例，虽然小说的叙事时间起始于主人公朱老忠的童年时期，但是当作者对共产党的思想可能对"乡村英雄"产生什么影响模棱两可时，如果详写朱老忠流亡关外的少年时期，那么原本就不够清晰的"成长"势必被进一步模糊。《青春之歌》也是同理，当男性话语承担意识形态的特征，并且必须在成年男女关系中才能实现思想的灌输时，人物的少年阶段显然是多余的。

当代文学进入"新时期"，"伤痕文学"基本延续了"前二十七年文学"的叙事方式，但少年形象背负的价值判断出现了转向。在刘心武的《班主任》中，类似谢惠敏这种榜样式的"红色少年"成为了被反思的对象。虽然"伤痕文学"在文学性上捉襟见肘，但在与"前二十七年文学"形成的反差中，少年形象在"文学社会学"范畴上的意义得以浮现——文学中的红色少年形象记录的正是一代人的精神生活如何从人生开端处受到规训。通过"伤痕文学"的"否定"与"辨认"，文学叙事再一次对历史叙事形成了补充。

被革命去势的少年形象，在八十年代的寻根、新潮小说中复活。类似《爸爸爸》中丙崽这样的形象，使《聊斋志异》《西游记》沉淀下来的少年形象传统在当代文学中重见天日。及至《透明的红萝卜》中的黑孩，这一类多少带着神秘色彩的少年形象不仅实现了对"前二十七年文学"中少年形象的突围，更强化了"少年"作为"人之初"的意义。通过对少年的心理与生理的书写——包括"恋母情结"，也包含那萌芽状态的爱的希望、性的欲望——中国当代文学开始寻找一种文化人类学的视野，来呈现剥除了政治乃至社会枷锁之后，人性与人的行为究竟意味着什么。

紧随其后，先锋文学中的少年形象塑造，达到了一种哲学性的高度。在余华的《在细雨中呼喊》、苏童的"香椿树街"等系列作品中，先锋作家们所擅长的是让"少年"与"死亡"提前碰撞，以此来张开一种哲学式的存在主题。在这种迥异于所有传统文学的实践之中，少年站在个体生命的起点，打通了死亡的必然性与偶然性之间的障碍，死亡则破除着少年形象几千年来承载的"陈说"，孤独、恐惧、厌烦、残忍、暴力等带有鲜明存在主义特征的元素，成为先锋小说中少年叙事的关键词。值得一提的是，莫言、余华、苏童等人选择少年视角展开故事，很大程度上缘于一种"熟悉感"。这些故事的背景大多为二十世纪六七十年代，当时这一批写作者的年龄正与文本中的少年大致相仿。这种极具"在场感"的叙事从主观上很可能是作者个人童年经验的无意识流露，但在客观上则形成了对一段历史的解构与重述。这些作家笔下的少年故事，既在一定程度上体现出了一个成年人对于自己的过去的复杂态度，也呈现出了当时社会对于上一个时代所宣扬的价值观的反抗与逃离姿态。

包括陈染、林白等人的女性小说塑造的少女形象在内，如果说先锋小说是从"性恶论"的角度塑造少年形象，那么类似汪曾祺等作家则在相当程度上坚持着"性善论"的立场。在《大淖记事》《受戒》等作品中，汪曾祺延续了沈从文的湘西传统，但对死亡的残酷以及人的负面情感显然有所回避。"善"与"恶"在少年形象的塑造中总是相对的，但类似汪曾祺等人的作品，确实让少年本身成为了审美的对象。于是两相对比之下，一个非常重要的问题因此浮现：少年形象总是出自成年人之手，并被成年人阅读，那么我们究竟应该从何种意义上去理解这种"模仿现实"的合法性？与女性写作、底层写作一样，如果从本体论的高度上解读少年形象，相关的写作则同样涉及到某种写作伦理上的争议。

"新时期"以来，除去那些已经获得文学史"经典性"的文学作品，类似儿童文学、童话，以及九十年代以来类型文学中少年形象的层出不穷，似乎正可以呼应有关少年形象的写作伦理问题。少年读者的接受能力与阅读趣味一向是儿童文学创作的重要参照系，虽然这在一定程度上折损了文本在成人意义上的深刻性，但却使作为内容的少年与作为读者的少年更为贴近。虽然一部分主流儿童文学，还带着来自成人世界的优势感，意图塑造出社会层面上的理想少年形象。但是类似郑渊洁等作者对少年形象的塑造，则捕捉到了特定时代里少年的所思所想，用充满少年质感的趣味越过成人思维的法则以及某些属于时代的"政治正确"，进一步从本体论的高度赋予了少年式思维以合法性。在这一方面，类型小说有时走得更远，例如刘慈欣的长篇小说《超新星纪元》中，地球上突然只剩下十三岁以下的孩子，未来地球文明的命运完全掌握在突然间被"断奶"的少年们手中，社会形态在突如其来的考验中飞速演变，信息科技却也因此获得了匪夷所思的进展；又比如杨鹏的"校园三剑客"系列小说，三个中学生频频扮演救世主的角色，值得一提的是，他们所面临的灾难往往由成人世界的工业文明造成。

　　少年形象在不断前移的时间背景中再次获得了强大的力量，但这些形象与"前二十七年文学"中的红色少年却是两回事——红色少年在意识形态的主导下，往往以成人世界的眼光观照自身；但后来的儿童文学以及类型文学中，少年的重要性更体现在成人思维出现矛盾、错漏之时。这种变化既与现代媒介的发展，以及文学消费群体低龄化的趋势有关，也与包括家庭制度在内的整体社会意识演变有关。时至今日，仅仅从市场与消费的角度，恐怕没有人会质疑广义的面对青少年创作的文学的重要性。当下类型文学创作数量的爆发式增长，很大程度上正由现实中来自青少年的消费行为推动，这种情况下作者在创作过程中必然要更多考虑甚至有意迎合当下青少年的心理与趣味，此时更有大量在文学技巧上并不成熟的"少年作家"，以即时性的少年形象塑造，从同龄读者中获得了广泛的共鸣。这种趋势下诞生的少年形象，必然对这一形象谱系形成颠覆性效果。

儿童或者说少年是由历史建构的概念，即随着时代不断变化，其轨迹本身也是对于时代的记录。从"十七年文学"到当下的类型文学，不同时代少年形象之间的差异，正为审视文学观念在数十年间的变化以及未来的可能提供了切入角度。中国当代文学进入了"消费时代"，文学生产方式、读者阅读习惯以及文学评价标准都将为文学研究与批评的有效性造成冲击，此时对类似"少年"等原本被置于"他者"位置的形象进行历时性的梳理与谱系化的研究，将显得意义非凡。

发表于《长城》2017年第1期

论中国当代文学中"坏女人" 形象的存在与缺失

从某种程度上看，所谓"坏女人"的形象谱系，是缺乏历史纵深感的。相比于其他人物形象——比如"旧人""新人""英雄""少年"等——"坏女人"形象在不同阶段的文学史中，指涉的对象几乎永远与一种"性道德"上的"缺陷"相关，从未发生明显的变化。无论是古代文学中的妲己、褒姒一类"红颜祸水"式的形象，或是像潘金莲、潘巧云一类的"淫荡"女性形象，还是在现当代文学中类似《雷雨》中的繁漪、《林海雪原》中的"蝴蝶迷"、《妻妾成群》中的几房姨太太、《玫瑰门》中的司绮纹、《废都》中的唐宛儿等形象，几乎首先都是因为不符合人们习惯思维中的"性道德"或家庭观念，而被归类至"坏女人"的形象谱系中。

与习惯思维中对"坏女人"评价标准的约定俗成不同，所谓"坏女人"在严格意义上常是个失效的命名，相关的衡量标准因为对男性的倾斜而随时可以被证伪。无论是在现实社会还是文学作品中，所谓"坏女人"形象都充满了矛盾与含混的意味。本文并不想从价值判断的角度上对相关的女性形象的"坏"进行认同或反驳，而更希望从尽可能客观的角度分析当代文学如何以这些形象呈现社会与人性的复杂性，以及"坏女人"形象的存在或缺失对当代文学的发展意味着什么。

台湾女作家李昂发表于 1983 年的《杀夫》提供的视角以小见大，正可用于解释一个"坏女人"形象如何在社会语境中生成，以及所谓"坏"的相对性。

　　小说以一则新闻开篇，用舆论的语气简要叙说了台湾某地名为林市的女性，因为不忍丈夫陈江水打骂虐待，遂趁丈夫熟睡将其杀死并肢解，因为自古"无奸不成杀"，所以林市的行为必是受奸夫指使。首先林市违反了传统家庭观念以及性道德，与人勾搭成奸；其次杀夫的行为，从法律层面加深了她的罪恶。毫无疑问，在这则新闻中出现的林市是个不折不扣的"坏女人"。

　　但是在正文部分，作者笔锋一转，开始从社会视角转换到林市的个人视角，书写"坏女人"的另一种可能性。原来林市的"坏女人"身份，是由母亲被人强奸、失踪的身世背景，对外举止正常但对内暴虐变态的丈夫，以及其他女性充满恶意的流言蜚语共同造成的。作者晓之以理、寓之以情，其叙述方式很容易为人们带来一种感觉，即正文部分揭示了被新闻遮蔽的真相。然而从社会角度，所谓"真相"本不存在，旁观者只能趋近而永远无法触及绝对意义上的"真相"。所以毋宁说新闻与正文的叙述，是对同一件事情的两种说法，从社会层面上并无对错真假之分。因此互为表里的两种叙述角度永远存在，《杀夫》的高明之处或许就在于将"坏女人"这一道德评价重新还原成了一种"现象"。于是我们对于"坏女人"产生的原因的分析，就变成了对是什么使旁观者产生了这种认知的分析。

　　在《杀夫》中，最使人触目惊心的恐怕不是林市杀夫的场景，而是邻居妇女们私下里对林市的议论。议论的发起者阿罔官是林市唯一的女性朋友，阿罔官一直被陈江水蔑视，但是自从上吊被陈江水救下之后，林市遭受陈江水性虐待时痛苦的喊叫就被她说成是不守妇道、有意抹黑丈夫，林市白天被陈江水强暴则被她说成是对性爱索求无度、厚颜无耻。进而一众邻居妇女重构了林市的过去——她的母亲其实不是被人强奸而是与人通奸、林市从小就对男人有异常的兴趣——社会层面上的"真实"在虚构中产生，并在"多数派"的讨论中被确证。这一段落极为精准地展示了民间社会如何对反常的两性关系进行阐释，如果男方已经被先入为主地确认为正常，那么反常的只能是女性一方。

波伏娃在《第二性》中认为女性群体与无产阶级、有色人种等弱势群体都不同，她们既"没有无产阶级因工作和切身利益而产生的共同责任感"，又因为分散到了每一个家庭中而无法形成集体感与"社区感"。将波伏娃的看法再向前推进一步，则可以发现在一个男女平等并未实现的社会语境中，女性永远无法以集体的面目"战胜"男性。获得心理满足感与改善生存境况的诉求，只能通过以个体身份争夺女性群体内部相对上层的位置来实现。于是在女性内部的斗争中，类似阿罔官与一众邻人，大量女性希望能够使一部分人成为"坏女人"而被排挤，但自己又必须暗中采取这种"坏女人"的方式"力争上游"。

苏童发表于 1989 年的《妻妾成群》对这一状况有更进一步的刻画。《妻妾成群》中陈佐千的四房姨太太不可能以推翻陈佐千的方式获得家庭生活的主动权，于是才出现了卓云暗中让梅珊服堕胎药、安排丫鬟雁儿用针刺人偶等方式诅咒颂莲，颂莲逼雁儿吃下草纸的情节。在尽可能让彼此身败名裂以求自保与陈佐千垂怜的过程中，她们都成了某种意义上的"坏女人"。

不难看出，虽然一部分"坏女人"形象在同性争斗之间出现，但归根结底这一形象还是为适应男权社会的需求而产生。文学范畴内无论在身体叙事还是权力叙事的角度，女性往往都处于弱势一方，因此女性形象在两性角度的"坏"缺乏强制性，其存在很大程度上体现出了男性形象的需求。

> "素芳！你老老实实和拴拴叔叔过日子！甭来你当闺女时的那一套！这不是黄堡街上，你甭败坏俺下河沿的风俗！就是这话！"

在《创业史》中，素芳主动向梁生宝示好，被梁生宝严词拒绝。但是在《暴风骤雨》中，农民杨老疙瘩面对韩爱贞的挑逗则丑态百出。包括《创业史》《暴风骤雨》《吕梁英雄传》《艳阳天》在内，五六十年代的农村题材小说中出现不少类似的"色诱"场景，男性形象的不同反应，以及女性形象是否成为行动层面上的"坏女人"，直接与"坏女人"之于男性的意义相关。当性诱惑成为考验无产阶级政治立场与思想觉悟的试金石时，在梁生宝、萧长春一类"新人"形象主导的话语环境中，"坏女人"形象自然缺乏立足之地，只能与"落后"的男性形象一起被逼挤到文本的边缘地带。

但是当主导文本话语环境的对象出现变化时，"坏女人"形象的存在则体现出了必要性。邓友梅发表于1956年的《在悬崖上》中，混血美女加丽亚只是略施暧昧，作为设计师的男主人公便乖乖就范。加丽亚因为象征着中华人民共和国前二十七年缺少的意识形态上的自由与两性层面上的浪漫，而具有了"坏女人"的色彩。在源远流长的"才子佳人"传统作用下，中国式知识分子形象不仅要体现出在某个领域内的专长，还必须获得为一般人羡慕的两性关系，因此男主人公通过加丽亚式的"坏女人"才能完成自身价值的确证。在这种情况下，"坏女人"形象是应运而生的。

《在悬崖上》结尾略显生硬的扭转是作者迎合主流话语的结果，而男主人公与加丽亚的关系才体现着叙事的真正目的。无独有偶，张贤亮发表于1984年的《绿化树》对这种人物关系的演绎完成度更高。小说女主人公马缨花，绰号"美国饭店"，是整个劳改农场区域里最具有性感与"危险"色彩的女人。从对《杀夫》的分析中笔者曾经提到的现象角度看，寡妇马缨花无疑就是劳改农场舆论中的"坏女人"，但这个形象却是为唤醒、解放、救赎男主人公的肉体与灵魂而存在的。男权与男性思维控制的主流话语自我否定的过程，往往需要针对男性弱点而生成的"坏女人"形象才能完成。包括张贤亮后续发表的《男人的一半是女人》、王小波的《黄金时代》等作品在内，"新时期"文学对"十七年文学"的反叛以及启蒙主义的诉求正是通过"坏女人"形象来实现的。

"消费时代"语境下，"坏女人"形象的存在同样也常由其之于男性形象的意义决定。随着当代文学启蒙主义立场的淡化，以1993年面世的《废都》为代表的一系列作品重置了"坏女人"形象在"新时期"文学中体现的"正面意义"。《废都》想讲述的并非一个平民百姓堕落的故事，而是手握权力与资源者堕落的故事。《废都》虽然在名义上是对知识分子的堕落进行的预言与反讽，但在接受效果中却形成了一种对庄之蝶等男性形象的认同。从当年消费者对正版、盗版《废都》的追捧来看，在塑造唐宛儿、柳月、阿灿等"坏女人"形象的过程中，反性道德的欲望叙事首先确证的是庄之蝶由名望带来的权力与魅力。

在阎连科的《风雅颂》中，主人公的善良以及出众的学术能力，在与副校长有染的妻子面前变得"一文不值"。张者发表于2012年的《朝着鲜花去》，用一种比《废都》更不容易引起争议的轻松语调，讲述了一个知识分子陷入"仙人跳"的故事。在男主人公潜意识中，包括女骗子与旧情人在内的"坏女人"对自己的青睐，于个人尊严的确证以及虚荣心的满足有不可替代的作用。由此，在人的类本质出现"异化"的状态下，消费时代文学中"坏女人"形象的存在从男性心理的角度体现出了必然性。

戴锦华在《涉渡之舟——新时期中国女性写作与女性文化》一书中指出，所谓"男女都一样"的观点实际上说的是女性要和男性一样，"是对女性作为一个独立的性别群体的否认"。但是笔者认为当并不存在真实的"男女平等"时，还是必须要经由与男性的对比才能体现出女性在权利方面的缺失。与"坏女人"的"坏"总是局限在性道德与家庭观念上不同，男性形象的反面意义体现在道德、政治、历史、法律、人性、资本等各种范畴之中。

所谓"恶"或者"坏"背后蕴藏的是一种无法阻止的行为能力，而极少数反面女性形象对两性与家庭话语的超越，却注定因为手段的超现实性只能停留在虚构之中。在《白鹿原》中，长期受到白鹿村"仁义"压迫的田小娥只有通过化身为瘟疫的方式才实现了对男权社会的报复；金庸武侠小说中类似李莫愁、天山童姥一类"因爱生恨"的反面女性形象借由子虚乌有的"武功"，才能将两性关系中的缺憾与社会层面的无恶不作联系起来；刘慈欣《三体Ⅰ：地球往事》中，全家在"文革"中罹难的女性形象叶文洁，只有以与现有社会同归于尽的决心并借助地外文明方能表达出对男权制度与历史的反思。这种现象正体现着女性从社会层面到文学层面受到的压抑与忽视，以及当代文学本身在思路上的局限。

伴随着当代文学的发展过程，"坏女人"的形象谱系体现出性别、心理、文化等多个层面的复杂意蕴。对这一谱系进行分析与梳理，不仅意味着加深对女性形象整体的认识，更意味着从边缘出发把握当代文学的演化轨迹、从当下的缺失中寻找未来的可能。

发表于《长城》2017 年第 2 期

强健身躯与高尚道德

——"十七年"时期农村叙事中底层形象的美学造型

　　世纪之交，"底层"在中国当代文学创作与研究中，成为了一个极重要的主题。何谓"底层"？所谓"底层文学"的书写对象，往往指那些因个人体力或脑力的局限，以及身世背景的"单薄"，而时常在物质财富与政治权利角度处于弱势，进而被忽视、侵犯的群体。文学中对于底层的定义时常是飘忽、边界不明的，并且应该注意到，并非言说对象符合上文的定义，相关的文学作品就一定是"底层文学"——社会学、经济学中的"底层"可以被量化，而当代文学中的"底层"某种程度上则是特殊言说立场的产物，是被文字重新构造、体现出了某种具体选择性的"产物"。

　　"底层文学"在当代文学中有着相对明确的时间范围，然而某种程度上当"底层"作为一个问题出现时，它是具有永恒性的。这个概念因"比较"而生，也就是说在任何时代中都会有所谓的"底层"。当我们将"底层"作为问题、视角时，可以发现虽然"十七年文学"中，"底层"并不在我们今天熟悉的层面上被书写，从"底层"角度而言对"十七年文学"的探究也相对较少，但是当我们对底层形象的整个谱系进行梳理时，可以发现"十七年文学"时期的底层形象塑造是相当独特的，对其进行讨论，有助于我们从另一个角度去理解一个时代的文学风貌，以及当代文学史的演变逻辑。

无产阶级之躯与时代精神

《红旗谱》中写成年的朱老忠与严志和在火车站久别重逢的一幕颇为有趣。在梁斌笔下，严志和是"端着烟袋抽烟的硬架子，完全像是练过拳脚的""满脸的连鬓胡髭"，朱老忠"睁圆了眼睛，泄出两道犀利的光芒"[①]，两人皆是一副草莽英雄相；朱老忠先假意"找茬儿"，进而"一把抄住那人的手腕子"，严志和则厉语相向后"把手一甩"，"弓起肩膀仔细打量朱老忠"，两个顶天立地的好汉似乎随时就要开始一场大战。两人旁边的其他人战战兢兢，甚至会突然被严志和"当啷的一声掉在洋灰地上"的铁瓦刀吓上一跳；车站的警察"离老远看见这两个人的架势，颠着脚跑过来"[②]，似乎非常不济事。

在这一幕戏中，两位英雄好汉——逃难还乡的农民朱老忠，和正要逃难到外地的严志和，不过是两个遭遇生存难题的底层农民，却占据了舞台中心，而象征国家公权力的警察却在一旁，被两个底层农民的气势震得瑟瑟发抖。究竟是什么让两个底层农民显得"威力无穷"？

朱老巩手持铡刀大闹柳树林的片段就在这一幕前不久，此时瓦刀掉在地上，无疑是在暗示着武器乃至凶器，同时朱老忠与严志和又都是"跳跶过拳脚"的人。作者刻意凸显了两人肉体的超乎寻常（骨架、姿态、目光），以及与强健肉体相关的力量、自我保护能力、坚韧勇敢等品质，使得朱老忠与严志和的剑拔弩张非常具有压迫感。

---

① 梁斌：《红旗谱》，中国青年出版社 1957 年版，第 22 页。
② 同上，第 22-24 页。

"十七年"时期占据主流的乡村叙事中，有着太多的对于农民身体的书写。无论是《创业史》中的梁家父子、《红旗谱》中的朱严兄弟还是《暴风骤雨》中的赵玉林、郭全海等等，在对这些贫苦农民的描写中，作家往往倾向先强调他们健壮的肢体——尤其是与生产劳动紧密相关的肩膀、手掌、脚掌等——相比于后来的底层文学，或者将范围扩大到底层文学之外，"十七年文学"的这一描写角度无疑是相当不寻常的。

　　当代文学中身体叙事的变迁，无疑可以作为见证中国当代文学发展过程的一条"隐线"。类似《透明的红萝卜》这样的作品，将少年的性欲——当然这也是身体的一部分——作为主题，正显现的是八十年代以来所谓"人性的复归"；类似《往事与刑罚》《现实一种》《米》等作品中，对肉体的残疾与痛苦的大量书写，体现了作家们打碎肉体与灵魂之间无形障蔽的努力，使文学对人性的呈现到达新的深度；而《废都》《丰乳肥臀》《白鹿原》中，从两性或生殖角度对于女性器官的强调，直接和当代文学进入消费时代后的种种变革相关。从寻根文学以来，与身体相关的这条"隐线"的重要性日益显现，而借由底层形象的视角，"十七年文学"对身体的强调方式亦可以被纳入到这一问题中进行阐释。

　　通过对后世文学的梳理，不难发现，每个时代文学对身体关注的差异，正暗示着不同的时代精神。因此"十七年文学"对于底层农民身体的独特书写，正有利于帮我们进一步理解时代精神以及特定时间段内文学的审美品格。不难看出，与后世相比，"十七年文学"中对于底层农民体格的赞美，多从是否有益于生产劳动的角度出发。对于男性的描写已经毋庸赘言，即便是对女性的描写也是如此，诸如"粗腿大胳膊""圆厚健壮的臂膀"[1] 等

---

① 　冯德英：《苦菜花》，解放军文艺出版社 1958 年版，第 18、19 页。

是对女性身体的赞美，而"小小脚儿，细细的腿腕儿，一走一打颤儿"①，反而是令人害羞的，因为这种身体特征并不适合劳动。

而将与身体相关的诸多方面都指向生产劳动，将底层形象与劳动始终紧密结合在一起，又是为了什么呢？这其中蕴含着"十七年文学"如何传递时代精神的奥秘。无论是耕种土地、饲养牲畜，还是打土坯造农具，底层劳动使农民的身体越发强健，强健的身体又使农民在劳动生活中更容易获得满足感与归属感，"强健肉体——生产劳动"指向的正是新的历史时期中，国家意识形态希望在底层社会建立的生活状态。在获得了生产资料后，底层农民只靠体力、经验、智力进行劳动，就能满足一切生活所需，甚至为更高尚的国家事业献出一份力，而无须仰地主、官僚鼻息，甚至无视包括气候、自然灾害等自然条件本身的限制。归根结底，以新的身体书写为起点，"十七年"时期的作家们用底层农民生活逻辑的改变，来坐实官方意识形态变化为社会带来的种种变革。

底层农民与高尚道德

如果说九十年代以来被冠以"底层文学"之名的作品，更擅长用底层遭遇的苦难、不公来营造一种充满悲剧感与讽刺感的美学风格，那么"十七年文学"通过底层形象来宣扬的"革命乐观主义"则显得耐人寻味。在"底层文学"中，无论是从乡村进入城市，还是辗转于城市之间的无业游民、小生产者、工人，他们的自我满足、生活的改善都需要依赖个人劳动换算出的金钱实现，这一过程必须使个人置身于复杂的社会关系之中。而根据前

---

① 梁斌：《红旗谱》，中国青年出版社1957年版，第60页。

文所论，"十七年文学"中的乡村叙事则跳过，或者说简化了这一过程，底层农民的劳动直接生产个人衣食住行的必需品，个体对货币和社会关系的依赖明显被淡化了。

"十七年"时期乡村叙事的美学风格，正是由底层形象与自然、自身需求的简单对应关系决定的。底层形象以身体为媒介在改造生活的过程中产生的充实感，与现当代文学其他时段知识分子叙事或消费叙事中人对生活的无力感或不确定感形成鲜明比照。进而在"十七年文学"的底层农民身上，"乐观"某种程度上盖过了苦难、暴力、仇恨，成为了相当重要的主题元素与美学风格。

与这种美学风格相伴随的是一种新的道德逻辑。就像描写"十七年"时期，但发表于九十年代的《活着》所示，主人公福贵的道德状态与物质生活水平做着反向运动，财产状况跌至谷底，人的灵魂也就来到了"天堂"。在"十七年文学"时期，富裕者的道德水平往往使人生疑，而贫穷者的品质则更为高尚。

当我们将"十七年"时期包括梁生宝、朱老忠、赵玉林等底层农民形象，纳入整个当代文学底层形象塑造的谱系中，不禁会有这样的疑问，同样是物质生活水平受限，为何单单"十七年"时期的底层农民形象身上的道德品质尤为明显？

无论"十七年文学"还是近一二十年的底层文学，当文学作品涉及到底层形象时，不可回避的一个主题就是底层形象要如何摆脱底层身份。贫穷者获得财富，逐渐改善自己的生活，是符合社会正义的，然而个人财富的占有，在社会学的范畴中却很有可能是与道德相抵触的。巴尔扎克等欧洲现实主义作家描述的上升期的资产阶级，就始终面临着道德上的诘难——个人财富的增加既有可能意味着"创造"，也有可能意味着"掠夺"，而"掠夺"

正是非道德的。九十年代之后的底层文学正是因为涉及到这一问题，所以底层形象承载的道德属性一直忽明忽暗、扑朔迷离。面对这一状况，"十七年文学"提供了一种新的"写法"，使得底层农民的阶级属性与高尚道德建立了稳固的联系。

在"十七年文学"中，同样有类似梁三老汉这样的底层形象，他希望成为"三合头瓦房院的长者"，希望以不断占有土地等物质财富的做法来提升个人社会地位。塑造"旧式农民"时，"十七年"时期的乡村叙事强调这样的逻辑：在传统思想中，作为个体的农民只有不断占有田产——土地无法凭空变出，只能通过收购，而地主对普通农民土地的收购，总是伴随着卖地者遭受的天灾或人祸——之后才能获得更多粮食，以实现财富的积累，在这里"掠夺"和"创造"是无法分离的。而在塑造"新式农民"时，"十七年文学"另辟蹊径，将"精神财富"（个人声望、领导地位、对社会主义事业的认知程度以及知识水平等）放到了与"物质财富"并重的位置上。类似梁生宝等人物形象，通过增加"精神财富"的方式，在实现社会地位改变的同时，得以避开底层形象时常面临的道德难题。"十七年"时期的乡村叙事中，从属于共产党和政府的干部群体地位重要，在这一时期的文学中，正是意识形态向乡村的渗透，以及国家行政体系在村、乡级别的细化与实体化，使得底层农民除积累田产外，又多了一种新的社会晋升通道。

"但真正的问题都出在'革命的第二天'。"[1] 需要注意的是，在"十七年文学"中，仍然有类似郭振山、袁天成这样通过占据精神财富而提升社会地位，但却出现了"腐化"问题的农民形象，但是这些形象在作家的叙事策略中，从来都是被逼挤到文

---

[1] ［美］丹尼尔·贝尔：《资本主义文化矛盾》，赵一凡等译，生活·读书·新知三联书店1989年版，第75页。

本的角落、抑或在情节安排下最终迷途知返的。联系着前文对于底层农民形象身体书写的讨论，实际上在"十七年文学"中，饥饿、疾病、天灾对农民的影响相对不明显。在故事的发展过程中，饿死、冻死、被地主迫害致死等情况往往只是属于新中国成立前的"痛说革命家史"，而在与作品写作同时期的故事时间中，故事人物对贫雇农与地主之间贫富差距的感受，总是被淡化处理的。于是通过降低物质生活的"诱惑力"，在"精神财富"层面成功脱离底层的农民形象，往往依然保持着卓越的道德品质。

相比于二十世纪九十年代之后的"底层文学"而言，从底层形象塑造角度对"十七年文学"的探究是少数。平心而论，媒介的发展让渐趋尖锐的社会矛盾更加放大，底层发声的机会越多，底层体裁的文学作品也就更容易在读者层面产生共鸣。另一方面，当下文学不断边缘化，关注底层议题，也是文学力图重回社会中心的重要尝试。上述原因使得"底层文学"在这个时代成为最重要的文学现象之一，而"十七年"时期因为社会、媒介、底层大众认知水平等方方面面的差异，那一时期文学对"底层"的关注，在社会问题意识上可能与今天并不在同一层面。然而从"身体"至"道德"，我们不能否认，底层形象有着为理解"十七年"乡村叙事中的一些古老问题提供新解的能力，当代文学史的内部逻辑以及当下文学创作中的一些"缺席"与"焦虑"也在这一谱系下变得更加明晰，因此，"十七年"时期乡村叙事中的底层形象，是值得我们进一步关注的。

发表于《长城》2017年第6期

第三辑

当代文学的经验与历史

论中国当代文学研究中的"再解读"思潮

摘要 "再解读"思潮主要以 20 世纪 40 年代至 70 年代的左翼文学作为研究对象,是 90 年代以来当代文学史研究的重要组成部分,对当代文学的"历史化"以及整个现当代文学研究话语的转向产生重要影响。以 1993、1998、2006 年作为时间节点,"再解读"思潮可划分为三个阶段,主要沿着"历史性研究""文学性研究""现代性研究"三条线索发展。"再解读"思潮并非只局限于《再解读:大众文艺与意识形态》等少数研究,洪子诚、陈思和的部分研究,以及李杨、贺桂梅、旷新年、蔡翔、李洁非等人的研究,都应该在广义的"再解读"视阈中得到观照。广义的"再解读"思潮体现了 40 年代至 70 年代的左翼文学重新获得研究的合法性与方法论的过程,也体现着当代文学学科"历史化"的程度。

"再解读"思潮起始于 20 世纪 90 年代初,主要指从这一时期开始,在现当代文学研究界出现的借鉴文化研究等新的方法与立场,对 40 年代至 70 年代的左翼文学重新进行解读的大规模学术活动。这一思潮因唐小兵主编的《再解读:大众文艺与意识形态》得名,在世纪之交与 21 世纪第一个十年的中后期两次兴盛,力图从"历史性研究""文学性研究"以及"现代性研究"三种路径入手，以"历史化"的态度重新阐释左翼文学，并揭示其内部的复杂性，以满足当代文学史建构的需要。其研究时而溢出文学，力图为具体的历史、社会、经济问题提供答案。

由于精神分析、人类学、结构主义、解构主义、知识考古学等西方理论方法的介入，"再解读"思潮的方法论和问题意识产生了巨大影响。直到今天，针对 20 世纪 40 年代至 70 年代左翼文学展开的研究仍或多或少带有相关方法的痕迹。因此，"再解读"思潮时常与"40 年代至 70 年代左翼文学研究"的说法相伴出现，甚至相互指代，此处需要对二者之间的关系特别作出辨析。

40 年代至 70 年代左翼文学研究是从研究对象角度形成的范畴，"再解读"思潮的概念则是从问题意识或方法论角度形成的，相关研究强调的是对既有观念的重新审视与改写。纳入本文讨论的对象，并非 90 年代以来所有对 40 年代至 70 年代左翼文学展开的研究，而主要是那些在出现之时就在立场、方法与问题意识层面上，相较之前相关研究体现出革新或颠覆性意义的研究实践。

研究"再解读"思潮的必要性在于，这一思潮既生产着文学史，其发展过程也相当于是 20 世纪 90 年代以来"精缩版"的现当代文学研究史。每个时期的文学研究，与文学作品一样需要经历"历史化"的过程。今天批评与研究的方式如何形成？文学史的秩序又经历了怎样的演变？这些将成为后人面对这一时期文学研究时不能回避的问题。此时，尽早将二十几年间的"再解读"研究真正串联成一个整体，找到不同研究者、研究成果之间内在的逻辑关系，以及这一时期当代文学研究在方法论和语言上的特征，对于知识的传承将有重要意义。

学界对"再解读"思潮的评价尚有争议，但无论是肯定或否定，显然都还没有穷尽这一思潮的复杂性。一方面，"再解读"研究的体量与时间跨度都不容忽视，相关的研究方法对当代文学

　　　　　　　　　　　边界内外的凝视　|

研究产生了巨大影响，但学界尚未对其发展逻辑、分类、影响作出足够充分、准确的分析阐释；另一方面，如王彬彬等学者从基础概念和价值立场上对其提出了明确的批判，但这种批判所针对的"新左翼"立场只是"再解读"思潮的一个组成部分，一定程度上忽略了其内部的多元声音。

本文将以"40年代至70年代的左翼文学"作为"再解读"研究对象的统称。洪子诚曾总结出两种左翼文学概念的使用方法，其中一种是"笼统用法"，指的是"按照政治倾向和与政治紧密关联的文学观念的分野，区分20世纪中国文学，来指认其中的一种文学潮流、文学派别。在这种情况下，'革命文学''左翼文学'等概念可以相互替代，它指的是从20年代末的革命文学运动，到左联文学运动和作家创作，到50年代以后的'社会主义文学'等"①。本文基本沿用洪子诚的这一方法，虽然40年代至70年代左翼文学还可以更详细地分类，但80年代对左翼文学的"简单化"处理突出了政治性，并将其视为"文学性"的对立面。"再解读"研究建立在对这一立场的反拨与重新阐释基础上，这就决定它在选取研究对象时，大多采用"政治倾向和与政治紧密关联的文学观念的分野"。因此，本文用"40年代至70年代左翼文学"来指代"再解读"思潮的研究对象。

一、内与外的双重作用模式——"再解读"思潮前史

"再解读"思潮的产生，首先与左翼文学内部被压抑的复杂性有关。1949年到1966年的文学批评与研究，"一方面，它用来支持、赞扬那些符合文学'规范'的作家作品；另一方面，则对

① 洪子诚：《左翼文学与"现代派"》，陈平原主编《现代中国》第1辑，湖北教育出版社2001年版，第115页。

不同程度地表现出离异、'叛逆'倾向的作家作品提出警告，加以批评、批判"。①而"文革"期间，"十七年文学"被视为"毒草"，在诸如《60部小说毒在哪里》这样的言说中，"'十七年文学'被彻底拒之于……'无产阶级文学史'视野之外，被简单粗暴地予以否定"。②从20世纪80年代开始，文学批评观念开始有意与上个时代的文学保持距离，受到"重写文学史"潮流的影响，这一情况到了90年代初愈演愈烈，40年代至70年代左翼文学已经成为启蒙思想或"纯文学"的对立面，对其给出负面评价已经成为研究界的某种"政治正确"。在时间跨度上，当代文学史有相当大的部分处于40年代至70年代之间；在影响角度上，左翼文学及与之伴生的思想潮流产生的巨大影响一直延续至今日。然而，学界在90年代以前没有客观、公正地对待这些问题，这是"再解读"思潮得以产生的根本原因。

由于立场与历史的复杂，延续之前的研究、批评方式很难对40年代至70年代左翼文学进行重新评估。此时，来自西方的新理论为90年代的文学研究提供了新的契机。首先，福柯的知识考古学和杰姆逊的政治无意识理论使"再解读"研究成为可能。知识考古学关注知识如何形成，对历史的认识如何产生。由于文学史已经对40年代至70年代左翼文学作出了明确的价值判断，此时知识考古学的立场恰好能够在左翼文学研究史"非褒即贬"的二元对立外，寻找到一种新的视角与位置。而在杰姆逊的理论框架中，除了官方意识形态，"政治"更指向文本之外的广义要素。这些要素是无孔不入的，不能单纯在价值判断的层面上衡量政治的意义，这为"再解读"重新审视文学与政治的关系提供了

---

① 洪子诚：《当代文学概说》，广西教育出版社2000年版，第75、76页。
② 曾令存：《"十七年文学"研究与"历史叙述"的重构》，载《海南师范学院学报》，2003年第2期。

可能性。其次，文化研究的出现也为 40 年代至 70 年代左翼文学研究带来很大启发，使得相关研究能绕过"文学性"这一重要的评判标准，从社会史和文化史的角度重新获得研究的价值与合法性。

值得注意的是，杰姆逊曾经如此评价西方理论的"转向"：进入后现代社会后，"理论家抱有完全不同于经典哲学家们的目的，不是致力于冥思苦想构筑坚固的哲学大厦，他们处在一个完全新的世界，他们的理论只是一种论述，一种商品，就像玩具一样，你喜欢它就可以玩它，不喜欢就可以换一个"。[①] 对 40 年代至 70 年代左翼文学的研究也在这种理论背景下呈现"历史无害化"的倾向。从启蒙主义、人文精神的立场出发，历史情感的淡化意味着一种问题，然而从"历史化"的角度，这种距离感是研究得以敞开的必要条件。

二、由海外至国内："文学性研究"与
"历史性研究"两条脉络的初成

研究界倾向于将 20 世纪 80 年代末由陈思和、王晓明等人在《上海文论》开启的"重写文学史"活动视为"再解读"思潮的前史，但实际上这种继承关系更像是一种"冒名顶替"。"重写文学史"的目的在于从"文学性"层面批判"十七年文学"与"文革文学"，进而重塑当代文学史的序列与面貌；"再解读"虽然也不满于既有文学史，但其所采用的话语资源、理论方法都与"重写文学史"大相径庭，不仅超出了"文学性"的层面，甚至在研究立场上与"重写文学史"形成了冲突。

---

① ［美］弗雷德里克·杰姆逊：《后现代主义与文化理论》，唐小兵译，北京大学出版社 1997 年版，第 22 页。

1993 年，唐小兵主编的《再解读：大众文艺与意识形态》在香港牛津大学出版社出版，这并不是"再解读"思潮的第一次亮相，其中一些文章在此前已于《二十一世纪》《今天》等刊物上发表。在这部论文集中，对 40 年代至 70 年代左翼文学的解构仍在继续，但一种另类的研究立场逐渐浮现。这些论文的作者不再仅从文学性的意义上对左翼文学进行批判，而是尝试对那些裹挟着人们复杂情感的文学史个案，进行不带感情色彩的处理。在诸如"现代性""反现代性""后现代主义""后殖民主义""民族国家文学""考古学"等穿越国界的宏大理论面前，"再解读"体现出了与先前"重写文学史"的明显差异，左翼文学在验证着这些理论的同时，也被这些理论"翻新"，暴露出了新的复杂性，获得了新的附加值。

整体而言，《再解读》中的文章更注重"发现问题"。在为 40 年代至 70 年代左翼文学研究拓展空间、提供新的研究方法之余，这一系列论文也难免有空泛的缺憾。其中不同文章内部的"声音"并不一致，虽然以"再解读"的面目集体出场，但刘再复、唐小兵、孟悦的研究几乎代表着三种不同的声音。不过，对左翼文学的研究正是从《再解读》开始带有"历史化"的味道。在这种"历史化"的尝试中，左翼文学开始被还原为世界文学进程中的一部分，相比批判与评价左翼文学，这些研究更关注左翼文学为何在特定时间中呈现为这样的面貌。这在当时以及后世也引来非议，因为无论从何种角度，重新重视左翼文学内部的问题，都相当于站在了"抗拒"与"遗忘"左翼文学态度的反面，而后者才是 80 年代以来当代文学研究的主流。

这一阶段的"再解读"研究主要出现于海外，相较国内的文学史研究而言缺乏所谓"正统性"。这是指相关研究中并不存在一种为按部就班建构文学史而产生的"焦虑"。对于这些有海外背景的学者来说，受到国外研究潮流影响，他们对 40 年代至 70 年代左翼文学的探究，只是对于"文化"这一更大范畴的关注的一个分支。例如，唐小兵将更多的精力倾注到了 20 世纪思想史、延安时期的文化生活，刘禾的主要关注点是译介与跨文化实践，戴锦华的研究更多集中在电影领域。因此，《再解读》只是为更深远的 40 年代至 70 年代左翼文学研究提供了一个切口，真正的文学史的建构及问题的深入解决，还是要由国内研究界完成。

　　值得注意的是，以北京大学为中心的一批学者较早转移了目光。从 1989 年开始，北大中文系的"批评家周末"活动开展了一系列对"红色经典"的重读。谢冕主编的"二十世纪中国文学丛书"中李杨的《抗争宿命之路——"社会主义现实主义"（1942—1976）研究》在相当程度上借鉴了福柯的"知识考古学"、杰姆逊的"政治无意识"以及西方马克思主义的理论方法，将 40 年代至 70 年代的左翼文学生态，与现代民族国家的叙事话语置于同一讨论范畴中。《抗争宿命之路》在话语资源与思路上都呼应着海外的"再解读"研究，但该书在当时并未受到足够的重视。从后世"再解读"思潮的发展轨迹来看，其原因一方面在于该书本身在逻辑上即存在着一些不足，全书分"叙事""抒情""象征"三个部分，除第一部分之外，后两部分的逻辑略显牵强[①]；另一

---

① 李杨讨论的主要问题，是现代民族国家"叙事话语"的形成，这与该书第一部分"叙事"高度重合，从主题的角度，后面两部分"抒情""象征"与前面的"叙事"并不是同一级别的概念。另外，支撑"叙事"部分的是"十七年文学"中最重要的几部长篇小说，而支撑"抒情"部分的主要是毛泽东诗词以及一些散文与现代诗、支撑"象征"部分的则只有几部样板戏。从支撑对象的复杂性以及数量来看，后两个阶段的论述明显与"叙事"阶段不在同一水平。后来李杨的《50—70 年代中国文学经典再解读》基本以"叙事"部分为主体，删削了"抒情"与"象征"部分的论述以并入前者，也基本证明了笔者的这一看法。

方面则在于该书与当时主流的文学史研究思路有所抵牾。

从黄子平、钱理群、陈平原提出的"二十世纪中国文学"到陈思和、王晓明等人组织的"重写文学史",将作家、文本、文学现象等放到更长的时间脉络里,进而寻求打通从"五四"至"新时期"的文学史,是 1985 年之后现当代文学史研究的主流。虽然《抗争宿命之路》相当超前地使用了知识考古学、政治无意识等西方理论,但当作者将 40 年代至 70 年代左翼文学放在"现代民族国家"这一"前无古人"的历史进程中作权力与话语角度的研究时,无疑加剧了左翼文学在文学史中的"孤立",甚至有夸大文学之于政治的意义之嫌,这与 80 年代以来的"打通"式研究并不契合。李杨的研究是非常有意义的,但这样的总体思路确实在相当程度上决定了这部论著遭到冷遇。

在此之后,陈思和与洪子诚两位学者的研究为"再解读"思潮的进一步发展奠定了基础,并行的"文学性研究"与"历史性研究"脉络也由此逐渐明朗。本文讨论的"文学性研究",指的就是那些仍然从审美角度出发,以挖掘 40 年代至 70 年代左翼文学内部被忽略的"文学性"为目标的研究实践。1994 年,"文革文学"的代表作《金光大道》准备重新出版面临一片非难之声。同年,陈思和以《民间的浮沉——从抗战到"文革"文学史的一个尝试性解释》为代表的"民间"系列研究,为国内"再解读"的全面发展奠定了方法上的可能性。陈思和在文章中提出"民间隐形结构"①这样一个独特的概念,重新使 40 年代至 70 年代左翼文学在"文学性"层面与"五四"文学以及新时期文学对话成为可能,揭示了巨大的研究空间。陈思和的研究成果虽然很难被直接纳入"再解读"思潮,但其"民间"研究直接开启了"再解

① 陈思和:《民间的浮沉——从抗战到"文革"文学史的一个尝试性解释》,载《上海文学》,1994 年第 1 期。

读"思潮中的"文学性研究"脉络，对后来受到人类学与原型批评影响而展开的"再解读"研究产生了极为重要的影响。

这一阶段"文学性研究"中的一个重要个案，是1996年黄子平于香港牛津大学出版社出版的《革命·历史·小说》（2001年更名为《"灰阑"中的叙述》由上海文艺出版社出版）。黄子平从"时间""身体""传奇""宗教"等范畴出发，对左翼文学进行了新的审视。作者所列举的这些要素及范畴在很大程度上是超越历史的，他从中发现的美感或趣味也具有普适性。如果将黄子平的研究与陈思和的"民间"系列研究进行联系，可以发现从相对模糊的"民间"到更加具体的"时间""身体""传奇""宗教"，"文学性研究"的外延与视角变得更为明朗。《革命·历史·小说》的篇幅不长且谈论的问题较为驳杂，诸多论述显得蜻蜓点水，但从陈思和的"民间"研究到世纪之交李杨、张清华等人的"文学性研究"中间，黄子平的研究确实仿佛一座连通前后的"桥梁"。

洪子诚在1996年发表的《关于五十至七十年代的中国文学》等文章中，从"一体化"观念形成的角度寻找到50年代至70年代文学与"五四"新文学之间的内在联系，从根本上解构了此前对左翼文学研究合法性的质疑。洪子诚认为，如果说80年代以来备受推崇的"五四"新文学，实际上"不是意味着包容多种可能性的开放格局，而是意味着对多种可能性中偏离或悖逆理想形态部分的挤压、剥夺，最终达到对最具价值的文学形态的确立"①，那么研究界对左翼文学合法性的否定便不能成立。同时，洪子诚的研究表明在文学史的范畴中，40年代至70年代的左翼文学与之后的新时期文学或寻根、先锋文学之间并不应该有高下

---

① 洪子诚：《关于五十至七十年代的中国文学》，载《文学评论》，1996年第2期。

之分，文学史的研究对象不一定要具有较高的文学性。

在《中国当代文学史》中，洪子诚认为在狭义的作家、文本之外，包括文学期刊、出版、机关、政策、作家生活史与交往史、文学事件等多种因素在内的"文学机制"也应该是文学史研究关注的重点。"再解读"思潮中的"历史性研究"脉络，主要就针对40年代至70年代"文学机制"展开研究。与"文学性研究"脉络相比，在"历史性研究"脉络所关注的"历史"中，作家与文本是重要的组成部分而非全部，因此"文学性"也就不再是唯一的评判标准与研究目的；下一阶段出现的"现代性研究"虽然也时常溢出文本，但"现代性研究"强调的是与当下对话，而"历史性研究"则专注于历史层面，没有表现出强烈的现实指向与价值判断。

三、争议与深化："现代性""文学性"
"历史性"研究三线并举

1997年末，以汪晖的《当代中国的思想状况与现代性问题》为导火索，关于"现代性"的研究在国内知识界成为热点。1998年"百年中国文学总系"丛书出版，同年，一场名为"重话'文革'时期文学"的学术对话会由中国社科院与中国当代文学研究会联合举办。这一时期，卫慧、棉棉等作家在市场上"走红"，《萌芽》上的"新概念作文大赛"拉开帷幕，文学的市场化发展到了新的阶段。在这样的总体环境中，"再解读"思潮由第一阶段进入第二阶段。

将这一时间节点作为"再解读"思潮两个阶段的分水岭，原因在于消费主义正使得精英知识分子主导的文学批评与研究日渐边缘化。这在某种程度上促成了研究界的关注点集体转向40年代至 70 年代左翼文学。文学史研究选择"现代性"作为与社会现实对话的切入点，90 年代初唐小兵、李杨等人讨论的"现代性"与"反现代性"问题正式浮出水面，对于左翼文学的"现代性"角度研究，成为"再解读"思潮中与"文学性""历史性"研究并行的新线索。

由于学界对"现代性"这一概念的内涵并没有统一定义，本文有必要对"再解读"思潮中的"现代性研究"进行界定。"现代性研究"往往以 40 年代至 70 年代左翼文学为入口与佐证，试图溢出文学本身，对同时期的社会形态、组织生活、经济形式等历史问题作出研究，进而在古今对比中以批判性的态度与当下社会进行对话。

"现代性研究"脉络中的典型代表是旷新年的研究。在《"重写文学史"的终结与中国现代文学研究转型》中，旷新年从动机的正当性上质疑洪子诚与陈思和对 50 年代至 70 年代文学的研究态度，认为无论是在"一体化"还是"潜在写作"的脉络中，这一时期的文学都受到了"不公正"的对待。在旷新年看来，这一阶段的文学似乎应该得到进一步的重视，以及更高的评价。[①] 他还从肯定"十七年"时期工业、农业发展以及社会进步的角度出发，认为"十七年文学"因准确地记录、反映了当时的经济基础，而对历史和现实产生重要的启示性意义。[②] 这种在经济基础与上层建筑之间寻求互证关系的尝试，为 40 年代至 70 年代左翼文学研究带来了新的视角，也在一定程度上拓宽了现当代文学研究的边界与影响。"现代性研究"意味着研究者找到了一种将

---

① 参见旷新年《"重写文学史"的终结与中国现代文学研究转型》，载《南方文坛》，2003 年第 1 期。

② 参见旷新年《社会主义现实主义经典〈创业史〉》，载《湖南大学学报》，2004 年第 5 期。

这一阶段左翼文学与 90 年代以来中国社会现实进行对读的视角，尽管结论仍有待商榷与审视。相较"历史性研究"与"文学性研究"，"现代性研究"的对话者并非只面对现当代文学界内部，而是试图与知识界甚至整个社会进行对话。

然而必须正视的问题是，这类"现代性研究"的可信性建立在对"经济基础"准确、全面的理解之上，因此，类似旷新年等研究者的成果饱受争议。这一代文学研究者相比于上一代，明显有了更多溢出文学边界的尝试，以及更宽广的文化视野。但由于自身学养传承的限制，也受到更为细致的学科划分以及复杂的话语权归属的影响，这类研究无论在文学研究者眼中，还是在面对历史学、社会学、经济学等学科时，都很容易受到质疑。因此，包括唐小兵、李杨、旷新年以及蔡翔等学者的研究在内，"再解读"思潮中的"现代性研究"总是能够让人产生耳目一新之感，却因为缺乏一种必要的准确性与完整性而毁誉参半，难以真正参与文学史的建构之中。

之前在思潮的第一阶段就已经形成的"文学性研究"在这一阶段出现了新的变化。李杨从 2000 年开始，在《抗争宿命之路》的基础上，发表了《成长·政治·性——对"十七年文学"经典作品〈青春之歌〉的一种阅读方式》（载《黄河》2000 年第 4 期）等一系列文章，并于 2003 年出版了《50—70 年代中国文学经典再解读》一书。李杨通过对"革命文学经典"的细读，挖掘出文本隐藏的"儿女""鬼神"等改头换面了的传统民间文学因素可能带来的审美感受。作者也对这一阶段的文本进行了解构（例如质疑朱老忠、冯老兰等人物行为与阶级身份不符），但这种解构的结果是 50 年代至 70 年代文学中"穿帮"的叙事与设计，也成了文本"可读性"的组成部分。张清华在 2000 年发表的《当代文学中的皇帝婚姻模式——一个男权主义批判的视角》，从原型与叙事学的角度对《在悬崖上》《青春之歌》以及孙犁小说中的两性关系作出了解释，并以此作为这些文本文学性的重要来源。[①] 2003年发表的《"青春之歌"到"长恨歌"——中国当代小说的叙事奥秘及其美学变迁的一个视角》，从精神分析与潜意识的角度揭示了《青春之歌》内部的复杂，这种复杂使得《青春之歌》在承担了意识形态的"任务"之余，仍体现出值得重视的文学性。[②]

尽管李杨曾经在文章中表示出对陈思和"民间"研究的质疑，[③] 但他与张清华从叙事学角度对"十七年文学"与"文革文学"的分析透露出与陈思和、黄子平等人的传承关系。可以说，由陈、黄划定的一些范畴，直到李、张的文章出现，方才得到了足够详尽、丰富的阐释。

在以李杨和张清华为代表的"文学性研究"中，来自人类学、原型批评、精神分析、解构主义等西方理论方法的影响不容忽视。比如李杨谈到《青春之歌》内部的"情爱叙事"时，就

[①] 例如，作者认为孙犁的小说就与《聊斋志异》的范式相通，其中常有女性主动、男性被动的两性关系，但是"孙犁小说的最成功之处便是他的女性人物形象的刻写"；同理《青春之歌》之所以能写得一波三折，在红色叙事的油彩下仍很有魅力，主要是它的内部自觉不自觉地隐含这样古老的结构"（参见张清华：《当代文学中的皇帝婚姻模式——一个男权主义批判的视角》，载《小说评论》2000年第3期）。

[②] 通过对折射了林道静潜意识的梦作出精神分析，作者"实际上是要表明这部作品所达到的那个年代文学所能够具有的最大的心理与精神深度。毫无疑问，没有哪一部'十七年'的小说能像《青春之歌》这样，有着如此多潜在的阐释空间，以及关于一个时代的政治、语言与意识形态的广泛辐射力"（参见张清华：《"青春之歌"到"长恨歌"——中国当代小说的叙事奥秘及其美学变迁的一个视角》，载《当代作家评论》2003年第2期）。

[③] 这种质疑集中体现在李杨的《当代文学史写作：原则、方法与可能性——从陈思和主编的〈中国当代文学史教程〉谈起》（载《文学评论》2000年第3期）中，李杨认为陈思和及其主编的《中国当代文学史教程》强调"民间意识"与官方意识形态的对立性是不准确的，而这并不妨碍二人对左翼文学中民间因素的重视是具有共性的。

仿佛是在替罗兰·巴特完成一种未尽的"解构实验"①。而张清华对40年代至70年代左翼文学中"皇帝婚姻模式""才子佳人""英雄美人"等类别的厘定，及至后来"类史诗""类传奇""类成长"等叙事模型的划分，也体现出了鲜明的原型批评意识。在这一思路下，让左翼文学在既往的政治意味之外重现生机的，则是一种与人类学视野息息相关，从个体与集体无意识拓展开来的精神分析视角。

2003年召开的"20世纪40年代至70年代的中国文学"学术研讨会，实现了对之前"再解读"思潮发展过程的回顾。在这次会议中，以赵园、钱理群为首的研究者正式将40年代文学融入到后来50年代至70年代文学的整体中，使得对这段文学史的叙述更加圆融贯通。在洪子诚的发言中，还表现出使"再解读"中两条研究路线的矛盾清晰化的趋势。他认为90年代出现的几种理念有将复杂研究客体进行"二元对立"的缺陷，其中就涉及"'官方'与'民间'，'主流意识形态'与'非主流意识形态'"②等概念，而这正与陈思和等人为代表的"文学性研究"脉络有关。由陈思和提出的"民间"范畴正从"原型"与"潜结构"的角度为重新评价40年代至70年代左翼文学提供了一条宽阔的路径，但不少"跟风"的研究会从既定的概念出发忽略特殊的历史

① 在谈到罗兰·巴特时，李杨写道："他的拿手好戏，是追求所谓'文本的快乐'，他能够在许多意义崇高的文本中读出隐藏的色情意义……许多公认的立意高远的严肃文学作品在巴特的笔下都产生了'色情'欲望……然而，这位'黄色阅读'的高手在中国竟然没有找到合适的材料……显然，有些东西成功地逃过了罗兰·巴特的鹰鹫一样的眼睛。"（《50—70年代中国文学经典再解读》，山东教育出版社2003年版，第125、126页）在这样的基础上，李杨开始在"性"与"政治"之间展开对林道静命运的细读。
② 洪子诚：《历史清理的方法》，载《中国现代文学研究丛刊》，2004年第2期。

环境。这样的研究会给人一种"新见迭出"的错觉，并可能使原本就已浑浊模糊的历史本身变得更难以厘清。以"历史性研究"为主的洪子诚针对的正是这样的问题。

在"再解读"思潮内部出现自我回顾的同时，"历史性研究"出现了新的变化。洪子诚的《中国当代文学史》在1999年出版一方面回应了80年代以来"当代文学不宜写史"的疑虑；另一方面确立了当代文学"历史研究"的典范，从文学史的角度考量40年代至70年代左翼文学时，文学机制等文本之外的历史因素可能比文本更具有阐释的空间与意义。延续着"历史性研究"的路线，程光炜在世纪之交发表的一系列聚焦于40年代文学现场的研究文章，进一步在现当代文学的范畴中发展了"考古学"式的研究方法。①

而贺桂梅的研究成果，使"再解读"思潮中的"历史性研究"在深化之余，呈现出了某种"转变"。贺桂梅的《转折的时代：40—50年代作家研究》(山东教育出版社2003年版)，以及《知识分子、女性与革命——从丁玲个案看延安另类实践中的身份政治》(载《当代作家评论》2004年第3期)等文章进一步将对左翼文学的历史研究从文本延伸到作家身上。她这一阶段的研究，隐秘而强烈地将文学研究与社会史、革命史、精神史的研究连接在了一起。由此，"历史性研究"与"现代性研究"出现了

① 如程光炜的《中国"歌德"之道路——论郭沫若解放后的思想和文艺活动》(载《海南师范学院学报》2002年第2期)、《毛泽东与当代文学》(载《粤海风》2002年4期)、《郭沫若后期的文化心态》(载《新文学史料》2002年第4期)、《1948、1949年的文化观察》(载《天涯》2002年06期)、《中国现代文学的又一次探索——试论四十年代的文学环境》(载《海南师范学院学报》2003年第2期)、《多元共生的时代——试论四十年代的文人集团》(载《海南师范学院学报》2003年第4期)等研究成果，大多以文人、制度、事件等文本之外的因素作为研究对象。

交叉，而这也正对"再解读"思潮第三阶段形成了一个"前引"。

四、沉潜、分化与转向："再解读"思潮的第三阶段

大概在 2005 年前后，"再解读"思潮的发展出现了一段真空期。在上述三条线索上的"再解读"研究都产生大量研究成果后，对 40 年代至 70 年代左翼文学的研究已经相对完整，换言之，此时针对已经逐渐稳定的左翼文学研究状况，似乎很难再出现具有颠覆性或者能够再次敞开巨大阐释空间的研究。以"重返 80年代"研究为代表，80 年代文学开始成为当代文学史研究的新热点。这一阶段"再解读"思潮的三条线索进一步出现分化与流变，其中"历史性研究"分裂为偏向于文学化的历史书写与偏向于生产机制的细部研究，原有的三条线索变成了四条线索，伴随着分裂，第三阶段的"再解读"研究整体呈现出零散化的倾向。

从 2006 年开始，李洁非在《文艺报》发表系列文章《〈讲话〉前延安小说的语言》，并开始写作《典型文坛》（湖北人民出版社 2008 年版）一书，这些研究成果和之后的《典型文案》（人民文学出版社 2010 年版）、《典型年度》（北京十月文艺出版社 2013年版）、《文学史微观察》（生活·读书·新知三联书店 2014 年版）等著作是文学化的历史书写的代表。李洁非的这些研究作为"再解读"思潮中"历史性研究"的延续，体现了在 2003 年左右贺桂梅等学者乃至更早在 90 年代杨健、陈徒手等学者所实践的研究方式——文学文本退居二线，研究者更关心的是文学史中的典型事件、个体命运以及历史轮回。在《典型文坛》等书中，作者进行的与其说是研究，不如说更近似于某种有历史原型、文献史料的"创作"。于是，40 年代至 70 年代与文本、作家、学者、制度相关的历史之于读者而言产生了明显的"可读性"。但由于这

种研究方式摇摆于严肃研究与通俗读物之间，有时既不能对事件、人物进行淋漓尽致的推论与虚构，也不能对某些尚未解决的关键问题作出进一步回答。

"历史性研究"分化出的第二个角度，恰好对以《典型文坛》为代表的"文学化"历史书写形成反拨。延续着之前由洪子诚、程光炜为代表的研究脉络，在以姚丹的《"革命中国"的通俗表征与主体建构——〈林海雪原〉及其衍生文本考察》（北京大学出版社 2011 年版）、钱振文的《〈红岩〉是怎样炼成的——国家文学的生产和消费》（北京大学出版社 2011 年版）、孟远的《歌剧〈白毛女〉的生产方式——集体创作的话语民主与〈白毛女〉叙事的初成》（载《文艺争鸣》2013 年 12 期）、王本朝的《中国当代文学制度研究（1949—1976）》（新星出版社 2007 年版）、孙晓忠的《改造说书人——1944 年延安乡村文化的当代意义》（载《文学评论》2008 年第 3 期）等为代表的成果中，对 40 年代至 70 年代左翼文学展开的"考古学"式研究正式形成规模。相比"历史文学化"对个体的能动性的侧重，这种主要对文学生产机制进行关注的研究更注重历史的本来面目，进一步为红色叙事中的经典作品增加了复杂性。

除了上述研究，以黄发有的《人文肖像：人民文学出版社与当代文学》（载《当代作家评论》2004 年第 4 期）、程光炜的《〈文艺报〉"编者按"简论》（载《当代作家评论》2004 年第 5 期）、孙晓忠的《当代文学中的冯雪峰——以〈文艺报〉为中心》（载《文学评论》2005 年第 3 期）、吴俊与郭战涛的《国家文学的想象和实践：以〈人民文学〉为中心的考察》（上海古籍出版社 2007 年版）、武新军的《"十七年"文艺期刊管理体制的生成与变革》（载《中国现代文学研究丛刊》2011 年第 10 期）等为例的研究成果中，对于期刊、报纸、出版社的理念以及编辑出版行为的阐释开始与对文本的讨论"分庭抗礼"，期刊与出版在被阐释的过程中不再只是文学文本的附庸与媒介，而成为独立的客体，甚至对文本的产生起到主导作用。这类研究的快速发展标示着当代文学史研究的专业化程度日益加深。

这一阶段"文学性研究"中最值得关注的是张清华以《探查"潜结构"：三个红色文本的精神分析》《"传统潜结构"与红色叙事的文学性问题》为代表的研究成果。如果说此前对左翼文学"文学性"的分析，更侧重于作家与读者如何在"集体无意识"中达成审美角度的默契与共识。到了这一阶段，作家如何使用特殊的创作技巧，在作品中呈现"个体无意识"则变成了受关注的焦点。在这一层面上，曾被认为从属于政治的左翼文学也获得了与80年代以来所谓"纯文学"对话的可能。

"现代性研究"在这一阶段遭遇了更大的争议。以《革命/叙述：中国社会主义文学——文化想象（1949—1966）》一书为例，蔡翔对文学的阐释穿插着对于社会和历史的阐释，肯定了"十七年文学"在反映历史时的准确性与史料性，进而强调了"十七年"时期社会历史的状况对于当下中国社会发展的参考作用。蔡翔将该书的结束语命名为"社会主义的危机以及克服危机的努力"①，提出了社会主义社会中存在的几大重要"问题"如"平等主义和社会分层""科层制和群众参与""政治生活和生活世界""内在化和对象化"，②其研究的动机由此可见。40年代至70

---

① 蔡翔：《革命/叙述：中国社会主义文学——文化想象（1949—1966）》，北京大学出版社2010年版，第365页。

② 在《革命/叙述》中，"平等主义和社会分层"指向的是当下社会贫富分化越来越明显的问题，"科层制和群众参与"与"内在化和对象化"指向的是官僚主义与特权阶层以及曾经的"人民"无法在社会发展和个人生活中占据主导地位，"政治生活和生活世界"指的是当下随着城市和消费发展，个人的欲望诉求与国家的政治形态出现矛盾。

年代左翼文学确实不同程度地表现或涉及作者提出的这些影响中国社会发展和民众生活的重要问题，因此蔡翔的研究在相关研究中体现出了新意与现实意识。但是，从作家虚构的文本出发验证历史，进而推断未来社会发展方向的做法是否可靠，仍有待时间检验。客观审视其研究成果，其中多少存在研究者的宏观意愿溢出研究对象的问题。40 年代至 70 年代左翼文学确实在某些方面能够唤起人们对当下社会问题的思考，这是这一阶段文学特殊的文学史意义，然而相关研究必须警醒的是如何确保理性与准确。

这一时期，对于"再解读"中"现代性研究"的反对声音开始集中出现，例如王彬彬在 2012 年发表的《〈革命 / 叙述：中国社会主义文学———文化想象（1949—1966）〉杂论》（载《当代文坛》2012 年第 3 期）就从蔡翔的著作中摘出了不少语法问题与知识性错误。在这一基础上，王彬彬对蔡翔的研究基本持否定态度。在 2013 到 2014 年发表的批判"再解读"的系列文章①中，王彬彬对"再解读"思潮中的"新左"倾向进行了批判。他的《关于"十七年文学"的评价问题》（载《文学报》2009 年 12 月 3 日）、《〈红旗谱〉每一页都是虚假和拙劣的——"十七年文学"艺术分析之一》（载《当代作家评论》2010 年第 3 期）等文章甚至认为"十七年文学"作为研究对象不值一提。郑润良的《"反现代的现代性"：新左派文学史观萌发的语境及其问题》（载《福建论坛》2010 年第 4 期）、《论唐小兵的"再解读"与新左派文学史观》（载《厦门教育学院学报》2010 年第 2 期）、《论李杨的"再解读"与新左派文学史观》（载《厦门广播电视大学学报》2010

① 包括《被高估的与被低估的——"再解读"开场白》（载《文艺争鸣》2013 年第 2 期）、《〈再解读——大众文艺与意识形态〉再解读——以黄子平、贺桂梅、戴锦华、孟悦为例》（载《扬子江评论》2014 年第 2 期）、《〈再解读——大众文艺与意识形态〉初解读——以唐小兵文章为例》（载《文艺研究》2014 年第 6 期）。

年第 1 期）等文章也对"再解读"思潮中的"现代性研究"表达了不同的意见。

与此同时，值得注意的是在《文艺研究》等重要刊物上，出现了一批对"再解读"思潮进行总体评述的重要文章，如程光炜的《当代文学学科的"历史化"》（载《文艺研究》2008 年第 4 期）、《我们如何整理历史——十年来"十七年文学"研究潜含的问题》（载《文艺研究》2010 年第 10 期），以及张清华的《在历史化与当代性之间——关于当代文学研究与批评状况的思考》（载《文艺研究》2009 年第 12 期）等。这些文章的出现，意味着"再解读"作为思潮已相对完整，并受到了研究界的高度重视。在更宽广的视野中，主要研究 40 年代至 70 年代左翼文学的"再解读"，成为了当代文学"历史化"整体脉络中的一部分。

五、"再解读"思潮的意义与局限

"再解读"的意义首先是对重建 20 世纪文学史的传承脉络起到了重要作用。与政治过从甚密，乃至一度被政治压抑而让渡"文学性"追求的左翼文学，因"再解读"的出现而不再仅仅是失败的文学实践。在文本背后，包括个人与体制的互动、纷繁的文学事件、文本与文学史知识的生产过程……这些复杂的对象与机制承载的是 40 年代至 70 年代左翼文学在"文学性"之外的另一层意义。推而广之，"再解读"思潮对文学史产生的影响，可以引申至更长的时间脉络中。长时段文学史的准确性，建立在短时段文学史的全面与客观之上。这种全面与客观指的就是让一个阶段的文学史呈现出"复调"而非"独语"的状态。包括"20 世纪中国文学""重写文学史"在内的研究都力图弱化左翼文学的重要性，而"再解读"思潮正体现了对这种倾向的纠偏。

其次，在整合文学史之外，"再解读"思潮开启了中国学界对文化研究的接受，对现当代文学研究在对象和方法的选择上产生巨大影响。"再解读"将"文化"这一维度带入文学研究，"文学性"不再是选择研究对象的唯一标准。同时，以"再解读"为代表的文化研究将许多传统文学讨论中不曾涉及的对象（例如社会学、历史学、经济学以及传统文学研究一度忽略的通俗文学、大众文学乃至影视剧以及文化现象）带入文学研究中。在方法或话语资源上，以"再解读"为代表的文化研究为现当代文学研究引入了大量西方理论，并且体现出了与文学范畴之外的现实进行"对话"的强烈诉求。

　　值得注意，"再解读"思潮将西方的理论与方法带入中国现当代文学研究也造成了一些弊端。第一，部分现当代文学研究"为理论而理论"的弊病正与"再解读"带来的文化研究模式有关。文化研究让现当代文学的文本与各种理论产生了前所未有的互动，这经常导致仅是文学文本与各种理论的"排列组合"就足以让研究者沾沾自喜，仿佛发现了未被开垦的"处女地"，而实际上，很多文本与理论的结合并没有具体的价值指向，研究成果流于空洞。第二，大量使人眼花缭乱的理论以及"绕来绕去"的论证方式进一步动摇了文学研究的自信心与可信性，一种"密码式"的写作随之诞生。"再解读"因为涉及一些"敏感问题"（既包括对政治禁区的讨论，也包括对学界约定俗成的"规矩"或习见的颠覆），所以学者时常有意无意地避免直言其是，将"自我"与"立场"作模糊化处理。久而久之，为那些欲"以己之昏昏"而"使人昭昭"的研究者提供了方便之途，这种研究方式或者说"腔调"，正好掩盖了作者本身在相关问题上的含混乃至无知。直言其是反而被一部分人视作"不成熟"或"不严谨"的表现，似乎只有将自己的观点尽量淹没在大量引文中，用不带情感的"翻译体"甚至文意不通的复杂语法才显得"客观严谨"。这种趋势结合着当下的学位制度、职称制度，以及文章发表、专著出版的混乱状态，生产出大量难以分辨的"学术垃圾"。在这种现状之下，"再解读"思潮虽然瑕不掩瑜，但也难辞其咎。

最后，"再解读"思潮对于当下的文学创作同样具有启示性，其中的"现代性研究"促使人们反思一度被认为"过时"的现实主义文学传统。虽然"十七年文学"的创作者并不具备后来"寻根""先锋"作家开放、自由的视野，在形而上追求以及对小说形式的把控能力上也有明显不足，但对反映一个时代的社会组织模式、日常生活状态、经济生产形式等相关内容却意愿明确，这些正是现实主义的追求，也是文学取信于时代的重要条件。应该再一次强调，这样的说法并不意味着要无条件认可40年代至70年代左翼文学，以及"再解读"思潮尤其是"现代性研究"脉络中出现的成果，而是指在面对相关文学作品或研究成果时，不仅要对其进行理性的分析，辨明其中的错位、谬误，也应该客观对待其中的积极性尝试。从"再解读"思潮三条相互交叉的研究脉络中，我们能够看到40年代至70年代左翼文学作为当代文学史中一个相对完整的段落，如何从被边缘化到重新引起关注，也能看到文学史研究在面对一个复杂的研究对象时如何以新的评价标准、理论方法开辟研究空间。"再解读"思潮出现的时间并不算长，但对当代文学史研究却具有典范性意义。"历史化"的进程永远不会停止，对"再解读"思潮进行研究，不仅意味着对已有的学术史作出清理与重审，更意味着未来面对80年代、90年代乃至新世纪的文学史时，当代文学史研究将有更加充分的准备。

发表于《文艺研究》2019年第6期

动漫、影视、游戏与文学的"代际差异"

在"当代青年作家问卷调查"中有这样一个问题:"有哪些作家对你的写作产生深刻影响?"回答大多是马尔克斯、陀思妥耶夫斯基、卡尔维诺、鲁迅、张爱玲、曹雪芹等经典作家。受访人都是80、90后作家,但若只看这些回答,我几乎无法分辨现在的青年作家和所谓50、60、70后作家之间的差别。

只极少数的受访人提到郭敬明、韩寒等人,且不约而同地带着一种"羞耻感"。其实,声称自己受马尔克斯、鲁迅影响最大,未必就真的会写出下一本《百年孤独》或者《呐喊》;反之,一代青年人因接触郭敬明、韩寒的小说而走上写作道路,也不意味着他们的文学水准就此止步。在我看来,谈及文学的影响时,这一代青年作家或许更看重文学的"高度",而在某种程度上忽略了文学的"广度"——也许这正说明现行的文学教育、文学评价体系为青年作家带来了一种纯文学"焦虑症"。

因此当看到有受访者提到大陆的武侠作家小椴、玄幻作家江南,以及欧美的魔幻作家如《魔戒》的作者托尔金时,我会格外欣喜。尤其是第九问,为我们提供了这一代作家文学资源的更多线索。以许多80、90后作家欣赏的动漫作者为例,陈春成提到的《哆啦A梦》作者藤子·F.不二雄生于1933年(王蒙先生生于1934年)、陈志炜提到的《龙珠》作者鸟山明生于1955年(与莫言先生同龄）、石梓元提到的恐怖漫画家伊藤润二生于 1963 年（与苏童先生同龄）。上述这些看上去颇为"年轻"的艺术作品，其实出自"老先生"或"中年人"之手，但是在中国，同类作品的作者和读者几乎只有"青少年"。

二十世纪末，中国文学从现实主义"狂飙突进"至现代主义、后现代主义，用十几年的时间走过了世界文学接近一百年的路。但文学也是一门综合艺术，论文学与其他艺术门类之间的互动，中国文学仍然是滞后的。但实际上，从写作内容到手法，这些非传统的文学资源绝对可资借鉴。

例如科幻小说时常通过未来想象，架设一种"绝境"——或者科学技术出现了颠覆性的发展，或者人类文明濒临灭亡——此时题材变成了方法，传统的"典型"塑造有了新的效果，引出了文学对人性或文明本质的另一种探索手段。又比如《冰与火之歌》中的"POV"写法，则用通俗化手段演绎了严肃文学中的"复调"概念。

在我看来，不仅类型文学应该成为当下青年作家的重要创作资源，甚至影视、动漫、游戏等与类型文学紧密相关的艺术形式也应该成为创作灵感与技巧的"富矿"。此处试举一个小例子，论文学中的动作描写，《水浒传》中的"景阳冈武松打虎"绝对是经典之一。但如果熟悉了影视、动漫的分镜技巧后再去细细阅读，就会觉得这段的视点有些单调，叙述者就像是个感受到了危险的路人，远远看着一切。施耐庵当然不可能想到未来会有一种影像技术，竟能在任意的距离下交替呈现武松和猛虎眼中看到、听到的一切，让观看者"零距离"体验到那种力量和速度、恐惧和愤怒。文学发展并非总是"进步"，但新技术形式对感受方式、叙述方式的优化却不容忽视。

从科塔萨尔的《跳房子》到米洛拉德·帕维奇的《哈扎尔

辞典》，现代或后现代主义文学一直在尝试将"线性"的文本打造成一个回环往复、可以从多种角度进入的"空间"。在文学之外，这种从线性到空间的发展在电子游戏中已经成熟。从《上古卷轴》《巫师》《侠盗猎车手》到《我的世界》《塞尔达传说·旷野之息》，"开放世界"是近些年游戏界最火热的概念之一。在这种新颖的模式里，玩家从被动体验一个故事变成主动创造故事、改变命运，受众和作者站在了同样的位置上，这或许正是科塔萨尔、帕维奇等作家"梦寐以求"的状态。"开放世界"为玩家设置了足够多的选择，整个游戏就像一个蔓延得足够长的"树状图"，玩家时常会产生一种错觉，认为自己并不是在"选择"而是在"创造"，自己的行为使游戏本身增添了新的可能性。

效法游戏，文学也可以做到近似的效果，其关键一方面在于叙事形式，就像《跳房子》《哈扎尔辞典》等文本那样；另一方面则在于以"误读"去淡化文字阅读的线性感。陈志炜在问卷中提到PSP平台上的《无限回廊》是"一个可以被无限误读的游戏"，进而小说创作中也存在着重要的"误读的空间"。"误读"对于文本的生命长度至关重要，为什么四大名著经得起戏曲、评书、影视、动漫、游戏等各种艺术形式的改编？为什么直至今日网络上仍有大量自发的关于小说细节的争论，仿佛小说变成了"开放世界"、一本书可以读一辈子？其根本原因就在于存在着"误读的空间"。即便小说所有正面的可能性已经穷尽，类似"宋江毒计杀晁盖""唐僧其实是如来的私生子"一类的"阴谋论"想象，或"《红楼梦》与职场文化""《三国演义》教你处世哲学"等话题也足以让人重新热血沸腾。文学界习惯用"某作家写出了一部《红楼梦》式的作品"来表达最高规格的礼赞以及当代文学接续传统的想象。事实上，游戏、动漫、影视等新的艺术形态之中也藏着《红楼梦》式伟大文学的奥秘，并且借助新的技术手段、集体的聪明才智，这些奥秘对于 80、90 后作家而言更真实可感。

上述谈及了很多"理论上"的可能性。事实上，在整个"当代青年作家问卷调查"中，只有部分青年作家会谈起动漫、游戏等新型叙事艺术，而其中又有一部分只是将其作为"文化现象"而非"文学资源"处理。在具体的创作中，也只有极少数的作品自觉、有效地化用这些资源。当然，这多少与积淀已久的文学评价体系有关，是时间和态度上的问题，而不是能力问题。

发表于《中华文学选刊》2019 年第 12 期

"文到中年"的油腻与沉稳

——当代长篇小说去向略论

"油腻"是最近的网络流行语，形容的是"自我感觉"过分良好、缺乏自我怀疑精神的人。有趣的是，这一评价总与"中年人"群体有关。从"保温杯里泡枸杞"讽刺中年人的"服老"式自我保护，到以"油腻"批判过度的自以为是，当下社会语境中对"中年"的警惕与敏感耐人寻味。

进入文学领域，从八九十年代之交就有萧开愚、欧阳江河提出诗歌领域的"中年写作"的概念。[1] 时至今日，当代文学尤其是长篇小说创作从"青年写作"走向"中年写作"也基本成为共识。[2] "文到中年"成了当代文学的一种状态，属于"中年"的一些问题变得不可回避。

> 当年王朔的小说成也成在他的对话上，口语、反讽、耍贫嘴、调侃政治、无聊打趣……不一而足。他的对话的丰富与油滑成了正比，油滑是什么？就是没有阻

---

[1] 欧阳江河：《89后国内诗歌写作——本土气质、中年特征与知识分子身份》，《花城》，1994年第5期。

[2] "中年写作"是一种美学风格，与当代文学的写作范式渐趋稳定、形式探索逐渐让位于内容的深度有关；但同时这也和长时期在文坛占据主要地位、在八九十年代崭露头角的作家逐渐进入生理意义上的"中年"有关。

力的滑走，顺势而为的空转。它追求的不是意义而是快感，它是对语言本身及其价值观的戏弄。①

这是陈晓明对语言油滑的一种阐释。王朔曾经通过这种举重若轻的方式完成了一些重大的任务，例如对于"红色话语"的消解与转换。于是这种"油滑"便成了某种标志与资本，作家乐此不疲，读者与批评家苦于挖掘其背后深意。但反过来，就如陈晓明论述的，虽然某些风格意义稀薄，但仍能占据人们的视野，这种油滑颇有些仗势而为的意味，又与社会语境中的"油腻"极为相似。这不仅仅是王朔语言的问题，同样也是当代文学要面对的"中年问题"。

曾经寻根文学、先锋文学、新历史小说，以及王朔、王小波的后革命叙事产生重要影响，他们用象征、反讽等"小"的手段，去处理历史中"大"的问题。这种轻巧灵动的方式自然是曲径通幽的，实现了文学与历史或现实的对话。但假若忽略文学史发展的深层动因，仅以非难之心着眼浅薄之处，这些文学潮流又似乎有些"投机取巧"之嫌——这往往是许多人对当代文学的第一印象。于是如何在这正反之间寻求一种平衡，既避免油腻与油滑的"空转"，又让历史与现实的问题在文学中迎刃而解、走向深刻，则成了当代文学从"青年"转向"中年"需处理的重要课题。接下来，本文将通过讨论几部近年来的优秀长篇小说来回应这一问题。

东西的《篡改的命》（以下简称《篡》）是近些年难得一见的作品。这部作品在 2015 年出现，意味着八十年代末以来文学对

① 陈晓明：《当代史的"不响"与转换——〈繁花〉里的两个时代及其美学》，《文艺争鸣》，2018 年第 9 期。

贫富分化、阶层固化等社会问题的长期观照有了新的表现形式。从路遥的《人生》《平凡的世界》，到徐则臣、张楚等 70 后作家笔下的"北漂叙事""小镇叙事"中，再到与《篡》近乎同时期的《涂自强的个人悲伤》《地球之眼》，对贫富分化的焦虑其实引发着社会阶层的剧烈变动，在狭窄的"上升通道"之前，青年们的光荣与梦想、拼搏与失败交替上演。

但是到了《篡》中，面对阶层渐趋固化的社会现实，主人公汪长尺的奋斗精神退居二线了。小说开头有点让人摸不着头脑，如果说汪长尺的悲剧起因于高考失利，那么他的悲剧很有些自导自演的意味。他故意填错志愿（"前面北大清华，后面服从调配""我想幽他们一默"[1]），复读过程中越努力分数反而越低……这个形象似乎对传统的奋斗方式有种潜意识的怀疑。为了生活他仍然奔波劳苦，从乡下到城里、从出租屋到工地处处洒满他的汗血泪，但是汪长尺不再将希望寄托在和生活"死磕"。

> "人家有钱人出来社会走跳，是三分靠作弊，七分靠背景！"

这是 2017 年反映社会底层生态的台湾电影《大佛普拉斯》中的经典台词。汪长尺也怀有同样的底层富人想象，企图用作弊的方式"逆天改命"：他设局让发着不义之财的"仇人"收养了自己刚出生的儿子；汪长尺永远失去了做父亲的资格，但他在血缘意义上的儿子跨越了阶层，从"根本"上改变了老汪家的命运。

荒诞、反讽、象征，《篡》仍然延续着先锋文学的血脉。与此同时，从父辈到子辈，绵延不绝的"出人头地"梦想也让人联

---

[1]　东西：《篡改的命》，上海文艺出版社 2015 年版，第 4 页。

想起柳青的《创业史》。

凭梁三老汉的本事与性格，发家梦绝难实现，面对"新"的时代格局，只有靠梁生宝这样一个"新人"形象才能"创业"成功。从这一角度看，汪长尺也是一个"新人"——他既有着浓郁的家族观念，又能在"改变命运"的炽热梦想中完全抛弃传统的血缘、伦理观念，他可以坦然面对自己的"绿帽子"甚至与暗娼妻子一同就此调侃，也可以"义无反顾"地让儿子认仇人为父、为了儿子的命运而自杀。汪长尺之所以是文学史上的又一个"新人"形象，正在于他与梁生宝一样"无私"，他们的所欲和所求都远远超出了同时代人的理解能力。

于是作者似乎既像"先知"，又显得有些"假"。在我看来汪长尺同样面临着梁生宝的问题，作者在这个形象上寄托了太多先验的、观念性的元素，导致人物的现实性有所不足。举例来说，汪长尺身上的性别感太"弱"了，"男性"作为一种文化身份在遭遇命运的逆境时，并没有在故事中曲尽衷肠。从现行的评价标准看，汪长尺的父亲汪槐反而像是《创业史》中的梁三老汉，应该得到进一步的重视。

关于男人，粤语中有个很有趣、贴切的说法——"男人老狗"。这并不是一句脏话，而只是对"男子汉""爷们儿"的一种称呼，粗糙中带着一点敬意。观察一下当代文学史中那些善恶难分却又充满意蕴的"老男人"形象序列，从《创业史》中的梁三老汉，到《罂粟之家》中的陈茂、《在细雨中呼喊》中的孙广才、《活着》中的福贵，就可以发现东西笔下的汪槐也是完全可以跻身于这一谱系的生动形象。当汪槐被家人嫌弃、邻人戏耍、下半身瘫痪、乞讨挨揍，却又发掘出了另一种生路，既补贴家用又活出自己另一种滋味时，他真的仿佛一条受难的老狗，能屈能伸中浮现出一种韧性。汪槐不像汪长尺那么多愁善感，但"男人老狗"的形象却更在立住自身的前提下，形成了对时代的观照。

与《纂》类似，卢一萍的《白山》也是一部用荒诞结构全篇，以反讽的笔法对一个时代作出绝妙处理的作品。这部作品对革命话语的解构与王朔有异曲同工之妙，凭借着对革命话语内部"真""伪"之间张力的挖掘，一些段落的黑色幽默效果完全不逊色于王朔小说中最精彩的段落，并且相比王朔小说中的聪明人"装傻"或"抖机灵"，卢一萍笔下那些最淋漓的幽默和反讽却出自一个"傻子"之口，这在某种程度上避免了"油腻感"——好像一切并非作者有意为之，只是源自一个"傻子"的"忠实"与时代的"虚伪"之间本来的矛盾。《白山》是一部中国式的"阿甘正传"，区别在于阿甘成为越战英雄、外交大使，凸显了一种符合美国主流话语的"正能量"；凌五斗被树立成英雄典型，他"修成正果"的背后是群体与制度登峰造极的荒谬。

《纂》与《白山》都体现了文学面对历史与现实"取巧"的一面，各具深刻性。然而这其中也未免有值得警惕之处：为什么先锋以降的作家们都如此热衷于塑造性格或智力上"残缺不全"的人物，而对于那些正常人却有些束手无策？从八十年代中期的寻根文学开始，文学史"潮头"上的人物形象多是世俗意义上的偏执狂、弱智、抑郁症或性功能障碍者。确实，用文学去探讨人的精神病象，往往对揭示人性有巨大的意义，但若文学缺乏对现实全面、通透的理解以及对自我创作的充分省视，就盲目将此作为范式，又难免陷入"油腻"的陷阱。当代文学中丰富的"反常"人物形象，并非时刻都能与历史和现实形成有效的对话。荒诞与荒谬一线之隔，如若以讨论历史、现实问题为起点，却又回到重复揭露"弱势群体"人性弊端的老路上，则难得体现出一些合理性的"不平则鸣"，很容易自我降格为"无病呻吟"。

"宋没用，苏北女人在上海，生于1921年，卒于
1995年。"①

相比汪长尺、凌五斗而言，任晓雯的《好人宋没用》（以下
简称《宋》）塑造了一个"正常得不能再正常"的形象，这种朴
实与沉稳难能可贵。它很像是一部介于《丰乳肥臀》与《长恨
歌》之间的作品，同是写女人的"史诗"，《宋》也写出了宋没用
作为一个生理意义上的"人"的生命力，以及作为文化意义上的
"女人"对时代风云、社会变革、家庭关系的包容与忍耐。《丰乳
肥臀》中，上官鲁氏周围有一个超稳定空间，任何时代的风雨渗
透到这里，都化身为上官鲁氏的子女、邻人，都要以她为轴心才
能运转、互动，因此她是"大地母亲""东方大地上的圣母"；②
相比之下宋没用普通得多，她只是时代的背景，完完全全地随
波逐流，甚至对于时代而言她没有清醒的"主体性"。《长恨歌》
中，王琦瑶是颠簸在沪上风雨中的一个"小传奇"，在"美人自
古如名将，不许人间见白头"的悲哀宿命中，时间的魔力与戏剧
性得到了充分展现；但同样生活在上海的宋没用则只是个再普通
不过的穷女人，时间的作用是模糊的，并非因为青春永驻，而是
她卑微到尘土里，多数时间无青春、无性别可言。

在对比《宋》与莫言、王安忆的创作时，我总是想到老舍
在现代文学研究中的际遇，总有一些作品写得很好，好到无须文
学批评再去置喙。《宋》就是这样一部作品，对比之下的"平凡"
或者说"正常"，其实正是文本最难能可贵的优长，宋没用其实
就在每一个普通读者的身边，借着这种形象与历史、现实进行
的对话，不仅是有效的，更是具有普适性的。有些文本总是要在

① 引自任晓雯《好人宋没用》腰封（北京十月文艺出版社2017年版）。
② 张清华：《叙述的极限——论莫言》，《当代作家评论》，2003年第2期。

批评家的阐释下才能焕发更耀眼的光芒，但是《宋》与老舍的作品是一样的，其文学性上的精妙并没有"门槛"，对于读者一视同仁。

此处只举一个例子。在前人已经写过无数次的情况下，如何再写一个软弱的母亲，与一个叛逆女儿在车站的"此一别竟成永诀"？任晓雯给出的答案是，因为早年的艰苦生活，宋没用肠胃不好，在传统的叮嘱与亲情、不舍与不耐之外，最后的离别关头她竟然腹泻难忍，排泄的汹涌伴着车笛再也追不上的回声……永别的焦急、惭愧、悔恨、茫然都尽在其中，宋没用今后只有梦中才见得到女儿。《宋》文学性的奥秘更多蕴藏在俯拾即是的细节中，最好的评论就是复述，而复述又远远比不上小说本来的精彩。

在文章结尾还是回到对长篇小说发展方向上的讨论上来。上文仅仅列举了三个文本，虽然挂一漏万，但是从比较中却也看得出问题的一角。不仅《篡改的命》《白山》，包括饱受赞誉的《应物兄》《北上》等作品中，都能看到文学家对于历史与现实的机敏与举重若轻，这生发于二十世纪八十年代以来的文学传统。但是与此同时，这些杰出作品的背后或许仍有大量系出一脉却轻巧大于深刻的文本，折射了当代文学从"青年"进入"中年"需要应对的危机。相比之下，像《好人宋没用》以及葛亮的《北鸢》、叶舟的《敦煌本纪》等作品中蕴含的沉稳与历史气象——它们提示着一种更为久远的文学传统——是格外值得注意的。

发表于《当代文坛》2019年

讲故事的人，与这面现实和人性的镜子

——论叙事与"疫病"

　　来自现实的死亡、离别、悲伤、恐惧，以及对于希望的向往，让今天的人们发现，艺术作品中频繁出现的疫病，原来与我们的距离如此之近。

　　相信今天重读毕淑敏许多年前的作品《花冠病毒》，很多人看到这个令人恍惚的题名，以及正文前半段疫病蔓延之初民众的恐慌、商品的抢购、伤亡数字的诡异时，都会产生一种穿越般的奇怪感觉。

　　"太阳之下，并无新事"，对于作家而言，每当真实又生动地记录下一个细节，这部关于过去的作品，就将在未来变成预言。这部过去未曾受到充分重视的作品，好像先知一般，写着我们刚刚经历的、许多国家即将经历的事。

　　依此类推，有很多人寄希望于文学以及更广义的叙事艺术，希望能够从中发现些什么。但很遗憾的是，相比医学研究或历史学著作，文学、电影、漫画、艺术讨论的永远不是疫病本身，而只能是人们对于疫病的感性认识。说得更详细一些，是创作者代表的社会乃至人类，从感性上对疫病理解到了什么程度，以及这种理解将在何种程度上被大众所接受。

　　因此，本文并不奢望从海量的艺术作品中找到解决当下问题的金钥匙，或将应该来源于理性的希望寄托在虚构之上。本文聚焦于疫病作为一种主题或者意象究竟产生了哪些独特的作用，以及在近几十年来的叙事性艺术作品中，人们对于疫病或者病毒的认识大致产生了怎样的变化。

一、由疫病塑造的人物形象

创作者要做的，归根结底是将每个人物的内心世界呈现给读者或观众，这些或大或小的灾难与矛盾，都是创作者的手段或工具。当作者需要同时调动舞台上的所有人物，就需要在叙事上安排能够聚集大多数人物的群体性事件，而一旦作者产生了"极端"的要求——例如需要大量的角色"消失"，需要大多数角色在短时间呈现出与常态相反的性格时，就只有战争、瘟疫等"重头戏"方能生效。

于是我们看到，不仅在《白鹿原》《白雪乌鸦》等文学作品中情况如此，在电影《卡桑德拉大桥》（意大利）、《极度恐慌》（美国）、《流感》（韩国），电视剧《黑死病》（西班牙）、《血疫》（美国）中亦然，瘟疫发挥着近乎于战争的叙事作用，借此作者与读者方能就生死、聚散等问题有彻底的"交流"。那么相比于战争，疫病在叙事上的特异性又体现在哪里？

在陈忠实的《白鹿原》中，由田小娥引发的瘟疫掀起了一个难以逾越的情节高潮。大疫之中最抢眼的人物形象当数白嘉轩的妻子仙草与长工鹿三。从与主人公的关系以及叙述篇幅的长短来看，每个读者都知道他们是重要的人物形象，但是他们性格中又似乎总是敦厚多于生动、静态多于动态，除了"正面人物"这个标签，他们几乎成了白嘉轩的延伸或"附属品"。而正是瘟疫作为特殊的叙事元素，让全书中两个最"忠实"的角色"背叛"了白嘉轩，获得了独立性。

这场瘟疫的症状是上吐下泻，感染者必死无疑，第一个感染者是鹿三的妻子，她在回光返照之际神奇地洞悉了鹿三杀死田小娥的真相（也许是压抑许久的无意识在临死之际终于浮现）。白嘉轩安排家人进山躲避瘟疫，只有仙草在最后一刻，仍然履行着自己作为妻子的"责任"，坚持陪在白嘉轩身边。从叙事之中的时间长度而论，瘟疫致死恰好处于普通疾病致死与战争死亡之间，死亡这一信息的来临是突然的，但死亡的过程又是相对缓慢的。在白鹿村这样男性主导的传统社会中，白嘉轩获得了充分的时间，审视妻子仙草存在的意义。

仙草倒显得很镇静。从午后拉出绿屎以后，她便断定了自己走向死亡的无可更改的结局，从最初的慌乱中很快沉静下来，及至发生第一次呕吐，看见嘉轩闪进二门时僵呆站立的佝偻的身躯。反倒愈加沉静了。她掏出蓝布帕子擦了擦嘴角的秽物，像往常一样平静温润地招呼出门归来的丈夫："给你下面吧？"白嘉轩僵硬的身躯颤抖了一下，跌跌撞撞从庭院的砖地上奔过来，踩着了绿色的秽物差点滑倒，双手抓住仙草的胳膊呜哇一声哭了。仙草自进这个屋院以来，还没见过丈夫哭泣时会是什么样子，这是头一回，她大为感动。白嘉轩只哭了一声就戛然而止，仰起脸像个孩子一样可怜地问："啊呀天呀，你走了丢下我咋活呀……"仙草反倒温柔地笑笑说："我说了我先走好！我走了就替下你了，这样子好。"

她一天比一天更加频繁地跑茅房，一次比一次拉得少，呕吐已如吐痰一样司空见惯。在跑茅房和呕吐的间歇里，她平静地捉着剪刀，咔嚓咔嚓裁着自己的老衣，再穿针引线把裁剪下的布块联缝成衬衫夹袄棉袄以及裙子和套裤；这是春夏冬季最简单的服装了。在这期间，她仍然一天三晌为丈夫和鹿三做饭，饭菜的花样和味道变换频繁，使嘉轩和鹿三吃着嚼着就抽泣起来……

儿子、母亲都已逃难别处，在紧张、悲伤的氛围中，传染性的灾难使其他人无法参与到仙草的死亡之中，这段时间与空间相对而言只属于仙草与白嘉轩。仙草的镇定中有令人敬佩的勇敢和淡然，这个形象体现出了作为"人"而非"女人"的高大。但同时，仙草即便是到死也坚持做饭，甚至连做寿衣这种事都不愿假他人之手，不愿给丈夫添丁点"麻烦"，不能说没有"反讽"的意味。在白嘉轩姗姗来迟的眼泪中，我们似乎也能看到仙草作为女人，长久以来因为居于附属地位而漠视自己生命的无奈。仙草再也不能照顾、陪伴、支持白嘉轩了，作为白嘉轩的"第七个女人"，她的形象在瘟疫带来的死亡中"完成"了，获得了独立于白嘉轩也独立于所谓"仁义"的动人品格。

后来，当瘟疫发展到最顶点，作为叙事的主要推动力之一以及诸种"正能量"集合体的白嘉轩，必须要和居于叙事负面的瘟疫有正面冲突。然而此时被"人格化"的瘟疫竟依附在了他最亲近的，与他亦是主仆亦是兄弟的鹿三身上。鹿三以被田小娥"附体"的形式叫骂、折磨着白嘉轩。可以想见，以鹿三的忠厚、知恩图报，以及骨子里固执的阶级观念，即便发生最残酷的战乱与动荡，他也不可能和白嘉轩发生正面冲突。然而当疫病在特殊、关键的时刻出现时，鹿三与白嘉轩在叙事中形成的牢固关系被打破了。鹿三与白嘉轩的冲突，既是乡村世界中"道德败坏"的田小娥对鹿三与白嘉轩这两个"道德标杆"的"复仇"，也暗含着鹿三对于白嘉轩的"反抗"。

《白鹿原》将白嘉轩象征的"仁义"精神放在文本的核心地

位，但这部作品的伟大之处则在于为读者提供了"反读"的空间。白嘉轩"仁义"的每一次胜利，从另一个角度看都构成了对"仁义"背后的权力机制的反讽。细读田小娥引发黑娃与鹿三之间的父子反目，事情的根源一定程度在白嘉轩这里，白掌握着道德审判的权力，鹿三必须将父子反目视作一种"大义灭亲"之举，一边感恩、依附于白嘉轩象征的道德标准，一边压抑自己、忍受家庭破碎的痛苦。于是当白嘉轩用宝塔"镇"住田小娥的"妖魂"之后，为什么是"道德楷模"鹿三变得浑浑噩噩、三魂不见七魄就不难理解了。然而没人会将责任归结到白嘉轩身上。疫病在此的叙事作用是独特的，它促成了白、鹿二人在深层难以弥合的断裂，但在故事的表面上则了无痕迹。

在偏向现实主义的文学作品中，因为种种原因，作者会使用多种手段将疫病的特殊叙事功能"藏"起来。而在一些脱离了现实束缚的电影作品中，与上述类似的现象更加明显，美国电影《我是传奇》就是例子。电影虚构了一幅末日景象，2012年的纽约市已经完全被"丧尸病毒"感染，数千万人口中竟然只有一人因有病毒抗体而幸存。电影用了相当长的篇幅刻画男主人公作为最后人类的孤独，白天，高楼林立的纽约阒无人声，主人公则趁着丧尸无法照射阳光时外出补充食物和弹药，面对昔日喧闹如今空荡的码头播放寻人启事，日复一日却毫无回音。夜晚，纽约沦为丧尸的领地，他在自己改造的全封闭"碉堡"中，抱着忠心耿耿的猎犬枕戈待旦。猎犬是主人公唯一的陪伴，但却在一次与丧尸的战斗中为了保护主人感染了病毒。主人公抱着渐渐丧尸化的爱犬，只能狠下心来，提前结束了爱犬的痛苦。这一幕的镜头始终聚焦在主人公的面孔上，愤怒、伤感、恐惧、不忍交替浮现，男主人公缓慢而坚决地亲手勒死了自己的狗。由于疫病的特殊叙事功能，猎犬的角色转换猝不及防又触目惊心，用不可替代的方式让观众感受到了主人公孤独而悲惨的命运。

1993年在美国上映的恐怖电影《活死人归来》第三部也讲述了这样的故事。电影围绕一对情侣展开，男主人公的父亲是军方高层，负责开发能让尸体攻击人类的生化武器。女主人公在车祸中丧生，男主人公铤而走险用生化武器让女主人公复活，与此同时生化武器泄漏，城市变成人间地狱。复活者需以人血为食，女主人公变得越来越恐怖，男主人公仍然不离不弃，最终选择与女友一同葬身火海。这虽然是一部"爆米花"电影，内部充斥着大量感官刺激与刻意为之，但是应该注意从爱情片的角度这部电影与一般的"人鬼情未了"是非常不同的，疫病作为叙事因素的出现，使爱情片出现了新的审美类型。

儿童中曾经盛行一种名为"逮帮逮"的游戏，开局前设置一个人抓捕，其他人逃离，被抓到的人则转换身份成为捕手。疫病的传染性质，为这种游戏模式进入叙事作品提供了契机，使人性充满了戏剧性。病毒的出现逼迫人们在"利己"与"利他"中做出选择。于是我们看到在类似《极度恐慌》这样的作品中，军方高层要求用炸弹摧毁被瘟疫感染的小镇，已经找到抗毒血清的军医为保护无辜的人，宁愿乘着直升机与轰炸机同归于尽。类似《釜山行》这样的封闭空间叙事中，疫病元素使故事更加残酷，每个人都要做出选择。马东锡饰演的中年壮汉举动蛮横仿佛黑帮分子，但在怀孕的妻子面前却束手束脚尽显体贴。当他为了保护妻子和即将降生的孩子，毅然决然杀入病毒车厢，在即将丧尸化之际用翻白的眼睛看向妻子方向时，大多数观众都会深深感动。

另外值得一提的是，一种新的"美学风格"似乎也在疫病叙事中生成。前文提到的《活死人归来》中，丧尸化的女主人公面部血红与惨白两种颜色交融，衣不蔽体，皮肤上有繁复而充满攻击性的金属饰品。其性感结合恐怖的风格似乎成为了一种审美的对象，体现着当时社会中流行的朋克、摇滚文化，这种趋势在《恐怖星球》等一众"B级片"中进一步强化。恐惧、死亡因为被银幕隔绝在安全范围之内，疫病与现实之间的因果链被斩断，无数观众似乎也就乐得沉溺其中，享受有别于现实世界的陌生感。不止于此，在大多数的叙事作品中，疫病在促成种种反思的同时，也都是被"消费"的符号，这便是为什么本文认为艺术作品永远无法真正地讨论疫病本身，而只能讨论人们对于疫病的感性认识。

二、疫病与叙事艺术中的社会

美国电影《僵尸世界大战》在情节上并无独特之处，较高的评价多数与疫病叙事带来的视觉效果有关。其中最让人印象深刻的，应该就是以色列预感到瘟疫即将暴发，沿着国境线建起了百米高墙。人们放松警惕导致城外的丧尸拼命攻击城墙。潮水一般的丧尸前赴后继，生生用身体堆成了百米高的阶梯。

在大量的疫病叙事中，虽然病毒本身是人类共同的"敌人"，但创作者又总是有意无意地将矛头指向军方、政府这种庞大的权力机构或商业公司。疫病叙事总是考虑如何反思社会不仅是创作的惯性，更与疫病对人类社会造成的真实影响有关。

人们习惯从经济、军事、科技等多种角度解释人类的历史，但殊不知，制衡、引导人类发展的一个重要因素就是疫病。从热带雨林到非洲草原再到温带平原，人类不知不觉寻找着病菌种类相对较少的宜居地带；从采集、游牧到农耕，不同的生活方式里人类遭遇的疫病又是大相径庭的。人类文明史上的重要时间节点，也总是与大型瘟疫的暴发时间相重合。伯罗奔尼撒战争时，雅典陆军有将近四分之一的人因瘟疫致死，城市居民中死者则超过四分之一。[①] 有人认为战争的结果是民主制度的失利，但实际上雅典则是被疫病击败。将治病救人纳入教条的基督教，正兴起于罗马帝国末期瘟疫盛行之时。五胡十六国时期，长时间的分裂与战乱的起始，恰与天花或麻疹进入中国的时间大体一致。[②] 十四世纪暴发的黑死病，不只深刻影响了德法百年战争的走向，更改变了多个国家的经济结构……凡此种种，都说明着疫病与政治、社会、经济制度之间的深层关系。如果更进一步，我们也许可以说疫病的暴发与蔓延，从本质上而言就必然是一种群体行为的结果——国家、民间等层面的制度性因素，迫使人类与病菌接触，宗教、军队以及现代人所习惯了的大规模城市则为瘟疫暴发提供最必需的人口密度。

因此艺术作品中的瘟疫叙事，无论深刻与否，总是带有对群体行为与制度的反思就不难理解了。《卡桑德拉大桥》中，病毒感染了列车时，官方并非第一时间向乘客通报疫情，而是说列车沿途的火车站被恐怖分子布置了炸弹，因此中途不能停车；决策者更是让列车驶向年久失修的卡桑德拉大桥，希望所有染病之人葬身于此。在毕淑敏的小说《花冠病毒》中，作者就政府应该在何种程度上向大众呈现疫情的真实状况，以及商业资本枉顾人命，用卑劣的方式将毒株据为己有并贩卖天价疫苗的情况表示疑虑。电视剧《黑死病》中，议会为了保住塞尔维亚的通商口岸利益，一度拒绝公开疫情。中国电影《大明劫》，与李自成军对垒的明朝军队内暴发瘟疫，军官为了冒领抚恤金不惜将病死者的尸

---

① ［美］罗伊·波特：《剑桥医学史》，张大庆等译，吉林人民出版社2000年版。

② ［美］威廉·麦克尼尔：《瘟疫与人》，中国环境科学出版社2010年版，第81页。

体挖出来冒充战死者，而瘟疫与腐败结合，明军的最后一道防线一触即溃。韩国电影《流感》中，还出现了疑似感染者与戒严的军队对峙的情节。英国电影《惊变28天》中，一小股残兵集结的基地里，军方以避免人类灭亡的借口，强制与逃难的女人发生性关系，幸存者发觉生存的"自信"只能来源于自身而非任何外在力量。当他们隐遁世外看到天空中有飞机划过时，他们用床单在草地上拼出"HELLO"而非"HELP"的字样。

将主题上升到生态保护层面，也几乎成了疫病叙事的共识。就像美剧《血疫》中借角色之口说到疫病史研究常有的结论，病毒原本寄宿在蝙蝠、猴子、猪体内，人类破坏了它们的生存家园，病毒就必须寻找新的宿主。凡此种种，说明创作者们不仅担忧疫病会加剧现实中的问题，例如专制、腐败等，更认为疫病终将导致人与人、人与自然之间权力秩序的颠覆。

同时，疫病叙事使那些习俗、仪式层面的日常生活显得问题重重。《血疫》中，医务工作者在非洲部落调查埃博拉病毒的感染情况，危机四伏之时，部落的传统习俗却让医务工作者左右为难。如果外来者不能和部落成员们轮番饮用同一碗水，则不能被部落接受，但若同饮一碗水，医生也有感染的风险。电视剧《黑死病》中的一个段落也给人相似之感，一边是人们在寻找疑似感染者，另一边则是教堂中，疑似感染者与其他人轮流饮用着同一杯圣水。在毕淑敏的《花冠病毒》中，特殊采访团进入防疫指挥总部里，第一件尴尬的事就是向工作人员友好地伸出手，而握手在面对传染病时明显是一个禁忌……

当大多数创作者将疫病叙事的起点放在非洲，或其他象征着技术落后的地方时，现实中却并非只有这些地方才更容易暴发瘟疫。史学家威廉·麦克尼尔就将人传人式的传染病称为"文

明病"，并指出其产生的时间不可能早于公元前 3000 年，[①] 一些
技术相对落后的地区，反而有很多看上去封建的"禁止性"的民
俗，实际上正是为了防止瘟疫发生。人与人之间的密切接触、固
定空间范围内足够多的人口数量以及足够高的出生率（新生儿更
易感传染病），都是大规模疫病暴发的必要条件，而这些几乎正
是几千年来文明史的积淀。当创作者集中强化这种因果关系对历
史走向的影响时，我们就看到了大多数弥漫着"末世"氛围的
"废土"风格作品中，总是少不了疫病元素。美国系列电影《疯
狂的麦克斯》，以及受其影响产生的日本漫画作品《北斗神拳》，
还有角色扮演类游戏《辐射》系列都是如此。

三、"人形"病毒

当人们因疫病而流离失所、饱受恐惧的折磨时，存在另一种
观察的角度。麦克尼尔就认为对于其他生物体，以及整个地球的
生态系统而言，人类繁衍本身就像是一种急性传染病。[②] 他甚至
提出了"巨寄生"与"微寄生"这样的两个概念，用来类比数千
年历史中人类社会体制自身的运转，以及人类与自然的关系。简
单地说，即是人类以类似寄生物的原理依附于自然之上，少数人
又以寄生的方式生存在多数人之上。"寄生"这样的词，好像给
人一种麦克尼尔在做出价值判断的感觉，但实则不然，他只是想
从生态与历史的角度，为人和疫病之间的相似性寻找一些注脚。

历史学家将人类文明史比作疾病的蔓延，叙事性艺术作品则
更倾向于将病毒塑造成人的样子。人类对于外在世界的一切感性

---

① ［美］威廉·麦克尼尔：《瘟疫与人》，中国环境科学出版社 2010 年版，
　第 39 页。
② 同上，第 15 页。

理解，都建立在相似的基础之上，例如我们会认为猪对应懒惰、狗对应忠诚、猫对应善变与冷酷、狐狸则对应狡猾、竹子对应骨气与操守等等——将人的性格赋予动物、植物是我们理解世界的一种手段，尽管带有"一厢情愿"的色彩。对待疫病也是如此，当创作者们度过了最初的恐惧与厌恶，而尝试以感性"贴近"这种令人望而却步的存在时，也同样要用人类的行为和性格去呈现病毒。

早在《荷马史诗》中，希腊人毁坏了太阳神阿波罗的神庙，阿波罗的制裁便以瘟疫的形式降临在希腊军队之中，疫病体现了诸如"复仇""惩戒"这样的内涵。中国读者也在很早就从神话或宗教叙事中接受了"瘟神"的说法，并演化出了敬奉与驱赶两种不同的态度。不同的叙事体系中"瘟神"也拥有了具体的身份，例如颛顼之子、五瘟神等等。

疫病的形象在不断变化，有的美术作品就将五瘟神分别刻画为马面、猴面、鸡面、虎面、鸦面的人身形象，[1] 这和瘟疫常来自猴子、禽类、猪、蝙蝠等动物有关。借助显微技术，人类对疫病又有了进一步的认识，在影视作品《血疫》《极度恐慌》等作品中，埃博拉等丝状病毒直接以显微图像的形式出场。即便如此，作者还是赋予不断进化，伺机而发的丝状病毒狡诈、智慧、残忍、喜怒无常的性格，这种"人化"的处理试图让观众的理解跨越医学与生物学极高的门槛。

在一些超现实的作品里，病毒不仅具有人的某些"性格"，还具有人的躯体。角色扮演游戏《虐杀原型》中的病毒也让人印象深刻。主人公从手术台上醒来，不知自己从何处来到何处去，只知道自己好像是一名病毒学家。他发现自己成了不死之身，还

---

① 参见《戴敦邦道教人物画集——五瘟使者》。

能吸收、同化别人的身体与记忆。外面的整座城市已经被可怕的病毒感染、侵蚀，主人公同时被人类军方与感染者追杀。他追查着疫病的源头与自己的过去，找到了自己曾经的家人也杀死了很多仇人和无辜者。当玩家已经对这个迷茫的角色产生了浓厚的共情之时，真相浮出水面。故事开始之前，病毒学家为了避免被军方"清除"，携带病毒逃跑，被围困于地铁站，他释放病毒与军方玉石俱焚。他被当场击毙，临死前的行为导致了感染暴发。而玩家操纵的角色只是被释放的一部分病毒原型体，它在病毒学家死后获得了他的外表与一部分记忆，相信自己就是病毒学家本人。

病毒学家导致整座城市被感染，病毒原型体却独自将核弹拖入海中，救了整个城市的人。虽然病毒原型体的行为也充满迷茫、善恶兼有，但当结局来临时，这个"人形"病毒身后一片唏嘘。

《虐杀原型》的主人公大多数时间以普通人的外貌出现，在超现实的疫病叙事中人们更熟悉的"代言者"是各种各样具备一定人形的怪物，从1979年开始上映的《异形》系列电影塑造的"异形"怪物就是一个典型例子。

电影中，病毒会以人类等有机体为宿主产生异形，异形在杀死宿主之后破体而出。异形被体外骨骼覆盖，血液具有极强的腐蚀性，行动极为敏捷、狡猾，是天生的"猎手"；并且异形的DNA中存在空白链，可以写入宿主的优势基因，存在着极大的进化可能。在《异形》的前传中，创作者更借拥有自主意识的人工智能之口，将异形称为比人类更加"完美"的有机体。这一形象的"恐怖"之处在于不仅展现病毒带来的死亡，在漫长的文明史中，人类既不知道瘟疫将在何时出现，大多数时候也无法及时发现有效的治疗药物，在漫长的隔离、等待之中……观众们也许会思索，人类与病菌到底谁才更具有进化论层面上的合法性。

事实上，人类与病毒的关系并不一定是你死我活。如果完全失去了人类以及其他动物作为宿主，没有代谢系统的病毒自然也就谈不上生存；相反，人类的生存也离不开"特定种类"的病毒，例如噬菌体。例如《异形》系列电影，为了营造让人绝望的恐惧，才片面强调病毒与寄生物的"优越性"，事实上，艺术作品根本无法就这样的现实问题形成定论，相比之下如何借这种特殊的主题与意象，反观人类自身与社会才是更有意义的。

1989 年开始连载的日本漫画《寄生兽》就是这样的一部作品。故事讲述一颗陨石上携带大量寄生物体来到地球，寄生体以占据、杀死人类或其他动物的大脑为目的。寄生物拥有极强的学习能力以及杀戮进食的欲望，且能够大幅强化宿主的身体能力并进行控制。机缘巧合之下，男主人公只有右手被寄生，被迫与寄生物在同一个躯体上生活。《寄生兽》将"情感"设置为人类独有的特性，寄生物则近似于经济学中的"理性人"——一切行为以自身生存利益最大化为出发点，因此寄生物不会对杀戮、暴力产生任何负罪感。主人公与寄生物在理智上彼此独立，但共享一具身体的生存前提促使这两种不同的价值观必须进行碰撞并彼此包容。作者当然无法完全抛弃人类的视野，去设想某种外星生命的思考方式，因此寄生物与故事中的男主人公，其实代表了人性的两个方面。当经历了一系列悲伤、欢乐、惊悚的事件之后，作者安排右手的寄生物为了彻底研究人类的情感与逻辑，要进入彻底的休眠，象征"情感"的男主人公重新获得了身体的全部使用权。

考虑到漫画主要面向青少年读者，这也许是作者刻意安排的一个"大团圆"式结局。《寄生兽》最大的意义是用"右手"这样一个特殊的形象，以及寄生物的设定，提示着读者人性中另一个面向的存在——这个面向似乎距离我们越来越远了，只有用外星、疫病、寄生这样陌生化的手段才能表现。

分析"叙事"是文学研究者的专长，但"叙事"是文学、影视、动漫、游戏共同的核心。在考量疫病叙事的意义时，大量有意味的作品因为散落在《鼠疫》等经典严肃文学之外，虽然也具有独特的艺术价值和问题意识，却难以得到叙事角度的重视。对其进行分析，不仅是为了让更多人看到这个时代对于疫病有着怎样的感性认识，也是为了让文学能够感受到与其他艺术形式的关系，并从中汲取更多的灵感。

经过一系列的介绍与分析，本文尽量从与现实相区别的角度去分析"疫病"作为一种主题或元素，在叙事性艺术作品中产生了哪些特殊的叙事功能，以及在创作者与受众的感性世界中，"疫病"本身经历过哪些有意味的变化。但上述的故事，以及一些史学与生物学研究的结论和本文的分析，还是容易给人带来一种以偏概全的错觉。当我们仍然与疫病保持距离的时候，似乎可以平静、客观地分析病毒在自然界中的位置——它同样是生物多样性的一部分，同样有生存的权利等等。但应该明确的是，这种泛化的"人道主义"也许只是一种推演的正义，并不适合解释现实。

人类作为"整体"，其扩张必然导致其他物种的灭亡，无论出自生态的物极必反或病毒自身的生存需要，人类整体在疫病中遭到削弱似乎都是自然的规律。但不应该忽略的现实则是，徘徊在生死边缘的病人与医护工作者只是人类整体中的"少数"和"个体"，且无法对群体乃至全人类的行为产生决定性作用。当下的个体的分量，与历时性的群体的利益与走向，根本不是同一个层面上的问题，在他们之间更无法做出孰轻孰重的判断。

因此，艺术创作固然可以超脱真实，作最宏观、最抽象，乃至为了艺术性牺牲全面性的考量，但无论何时，我们都应该对那些作为个体逝去的生命保持敬意，对那些为了维护他人生存、置身险地的个体保持最高的敬意。

发表于《鸭绿江》2020 年第 4 期

何为"误读"，何为"经典"

——当代文学走向的一个讨论维度

摘要：当下严肃文学发展过程中面临的一个严重问题，是文学研究者与普通大众在趣味和评价标准上的"撕裂"，这一状况将导致严肃文学的接受范围窄化，以及文学研究与批评的公信力降低。因此本文将通俗文学以及影视、动漫等广义的叙事艺术放在与严肃文学并行的位置，分别从普通读者、作家和批评家三个方向，讨论"误读"作为理解、评价文学作品维度的意义，试图重新为专业读者与普通读者的对话寻找途径，为文学创作和文学批评的发展方向提出建议。

关键词：误读　经典化　严肃文学　通俗文学　叙事

在批评家与研究者的话语场中，当代文学并不缺少"经典"，我们能看到很多盖棺定论式的赞扬与认可。但是当在知乎、豆瓣、贴吧等被"普通读者"掌握的社交平台上，看到人们对小说乃至更广泛的叙事艺术的讨论时，我总会对"经典"二字有不同的认识。

普通读者和专业学者的关注点很不一样。举例来说，无论是面对古代文学名著《三国演义》，还是日本漫画《灌篮高手》《海贼王》，都有无数的读者在"A 和 B 谁更强大"这样的话题下争论；无论对《红楼梦》，还是热门韩剧《请回答 1988》，"粉丝"

们都有兴趣讨论"A 应该和 B 还是 C 在一起"这样的问题。讨论者甚至会因一言不合而在评论区进行旷日持久的"骂战"，他们对异见者的恨和对作品的爱显而易见，并且同一个问题时常会被讨论无数遍，在对作品表达理解这件事上，他们绝不接受别人"代表"他们，有时即便专业读者、批评家出面也无济于事。

读者或观众产生了惊人的"解读"欲望，不惜"误读"甚至以"误读"为乐，专业读者也许嗤之以鼻，但我认为对某个作品生命力的肯定，莫过于此。并不存在速朽的"经典"，因此在"误读"与"经典"之间，一定存在隐秘却清晰的路径。

提到"误读"这个词，可能一定要谈到哈罗德·布鲁姆。他讨论的是一个角度相反的问题，即作家如何通过"误读"前人，获得属于自己的创新性。"经典"对后世创作者有源源不断、无处不在的影响，于是作者需要一种强大的主观能动性与创造能力，才有可能让自己的作品脱颖而出，站在和经典等同的高度上。从布鲁姆的讨论延展开，这些经典的作品诞生于"误读"，也一定经得起"误读"——从理论的角度，二者是不同的内涵，但是在关于"经典"的讨论中，两种"误读"从通俗作品到严肃文学、从读者层面到作者层面的共性与张力，则为我们审视当代文学史提供了一个新的角度。

通俗与严肃：读者在寻找值得"误读"的作品

"误读"既主观，也受客观影响。曾从一位书店收银员那里听说这样一件事：斯宾塞·约翰逊的《谁动了我的奶酪》，曾经是每个书店必备的畅销书，虽然大多数人没有认真看过这本书，但都对这个特别的书名印象深刻。某天，一个看上去有些粗野的男顾客直接问收银员："你们这有没有那个《谁动了我的

'奶罩'》？"

一字之差，大相径庭。十多年过去，闹了笑话的男子早已消失在茫茫人海，这件事却多少让我们看到一本读物在大众中流行的轨迹与原因。那时"奶酪"对于大多数中国家庭来说还是陌生的，于是一个文化程度有限，却对社会热点很有"兴趣"的男人，通过本能判断让那么多人兴奋的一定是与"性"沾边的事情。

由此延伸，性和暴力大概是最容易吸引普通读者的因素了。自上世纪八十年代中期，文学受到现代主义与后现代主义影响不断加深，加上创作的限制减少，当代文学出现的变化集中体现在叙事形式的演变和内容尺度的扩大。回望文学史，当我们因难懂的叙事形式以为先锋文学"曲高和寡"时，可能忽略了作家用来讨论人性的性和暴力，正是许多普通读者最感兴趣的因素。与此同时，我们应该注意到，毕竟只有"少数"才能被称为"先锋"，用先锋文学去遮蔽整个八十年代中叶至九十年代初的文学史可能是不公允的，但我们又必须承认，这段时间绝大多数文学作品徘徊在先锋与传统之间，它们在叙事形式上一定程度有别于过去，并且更多在写作内容中选择能让读者"面红心跳"的内容。当时很多家庭都有购买文学期刊的习惯，其中不占少数的期刊被家长视为"少儿不宜"。

批评家从文学、心理学、哲学的角度探讨性和暴力，普通读者从作品中看到了引人入胜的"阴暗面"。也许这两方之中，至少有一方是在"误读"作品，又或许二者合一才形成对作品真正的理解，但是以"误读"为桥梁，专业读者与普通读者在某种程度上达成了共识，共同度过了文学的一段"黄金时代"。

这一段时间里，因为专业读者与普通读者趣味的重合，大众层面的"误读"可能还说明不了什么问题。但随着九十年代严肃文学和通俗文学分道扬镳，文学批评的公信力日渐屏弱，大众读者的"误读"现象对审视文学史就变得至关重要。本文开篇提到叙事作品中的强弱问题与情感归属问题，这些看似幼稚，实则对于我们观察一部作品的地位与意义而言大有玄机。

读者有"误读"的欲望，说明这些作品存在着被创造性解读的空间和价值。有意味的"误读"产生于反复阅读，相比固定的情节，读者更看重的大概是充满魅力的人物形象，以及世情与世界观角度"设定"的完整。许多故事的推演都依赖某种特殊的"设定"，例如很多优秀的短篇小说，都有着类似"电路"或"捕鼠夹"式的设定，一旦文本中的人或物触发了事先设计好的"开关"或"陷阱"，故事就会进入高潮。但这种纯粹叙事角度的"设定"却是一次性的，在重新的阅读中读者仍然可以感叹作者设计的精妙，但故事的走向与内涵不会发生什么新的变化。而本文主要谈的世情或世界观角度的"设定"则有所不同。

举例来说，金庸的作品早在"文革"十年间就已经基本创作成型，迟至八十年代中后期开始风靡内地。作为建立在商业连载体制上的小说，金庸作品情节的模式化较为明显，但时至今日其生命力却仍未衰竭，一个重要的原因就在于金庸率先建立了一个在帮派势力、人情世故以及"武学原理"等"设定"方面都较为圆熟的江湖世界。"设定"意味着多种能够相互产生"化学反应"的规则，其对于长篇叙事性作品的意义在于，"设定"的相互激发、衬托会为文本带来无限的可能性。"设定"的存在让封闭的故事变成了开放的"世界"，由此"情节"是死的，"人"则是活的，这为读者的重读、讨论乃至"误读"提供了条件。那些充满传奇性，演绎着壮烈悲剧或诙谐喜剧的男女侠客，在正处于青年、少年阶段的读者心中生根发芽，之后的一切就水到渠成了。读者怀念起书中的人物时，大可以借助"设定"去进一步演绎，享受身临其境的感觉。

例如，有人愿意探讨《天龙八部》与"射雕"三部曲的武学传承问题；例如著名的"降龙十八掌"原本是"二十八掌"，身处北宋时期的萧峰与虚竹能够轻易将招式化繁为简，南宋时期的郭靖则需要勤学苦练才能掌握，而到了元末明初的《倚天屠龙记》中"降龙十八掌"几乎变成了一门"练不成"的"绝学"。多部作品的比较下，可以论证出金庸武侠世界中的战斗水平是在走"下坡路"的。在研究者或批评家眼中，这样的讨论也许小题大做，但对于普通"书迷"而言，通过文本中已有的"设定"，推断出故事之外的新"内容"时，会获得极大的满足感。

更极端的体现则是，在1996年发行的电子游戏《金庸群侠传》中，人们惊讶地发现，在那个制作技术尚且十分有限的时代，仅凭金庸小说中提到的地域、派系、角色、药材、食物、动物、音乐、书籍等，竟然能够汇聚成一个相当完整而辽阔的、可供玩家自行探索的"世界"。也许电子游戏未必可与文学"混为一谈"，但如果将金庸的作品与后世被奉为"经典"的文学作品相比较，也许我们会对文本元素的丰富性、内容的可延展性有新的理解。

类似的例子还有《三体》。刘慈欣设置了人类、"三体人"、"歌者"等层级森严的文明体系，不仅引入光速等约束现实世界的物理常量，还设计了"黑暗森林"与"猜疑链"这样的社会学概念。于是虽然全书没有出现一次对外星人个体的正面描写，但是在这种较为完整的"设定"下，外星文明的存在事成必然，末日的紧张感无处不在。金庸和刘慈欣的创作正是武侠小说与科幻小说中的"经典"之作，书中的"留白"不是作者笔力不及，反而成为读者"误读"的重要空间。金庸小说的改编、同人作品不计其数，遍布各种艺术体裁，《三体》也有《三体 X》这样作为正式出版物的同人续作，这些正可以看成"误读"的空间与价值，之于"经典"的意义。"误读"有时是"错误的解读"，但更多情况下则是"创造性解读"。

这种情况在幻想性较强的类型文学中更为常见，类似西方的"中土世界""龙与地下城"等来自文学作品的"设定"，不仅为读者的幻想提供栖身之所，更为后续的"同人作品"乃至能够破局而出的新的"经典"提供了沃土。读者与读者、作者与作者，能够在同一个"世界"中狂欢，这是值得重视的创作现象。新世纪初大陆类型文学界开始出现类似的世界观"设定"，其中"云荒""九州"以及最近的"东宋"等都催生了很多充满想象力的作品。

这一视角同样适合严肃文学讨论，陈忠实的《白鹿原》就是一例。这部作品是八十年代以来普通读者讨论最多的严肃文学作品之一。人们的讨论热情不仅与小说的影视化，以及小说中的性爱、暴力因素有关，更与作者用高超的人物形象塑造传达的道德理念有关。小说中人物的命运、故事的走势，都绕不开道德原则的推动和审判，这便是小说提供的设定，也是读者"误读"的基础。

关于"仁义"的描述与实践贯穿全书，而这在每个读者的生活中也并不陌生。在虚构与现实的对比中，很多读者发现作者的"设定"，与自己从现实世界中习得的观念关系微妙。作品阅读的遍数越多，就会发现这部到处强调"仁义道德"的作品中，又好像到处都充满反讽。在知乎、贴吧等社交平台中，能够看到大量的提问、讨论，阅读量动辄数十万。以人物形象的讨论为例，有人为白嘉轩等"正面形象"的气节折服，有人则痛斥白嘉轩为"伪君子"。《白鹿原》的高明之处就在于给了读者"误读"甚至"反读"的空间，作为"仁义"化身的白嘉轩，身上其实"劣迹"斑斑，他是因"仁义"受益，一些次要角色则被仁义"迫害"不浅。充满传奇性的情节和人物，先牢牢吸引住读者，之后再让读者发现深层次的矛盾，并为此言说、争论，这是《白鹿原》同时受到普通读者与专业读者喜爱的重要原因。

《平凡的世界》也是如此，这部作品虽然在九十年代不受研究者重视，但小说强调的奋斗精神，以及主人公从农村到城镇的成长轨迹，贴合很多普通读者的成长史与心灵史。邵燕君的文章中有一段很传神的表述：

> 其实，《平凡的世界》还有一个"隐见的读者层"是我们的调查难以抵达的，这就是该书盗版本（特别是其中低劣盗版本）的读者层。据笔者观察，《平凡的世界》一直是盗版书摊上的常销书，越靠近民工聚集区的书摊上，它越是常备书……低廉的价格却使它到达了许多像《平凡的世界》中主人公那样在底层挣扎的人群手中，想想那些用身上仅余的饭钱来购买一部精神食粮的穷学生，那些在低矮的窝棚里、昏暗的灯光下寻找温暖和激励的"揽工汉"们，他们绝对是路遥的"核心读者"。[①]

时过境迁，在经历了现实世界中九十年代的下岗潮、新世纪的"贫富分化"之后，这部诞生于八十年代末期的作品获得了更加"丰富"的时代内涵。孙少平纯洁甚至略带偏执的奋斗精神，对于一部分读者来说是鼓励和抚慰，对另一部分读者来说则是对时代的"反讽"，整本书的格调越昂扬，在与现实的比照中就让人越绝望。《平凡的世界》提供的核心"设定"就是"奋斗——

---

① 邵燕君：《〈平凡的世界〉不平凡——"现实主义常销书"生产模式分析》，《小说评论》，2003年第1期。

资本——个人"的三角关系，这也是在现实生活中同样生效的设定，书中的人物选择不同的道路，书外的读者也就人物的命运与作者的"选择"嗟叹不已，争论不休。

这么说并不意味着将《白鹿原》或《平凡的世界》推举到当代文学中首屈一指的位置上。确实，许多严肃文学细究之下对于普通读者正是缺乏了"误读"角度的复杂性，但符合这样条件甚至更加复杂的作品却也不在少数，为什么真正同时进入文学史视野与"寻常百姓家"的当代文学作品屈指可数？其中除了作者的问题，还与作品的传播情况有关。形成"误读"的需求与热情，不仅需要作者创作水准"过硬"，更与合适的阅读时机有关。真正能够在特定时代里成为经典的作品，往往在读者的世界观并未固化，仍对新奇事物抱有足够的好奇心时出现。此时读者更愿意让文学作品中的故事、人物成为自己精神世界的一部分，并在未来的生活中不断重温，并尝试"误读"。上述提到的古典名著、当代小说以及动漫作品，之所以能够在社交平台上拥有大量讨论者，正与此有关。

当然这一逻辑链也可能反过来，例如很多作品是先被"经典化"，再被选为中小学生的必读文本。但毫无疑问，新一批读者的出现，确保了这些作品在接下来的数十年间继续被认定为经典。这个复杂的过程，受一个时代的文化氛围、教育政策、市场风向、舆论机制等影响。

不过话说回来，义务教育阶段，大多数中国人都主动或被动地接触了不少作家与作品，真正能被铭记的却又是少数。但就算考试制度容易令人厌恶经典，今天网络上许多人仍然对"吊起来打""硬硬的还在"等鲁迅的"名言"津津乐道。人们也许可以忘记鲁迅的批判精神，但属于文学的生动、形象却还是会被人记住，并在各种新的场景中被"误读"并获得新生。这是一个很典型的例子，证明大众读者的好恶容易被各种因素左右，但也对文学性相当敏感。经过时间沉淀的集体意志，足以启发作家的创作，补足或修正专业的文学研究与批评的不足。

作家如何"误读"历史和现实

读者的"误读"，强调的是对作品进行讨论与解读的空间与价值；作者的"误读"强调的则是创造性。

> 人们只要注意观察一下本世纪之前的十来个产生过诗的影响的主要人物，不难发现他们之中哪一位是处在伟大的"压制者"地位的——甚至是把诗人的强大的想象力扼杀在摇篮之中的——斯芬克斯：他就是密尔顿。密尔顿以后的英语诗坛的座右铭已由济慈的一句话道出："他的生即我的死。"[①]

布鲁姆强调伟大的诗人有"撒旦"的特质，因为后面的诗人必须模仿他，因此他的作品一出世，则相当于"毁灭"了后续那些同样渴望创造、渴望独一无二的诗人。就算再求新求异的作者，他的创作也难以逃脱那些固定的类别与领域，难免会与其他作者从同一处取材。他们就像上一部分讨论到的那些充满热情，相互争吵的读者，每一次创作，都是在与之前的作者进行对话。

在讨论今天的作家如何突围之前，我想先举例讨论一下八十年代以来的文学史中，有哪些小说作品在五十年代至新世纪初这一小的"文学史周期"内，一度"摆脱"了这种危险，又像布鲁

---

① ［美］哈罗德·布鲁姆：《影响的焦虑》，徐文博译，生活·读书·新知三联书店1989年版，第33页。

姆所说"造成"了新的危险。布鲁姆的断语式的赞美或批判也许不适合当代文学研究，我们恐怕无法在近几十年中找到一个能笼罩整个文学史的"撒旦"式作家，但我们仍然可以从小的文学史周期入手，去寻找类似现象的缩影以获得启发。

在"十七年文学"与"文革文学"中，故事人物的设计是高度道德化的，主人公的行为与心态虽然多有虚伪、矫饰之嫌，但必须合乎作品内置的道德评价标准。后来的伤痕、反思文学虽然风向有所转变，但人物形象塑造仍然基本遵守这样的规则。直到八十年代中期，真正的变化才开始在以韩少功的《爸爸爸》、莫言的《红高粱》、马原的《虚构》为代表的一批中短篇小说中出现。当时的寻根小说与先锋小说之所以让很多读者感叹"看不懂"，除了语言和叙事形式上的变化，更主要的还在于突然转变的"道德观"。人物的塑造与叙事的推进，都有了新的方向。

其中又以莫言塑造的余占鳌形象最为特别。这是一种将"匪"的身份完全融入进性格的人物形象，借此莫言实现了对男性形象谱系的创造性"误读"。相比于《林海雪原》时期的土匪形象，余占鳌身上多了"草莽英雄"的味道；《水浒传》也许可以称为描写"匪"的集大成作，但是里面最突出的几位"好汉"又几乎都是"厌女症"，相比之下余占鳌形象的"男性"意识空前膨胀。

> 爷爷像发疯一样跑出窝棚，找到刘氏，抓住她的两个乳房，用力撕扯着，语无伦次地说道："是独头蒜！是独头蒜！"
>
> 爷爷对着天空，连放三枪，然后双手合十。大声喊叫：

"苍天有眼！"①

"爷爷"余占鳌发现被恶犬咬掉一颗睾丸的"父亲"仍然拥有性能力和生育的可能后，异常激动。从这段话中我们几乎可以看到余占鳌性格的全部，这个形象敢作敢为又相当莽撞，豪杰气概纠缠着过于膨胀的男性意识，同时自视甚高中又藏着一点很私人化的愚钝和滑稽，以至于他在做坏事时不至于显得十恶不赦。他对于女性的态度是摇摆的，可以为了妻子牺牲性命，并且一定要让相好的女子们都过上"压寨夫人"一般的好生活，而显得很有"男人味"；但又随时出轨其他女性，例如余占鳌不久前还与这位"刘氏"叔嫂相称。他的性观念似乎非常开放，但又将"不孝有三无后为大"这种传统伦理看得高过一切。

这是一个复杂的、自我矛盾着的形象，但是很明显能看出他性格中"侵略性"的一面明显胜过"利他"的那面。之所以说作者通过这个形象完成了创造性的"误读"，以及在一众作品中实现了"突围"，原因不仅在于作者更新了"男性形象"或"土匪形象"的序列，更在于他通过"匪"的性格，将人们在时代和舆论中体验到的变化浓缩到了一个形象、一部作品之中。

从社会主义现实主义文学的时代，到逐渐市场化、多元化的时代，整个社会角度的舆论中，受人们"瞻仰"的从最舍己为人者，变成了最不"拖泥带水"、能够不顾一切实现自己想法并将行为合法化的人。这一变化仍将长久地持续下去，在从五十年代至新世纪这样一个小的"文学史周期"中，莫言较早捕捉到了这种变化，并将其有效地文学化，同一周期内后续的创作者则不可避免地受到影响。

---

① 莫言：《红高粱家族》，作家出版社2012年版，第208页。

九十年代以后，这种充满匪气的强人形象仍然出现在莫言的作品中，类似《酒国》中的金刚钻、《丰乳肥臀》中的司马父子，但这一类形象渐渐边缘化了。这种同时包容善恶、对错的精神内核被转移到了类似上官鲁氏、孙眉娘以及《蛙》中"姑姑"这样的女性形象之中，取而代之的是莫言笔下出现了上官金童这样在犹疑和怯懦中蹉跎一生的独特形象。新的时代背景中，思想大于行动的上官金童们被充满侵略性的余占鳌们牢牢压制，更多人心中则同时住着二者，通过压抑前者鼓动后者而追求世俗生活中的成功。

莫言成功用上官金童的形象浓缩了这一部分人的心曲，但或许是曹雪芹及其笔下的贾宝玉，正足以形成布鲁姆所说的"撒旦"式影响，因而使上官金童显得有些黯淡。相比之下，格非也从八十年代的《迷舟》《傻瓜的诗篇》等作品中就开始书写这样的形象，在九十年代以来的《欲望的旗帜》、"江南三部曲"中更明确将笔下这一类形象与现实中的知识分子相对应，而形成了突围之势。

> 这很奇怪，也不奇怪。一方面，纯粹知识分子的观念，会在革命的暴力实践中变得苍白和不合适宜，会走向革命的反面——革命不是"温良恭俭让"，革命是一个阶级推翻另一个阶级的暴力行动，革命最终会和知识分子的浪漫主义、人道主义分道扬镳。所以知识分子如果不能及时地转变其价值理念，或者在两种思想观念之间矛盾、游移与彷徨，当然会被抛弃，甚至被甩到对立的一面去。[1]

---

① 张清华：《二十世纪中国文学中的知识分子谱系》，《粤海风》，2007 年第5 期。

这一段论述言简意赅又极为生动地道出了为什么从现代时期至八十年代，文学作品中的知识分子命运大多堪忧。其与现实冲突又碌碌无为的一致命运，内里包含的是相对时代演变规律而言的一种"原罪"。八十年代张贤亮撰写的"章永璘"系列故事，率先在小的文学史周期中实现了对知识分子形象的突围，章永璘虽然遭遇"食""色"两个方面的焦煎，但当他拿起《资本论》时形象便瞬间高大起来，知识分子毕竟还是有一些"力量"的；而到了格非的《春尽江南》中，谭端午手中的《新五代史》基本只成为一个逃避现实的"幌子"。这种下行状态，又一次证明了从计划经济到市场经济的新一轮"革命"中，人文知识分子再次"被甩到对立的一面去"。

　　随着市场经济下社会分工的逐渐明确，格非笔下知识分子形象的"突围"就在于他专写具有较高学历、或从事文学创作或在高校的人文学科任教的知识分子。格非并不排斥用性格近似的形象去统领多部长篇小说创作，或者说格非的大多数长篇小说创作，都是在为这一种形象服务。虽然从作家论的角度来看，这使得格非笔下的世界略显"单调"，但不断地"重复"与"强调"也让这种在欲望和道德中间徘徊，在日常生活、婚姻关系中逆来顺受，既有着明显弱点，但也用"不合作"来表现"反抗精神"的人物形象特征，成了后来书写知识分子、知识界小说的"标准配置"。

　　回顾中国现当代历史，在影响国家走向的政治领域，一批知识分子曾经占据重要位置；鲁迅、茅盾、郭沫若等一批文学家也从内容或制度的角度，对整个社会的文化生活产生了重要影响。但今日的人文知识分子却很难找回昔日的荣光，而只能肩负着历史留下的"包袱"，在不知所措中渐渐与现实"和解"。在格非以及阎连科、李洱等人的小说中，知识分子形象相比历史的变化无疑让人心酸，但这也印证着他们拥有足够的创造能力，完成了对前人创造的知识分子形象的"误读"，只不过这种"误读"呈现出的现实本身可能让人兴致索然。

对八十年代以来文学史的梳理，是为了得出当下文学作品突围的可能路径。无论文学再怎么强调自身的独立性，主题、思想，还是人物形象的发展却始终离不开现实的变化。通过这一规律，我们可以对文学的发展方向有所"推演"。从"十七年文学"中的社会主义新人，到八十年代出现的土匪强人、"犹疑型"知识分子，再到九十年代出现的新一代资本家形象，与"颓废型"知识分子，可以看出文学作品中的人物形象，与现实舆论中人们推崇或厌弃的个体的状态几乎是一致的。那么从九十年代到二十一世纪的第三个十年开端，舆论的场域中有没有出现新的"人物形象"？

答案是肯定的，随着互联网技术的发展，政治、经济、科技、文化、体育、教育……各行各业最突出的个体，都在迅速"明星化"和"娱乐化"。通过 Facebook、Twitter、微博、抖音等社交平台，以及访谈、真人秀等综艺形式，原本少数人与多数人的结构关系正在发生观念性的改变。"名人"们试图露出"普通人"的一面，"普通人"看到后又转过来模仿"名人"——一种金字塔尖与塔基之间信息障壁破裂的"幻觉"正在浮现。这背后就牵扯到千丝万缕的事情，文学创作应该抓住这一新的趋势，叙写新的主题、塑造新的人物形象。

更进一步也更"虚玄"一些的可能性在于，从叙事的基本动力来看，也许未来的小说会更加关注"整体"——文学当然只能书写个体的故事，但是故事是由个体的"选择"构成的，这种"选择"在文学作品中是作者意志的结果，而在现实中则可能是经济、政治、科技等"机制"影响的结果。文学中的"人"也许应该进一步融入到时代中，这不是说让故事重新变成时代的"传声筒"，而是指如果虚构要放在一个"现实主义"的范畴内，那么人物的命运、故事的走势，应该是被时代"推动"的。举几个简单的例子，在港剧《大时代》中，香港七八十年代真实发生的"股灾"被当成了决定人物命运与故事走向的重要节点，虽然故事骨子里讲的是传统的家族恩怨与儿女情长，但因为与真实的历史事件嵌套，虚构本身变得更加精妙与深刻。

又例如在当代文学中，很多作品都能将"文革"对个人、家庭的影响作为故事的核心线索，近些年的文学作品又已经能得心应手地将个体的欲望和奋斗放入改革开放以来的时代篇章中，将一些令人叹惋的悲剧与颓败气质放在九十年代的国企改制、"下岗潮"之中。这样的安排理应随着时间延续，并变得更加深刻。

这个世界在发生着什么？普通人的命运和时代或社会的走向有什么关系？这其实不仅是历史学、社会学在探究的问题，更是很多人希望从当代文学中找到的答案。可以想见，能够率先一步理解更晚近的历史与现实的文学作品，一定是能成功实现对前人"误读"的"突围"之作。

不仅是现实主义风格的作品如此，偏重幻想的类型文学也同样可以依靠"误读"寻找到进一步发展的方向。限于篇幅所限，这里只谈一点，科幻、奇幻类型的文学作品非常依赖想象力，但很明显的是人们的想象力并非按照进化论发展，例如像《西游记》《封神演义》这样的文学作品，以及一些古老的宗教叙事，从想象的奇崛上仍是今天很多作品难以企及的。但是若论对某种虚幻场景的描写，今天文学的细致程度和丰富程度，又是过去文学无法比拟的。借着声光影像技术的发展，我们也从电影、动漫、游戏中提前"预知"了未来，而文字的成本相对特效技术动辄亿万的投入要"廉价"得多，文学或许可以通过对现实、技术以及既往作品的有效"误读"，而再一次产生足以影响其他艺术领域的预见性。

与主题、人物形象相辅相成，"语言"是有关创新的另一个重要角度。八九十年代之交，王朔、王小波因为对曾经日常语言经验的"误读"而成为了重要的文学史个案。相比之下王朔更侧重解构、化用了"文革"时期的"红色话语"，王小波的语言中有历史的痕迹，但更多是日常生活中的简单化逻辑与表达方式——这并非片面的贬低，有时辛辣的反讽和精妙的寓言必须要蕴藏在近乎"弱智"的语言风格中。关于王朔和王小波的争议可能大于他们获得的声誉，但他们对于后世文学创作的影响却是极为巨大的。除了部分较具名气的作家，更多热爱创作的"文青"与"小资"，时至今日仍然以模仿王朔的"痞子腔"与王小波的"大智若愚"为乐。这两位作家的影响有时甚至会深刻到模仿者并不知道自己的语言风格究竟系出何处，负面的作用则是大多数模仿者只学到了王朔表面的"油滑"和王小波的"装腔作势"。

王朔、王小波的例子说明日常语言是文学语言的基础。今天各种网络语言及其思维逻辑已经深刻影响了我们的日常语言，作家能否因此发现新的风格和寓意？这也许也是文学实现突围的一个关键。

在"细读"中"误读"：
如何兼顾研究的社会性与文学性

从 1985 年出现的"二十世纪中国文学"开始，文学研究者尝试"抓住两边、跳过中间"，将二十世纪末的文学现场与世纪初的"五四"文学重新建立联系。这对文学创作与研究的观念产生了相当的影响，虽然并不是大多数作家都了解钱理群、黄子平、陈平原对"二十世纪中国文学"诸如"悲凉"的美学特征、"改造民族的灵魂"的总任务的总结概括，[①] 但是相比狭隘的政治性，更关注文学中的人性与文化属性则成为了人们的共识。"二十世纪中国文学"论虽然并不很认同"十七年文学"和"文革文学"与官方意识形态之间的关系，但这一研究产生的巨大影响，却也与其融合到了时代和社会的主流思潮中关系密切。同理，后来的"重写文学史"只持续了短短两年，相关研究和讨论远不够深入却产生了巨大影响。

学者们讨论的不是故事、形象及其体现出的情感和思想那么简单，他们关注的是上述种种在我们评判历史、面对现实时提供了哪些可资参考的依据。这一时期的文学研究，看似以文学为对象，其实研究的是"社会"，和五十至七十年代文学批评将文学政治化、将政治道德化有殊途同归之感。

这种感觉在八十年代的语境中并不明显，因为回归"五四"或重新学习西方经验的文学作品和文学研究，与整个时代的"声音"是一致的。八十年代的话语场不是"铁板一块"，但相比于九十年代乃至今天而言却显得单纯、平整得多。八十年代之后，中国话语场出现的分裂，不仅意味着精英知识分子内部的话语矛盾，更意味着精英与大众、文学与政治的分道扬镳。

市场经济的模式影响了资本的趣味和风向，电视、网络等新媒介带来的众声喧哗轻易淹没了过去少数人的"登高而呼"，这些都放大了来自底层或听起来"像"来自底层的声音。于是我们能够看见，所有人都崇尚启蒙与理性只是八十年代知识分子脑海中的幻景，时代的局限掩盖了冰山一角之下庞大的真相。精英与

---

① 黄子平、陈平原、钱理群：《论"二十世纪中国文学"》，《文学评论》，1985 年第 5 期。

大众分裂的同时，是文学与政治的分裂，无论是充当时代的"传声筒"，还是充当民众猎奇、满足欲望的"玩物"，抑或是无视一切专注于思想与艺术，都不是文学的理想的生存状态，每一种状态下文学都有着明显的替代品。文学或文学研究与这个时代的本质出现了"矛盾"，在杂糅各种需求中变得泥沙俱下，影响日渐式微。

文学研究寻找各种方式扭转局面，其中一种就是延续八十年代文学研究的主流，将文学与社会结合，强调文学的社会意义。例如九十年代初的"再解读"，唐小兵为《再解读：大众文艺与意识形态》作的"代导言"《我们怎样想象历史》，就从延安文艺入手，论证了文学的社会主义生产方式与资本主义生产方式的差别，并将延安文艺视作"反现代性现代先锋派"①。研究者在努力赋予文学独特而强烈的意识形态属性，希望文学能够对当下的社会和时代体现出启示性。

后来旷新年、蔡翔等人的研究更是如此。即便是看上去相当纯粹的、足以被视为是在反拨上述研究的"重返八十年代"研究，也仍然在开始时期和查建英主编的《八十年代访谈录》、张旭东的《重访八十年代》等文章交织在一起，仿佛是一个特殊时期里，一大部分人对八十年代社会氛围怀旧情绪的产物。一个相当矛盾的现象是，从九十年代以来，无论是"再解读"这样针对四十至七十年代文学中意识形态问题的研究，还是针对八十年代文学的史料性研究或"文学性"研究，都在强调自身的专业性和学科化，同时又都体现出了强烈的溢出文学、介入到社会现实或其他学科的愿望。许多人用古代文学的研究方法规范当代文学研究，认为任何学科化的研究都应该是纯粹的，尽量少受现实约束

---

① 唐小兵主编：《再解读：大众文艺与意识形态》，牛津大学出版社 1993 年版，第 19 页。

的。然而当代文学乃至现代文学研究的特殊性可能就体现在，即便是那些强调这一观点的学者，在研究中还是不甘于文学的"寂寞"。"现当代"文学研究的在时间上的本质特点，决定了上述的矛盾。

这种现象和本文讨论的"误读"之间的关系在于，近二三十年的文学研究在学科化和专业化的旗帜下，很看重由哲学、社会学、心理学、历史学等理论产生的激荡，能够将文学的"意义"扩大到何种程度。这正是一种社会层面的，具有双刃剑性质的"误读"。很多较为拙劣的跟风之作无视文本本身的内容，片面地"套用"着理论；那些真的为相关研究带来巨大启发、填补了历史空白的研究，甚至无论对错都体现出自成一体的创造性的研究，可能也在无形中夸大了文学的影响。

与之相伴的则是，那种充满热情与创造性的、针对文本本身的"误读"减少了，或者说在声势上被前者覆盖了。研究者也是读者，近二三十年所强调的学科化将研究者与普通读者彻底区分开来。但区分带来的效果并不是普通读者认同研究者的专业性，愿意接受研究者的启发，而是二者之间相互无视。大多数普通读者充满"误读"热情的作品被研究者视为肤浅或不具备研究价值，研究者热捧的作品不一定有高销量。专业的文学研究在大众读者的话语场里几乎"绝迹"，不是被视为过于晦涩深奥，就是被视为受金钱、人情推动的"空话"。

鉴于这种情况，文本细读也就是根植于文本的"误读"，作为研究的方法与立场有被重新强调的价值。

例如，最近读张爱玲的《倾城之恋》，白流苏和范柳原两人在香港的恋爱进入关键的那个晚上，范柳原的话里引了一句《诗经》里的话："死生契阔，与子相悦。

执子之手，与子偕老。"这首诗引自《诗经·邶风·击鼓》。原来的诗句是，"死生契阔，与子成说。执子之手，与子偕老"，可是张爱玲把第二句改成了"与子相悦"……张爱玲并不是不知道，她后来写了一篇创作谈《自己的文章》，里面又把这首诗引用了一遍，而这次的引文是"与子成说"。

……为了表现范柳原是个浪荡子，她就改了一个字（词）——所谓"相悦"，就是说我看到你很高兴，你看到也很高兴。这样一改，意思就变得很油滑，天地无情，生死无常，人都掌握不了自己的命运，因为掌握不了，大家相悦一下就可以了……这就是修改经典，这一改就把小说里面人物的性格改掉了。①

这是陈思和在一篇文章中对张爱玲《倾城之恋》的分析，可以作为文本细读的一个典型例子。陈思和引用了闻一多和陈子展的说法，指出"成说"带有的誓约感体现了人们在生死无常的战乱年代对感情的重视。从"成说"到"相悦"，这种难以察觉的小细节，更使范柳原与白流苏之间的感情显得世故，与一般的言情故事差别巨大。

文学作品的杰出与否，不一定和特殊的意识形态属性有关，更不一定因为某种思想性而晦涩难懂。上述对于《倾城之恋》的解读直白却有效，增添了文本的精妙也提升了读者的审美体验。恰如其分的文本细读其实并不比操纵宏大的理论话语，或者挖掘生僻艰涩的史料更简单，绝非许多人想象的仅是针对文本发表意见的"读后感"。这不仅考验着研究者的知识储备以及对人情世

① 陈思和：《文本细读在当代的意义及其方法》，《河北学刊》，2004年第2期。省略号为笔者添加，括号为笔者注。

故的体察能力，也考验研究者是否对文本有足够"热情"与"耐心"。倘若研究者不再将自己视作一个从故事中享受推敲乐趣的普通读者，藏在细节之中的问题和妙处也会稍纵即逝。

将作品上升到社会和历史的高度固然有利于凸显作品的意义，而研究者的细读同样对当代文学的"经典化"意义非凡。作者不可能将所有谜底点破，大多数读者也不可能做到水滴石穿。于是那些未定的经典叙事就常常摇摆在作者的矜持和读者的疏忽之间，需要研究者通过细读的方式加以确证，这是文学批评与研究的应有之义。

文本细读固然重要，但必须承认的一个事实则是可供研究者细细"误读"的作品实在有限，这也许是时代和读者共同的"悲哀"。面对这一情况，研究者能够做的，一方面是对文本和史料作进一步探究，从历史中寻找更多可以用来丰富文本面貌的细节，这是古代文学、现代文学研究以及"重返八十年代"等当代文学研究正在从事的工作；另一方面则是不能只关注严肃文学体系内的作品，更应该关注各种艺术体裁，将眼光从狭义的文学扩展至广义的叙事层面。

研究者与批评家已经关注到历史、哲学、社会学等学科内蕴藏着解释文学的"钥匙"。与此同时，在影视、动漫、游戏等艺术作品中，也存在着很多值得被借鉴、吸收的因素。这些艺术形式虽然不完全以"文字"为媒介，但却与小说等文学体裁同属"叙事"范畴。研究者与批评家关注这些艺术体裁绝不是"自降身段"，也不是为了"外行指导内行"，而是为了立足文学与叙事的角度发挥属于研究者的优势，将这些优秀的元素引入文学领域，丰富作者的想象、满足读者的好奇。

文学研究者虽然竭力希望扩大文学研究的影响力和意义，但回顾过去二三十年的文学研究，一个不无叹惋的事实则是在这个被分割得异常细碎的话语场里，当代文学研究的"学科化"既是好事也是坏事：研究者也许不再有登高而呼的位置和音量；在越来越"专业化"的学术训练、评价体系之中，文学研究者似乎渐渐失去了足以左右时代的知识背景、分析能力。但这样一个对于文学而言"转型"着的时代，种种客观上的限制，也为文学研究与批评重新回归文本、为作家到研究者到读者之间循环的重新建立提供了一个绝好的机会。

结　语

"误读"与"经典"所涉及的问题，必然溢出了这两个词本身被大家习惯的含义，而本文从读者、作者、研究者三个角度入手的分析也仅仅是尝试的一种。"误读"绝不限于"错误的解读"或"牵强附会"，它对于普通读者而言，首先意味着一种"热情"。坊间流传一则有关"误读"的笑话，其中的意思值得琢磨：在一场有关某想象力奇崛的科幻小说的活动中，狂热的书迷与作者就作品的内涵争论不休，双方你来我往，最后激动的书迷对作者说出了一句——你根本不懂这本书！

读者与作者争夺对作品的解释权，这种"宗教式"的热忱与"误读"固然成为了"笑话"，但也让不少读者羡慕。无数读者都在当下的文学创作中寻找着可以"误读"且值得"误读"的作品，以寻求一种心理寄托。为了达到这样的目标，作家们需要付出艰辛的努力，这其中就包括对历史与现实的"误读"。任何作家的创造力都不是无源之水无本之木，前人无数的艺术创作挤压着他们创新的空间，他们需要"利用"却又"摆脱"一切所见所感，从变幻莫测又熟视无睹的现实提炼最生动的人物和故事，做最精妙的预言。此时"误读"不仅意味着不一样的解读，更意味着创造。

值得庆幸的则是作家并非孤军奋战，研究与批评者也肩负重任。这些专业的读者完全无法预知即将会出现什么样的文本，普通读者的喜好有时也难以捉摸。他们需要尽力扩充自己的知识储备并练达人情，以随时准备发现文本的全部奥秘，用普通读者能够理解的语言和思维方式厘清作品的内涵与意义，使原本精妙的内容与安排更加精妙。此时"误读"对于研究与批评者而言，则意味着一种微妙的折中，意味着让作家和读者同时在语言的延异中发现"更好的自己"。

何为"经典"？"经典"如何产生？在以"误读"多方面的含义为中介，由读者、作者、研究者形成的闭环中，我们获得了一个理解"经典"的孔径。

发表于《文艺论坛》2020年第3期

第四辑

当代文学作家作品论

当代文学史视阈中的《红高粱家族》

与莫言创作中以《酒国》为代表的一些相对"冷僻"的作品不同，关于《红高粱家族》前人论述已经太多。研究界普遍认为《红高粱家族》在"意义"层面上形成了当代文学史上的"断裂"。①《红高粱家族》由《红高粱》《高粱酒》《狗道》《高粱殡》《奇死》五篇小说集结而成。其第一篇《红高粱》发表于1986年，结合当时的时代背景以及文学创作者与研究者的心态，前人对《红高粱家族》呈现出的"断裂性"给予极高评价有其道理，并且对以《红高粱家族》为代表的先锋文学的阐释不仅成为建构当代文学史的重要支撑，更影响着对后世严肃文学创作的评价标

① 福柯在《知识考古学》（谢强、马月译，生活·读书·新知三联书店，1998年版）中曾经提到，"起源、连续性、总体性，这些就是观念史上的重要主题"（第175页），但"考古学更多地谈论断裂、缺陷、缺口"（第188页）。"断裂"是一种时间角度上的描述，当这一概念进入文学史研究中，其意义就如陈晓明在《表意的焦虑：历史祛魅与当代文学变革》（中央编译出版社，2002年版）第六章"断裂的困境：无法逾越现在"中所言，是"一批年轻作家不再认同既定的审美霸权，而要另辟蹊径，确立他们这个群体的文学观念和美学趣味"（第323页）。在下文列举的张闳、王光东、旷新年等大量研究者的文章中，《红高粱家族》的出现正标示着一种美学趣味的转变。因此本文将用"断裂"这一概念指涉前人对《红高粱家族》相比"前二十七年文学"以及更古老的文学传统出现的"超越"、"颠覆"、"反叛"或"解构"等意味，以便于论述。

准。然而"历史化"的视角提示我们要不断对前人的观点进行反思，前人的观点亦有其时代局限性。时隔三十年，本文希望在前人观点的基础上为如何从文学史角度看待《红高粱家族》提出新的视角与看法，并反思这部作品能够为当代文学史的建构形成何种启示。

一、"酒神精神"与伦理道德的契合

打破故事时间的连续性并提供"我爷爷""我奶奶"这种特殊的叙述视角，是之前研究者在探讨《红高粱家族》形式问题时的焦点所在。通过这样的安排，小说成功地将"情节"这种传统文学中最被看重的要素淡化，人物形象的重要性由此获得凸显。《红高粱家族》显然超越了其题材所固有的一般意识形态和文化历史观念的含义……莫言赋予这种破坏性和生命强力以精神性，升华为一种'酒神精神'"，[①]"正是在这种'变态'情形之下，人为生存而挣扎的过程中'个人生命'迸射出了灿烂的辉煌，出现了反叛传统的力量"。[②]前人所强调的"生命的强力"与"酒神精神"对于传统伦理道德的颠覆和超越，正蕴含在小说对人物形象的塑造之中。

《红高粱家族》中的生命欲望主题主要呈现在余占鳌与戴凤莲、恋儿这两个重要女性角色的互动中，对相关的互动过程作详细分析，则可发现余占鳌对两个女性形象看似不合礼法的性与爱之所以能够被人们接受，在于作者从侧面找到了"酒神精

---

① 张闳：《莫言小说的基本主题与文体特征》，《当代作家评论》，1999 年第 5 期，引号内省略号为引者加。
② 王光东：《民间的现代之子——重读莫言的〈红高粱家族〉》，《当代作家评论》，2000 年第 5 期。

神""生命的强力"与传统伦理道德的契合点。在戴凤莲与单扁郎的不幸婚姻成为现实之前，莫言用了相当篇幅来描写戴凤莲丰腴性感的外貌、端庄的气质以及娇小的三寸金莲在高密东北乡女性中是多么出类拔萃。在她的衬托下，身为麻风病人的单扁郎与他那富有却阴森、肮脏的家庭显得不堪入目。

当戴凤莲坐在"像具棺材，不知装过了多少个必定成为死尸的新娘"①的花轿，盖着酸馊的红盖头呕吐、哭泣时，单家父子以及戴父才是违背人伦、道德、正义的一方。而余占鳌与戴凤莲年纪相当，一个年轻力壮充满阳刚之气，一个美丽动人但求救无门，相比于单扁郎，余占鳌更具有道德优势。他与戴凤莲在高粱地中野合，以一种"占有"的方式庇护戴凤莲并且杀死单扁郎全家，因此获得了一种英雄救美式的锄强扶弱意味。这表现了余占鳌在实现"酒神精神"的过程中对传统伦理道德的呼应。

恋儿与余占鳌之间的互动与伦理道德的呼应关系更为复杂。恋儿原本是戴凤莲雇养的丫头，趁戴回娘家料理丧事的空隙，与余占鳌发生了性关系并为余占鳌生养一女。无论是恋儿的主动勾引，还是余占鳌的反客为主，都违背了一般意义上的伦理道德，但是通过恋儿之死，余占鳌与恋儿的偷情关系也获得了伦理道德上的合理性。余占鳌在戴凤莲的威胁下将恋儿母女安置在邻村，导致日军蹂躏恋儿时余占鳌未能及时救护，是恋儿母女悲剧发生的间接原因。在中国的文化传统中，对个体进行伦理道德上的衡量时，民族与国家层面的问题总是显得比个人角度的问题更加重要，而在中国遭遇外族入侵时这种逻辑尤为明显。所以发现恋儿已经在日本军人的强暴下神志失常、濒临死亡，"爷爷恶狠狠地对奶奶说：'这下如了你的愿啦！'奶奶不敢分辩，畏畏缩缩地

---

① 莫言：《红高粱家族》，作家出版社 2012 年版，第 37 页。

挨到车前"①——原本余占鳌与恋儿的关系在戴凤莲面前并没有存在的合理性，但是因为遭受日军的强暴，女儿也死于侵略者之手，恋儿成了"民族"或"国家"意义上可怜的牺牲品，其"第三者"身份此时显得无足轻重，民族大义遮盖了家庭伦理，而戴凤莲则因为间接导演这场悲剧而在道德上处于劣势。

恋儿神志不清之际，"奶奶低声细气地说：'妹妹，你睡吧，睡吧，占鳌和我都在这儿守着你。'"② 戴凤莲作出的让步看起来顺理成章，此时二女一男的和谐状态无疑对余占鳌与恋儿之间的非道德状态形成了解构。三者之间的关系不仅遵从着自古以来民族国家层面在伦理道德体系中的优先地位，并且一夫二妻的状态，呼应着古代才子佳人小说中"三人从此之后，相敬相爱，百分和美"（《玉娇梨》）的老路。

通过对余占鳌与戴凤莲、恋儿之间关系的重新解读，不难发现《红高粱家族》所体现出的"酒神精神"，或是呼应着更早文学传统中的伦理道德观念，或是延续着"五四"时期以来的伦理道德观念。生理欲望是余占鳌行为的重要驱动力，而实现生理欲望的过程与伦理道德的暗合则体现了作者的叙事技巧。前人研究对于《红高粱家族》中身体叙事和欲望叙事的关注是合理的，但是关于《红高粱家族》在伦理道德层面是否产生了颠覆性作用，我们需要重新进行思考。

二、民族英雄"幻象"与"合法性"叙事

如果说在前人的研究中，余占鳌与戴凤莲、恋儿的互动用以证明《红高粱家族》在文化角度上产生了"颠覆性"的作用，那

---

① 莫言：《红高粱家族》，作家出版社 2012 年版，第 326 页。
② 同上，第 332 页。

么前人对于小说在历史角度上的"颠覆性作用"的发掘，则多依赖于对余占鳌与江小脚、冷麻子以及日本侵略者之间互动的阐释。然而一如前文论及"酒神精神"对于伦理道德的"颠覆性"需要被重新思考，前人以余占鳌"民族英雄"的身份去颠覆主流历史叙事的观点也是需要被反思的。"他们的抗日故事突破了'革命历史题材'小说历史叙述的规范，解构了'革命历史题材'的政治意识形态神话。在人物塑造上，也打破和消解了传统意识形态正反人物的模式，'我爷爷'具有抗日英雄和土匪头子双重身份。"① 这种观点很有可能产生于叙事技巧与特定的时代背景造成的"幻象"，因而体现出了某种局限性。

余占鳌在墨水河大桥伏击战中取代冷麻子、江小脚等国共势力承担了"抗日"的任务，因此被看作主流历史叙事之外被"埋没"了的真正英雄。但是通观全书，余占鳌发动这场战役的动机显得可疑。小说中设置了一系列事件来塑造余占鳌这一人物形象：青年时期刺死与母亲偷情的和尚、在戴凤莲经营的酒庄向高粱酒撒尿、苦练"七点梅花枪"剿灭花脖子匪帮、绑票曹梦九儿子、绑票冷麻子江小脚、排挤黑眼占据铁板会，这些重要事件都和余占鳌曾经受到的羞辱或是与自己占有的女人被他人染指有关，其背后的动机都是一种"报复"或"复仇"的欲望。通过分析余占鳌与小说中其他次要角色的互动，不难发现这个形象背后的原始驱动力只有两个——一个是包括性交、生存、繁衍在内生理层面上的原始欲望；一个则是心理角度上以牙还牙、睚眦必报的处世原则。虽然《红高粱家族》开篇于墨水河大桥战役，但从故事时间看这一战役发生于恋儿被日本军人强暴之后。按照余占鳌这一人物的成长逻辑，这一场战役难保不是又一次建立在个人

---

① 旷新年：《莫言的〈红高粱〉与"新历史小说"》，《杭州师范学院学报》（社会科学版），2005年第4期。

情感角度上的"复仇"行动。如果余占鳌发动这场战役的动机源于自觉而坚定的抗日意识，那么在《高粱殡》中，为什么当余占鳌率领的铁板会发展会员二百余人、战马五十余匹时，他没有再一次向日本人开战，而将斗争的矛头转向了冷麻子与江小脚呢？

由此来看，以墨水河大桥战役中余占鳌的表现来论证他是被主流历史叙事掩盖的"民族英雄"，在逻辑上是存疑的。此外，请注意到小说中有这么一段叙述："为出奶奶的大殡，铁板会耗费了成千上万的钱财。爷爷他们为了敛财，在冷支队和江大队撤走后，在高密东北乡发行了一种用草纸印刷的纸币"，"那时候江大队和冷支队被挤走，爷爷的队伍印刷的草纸币在高密东北乡十分坚挺，但这种好光景只维持了几个月，奶奶的大殡之后，积压在老百姓手里的骑虎票子就变得一分不值了"。① 以畸形的货币制度去掠夺普通百姓的财产，来实现对戴凤莲的风光大葬，这足以使余占鳌形象被归类到"民族英雄"的反面。莫言在《红高粱家族》开篇就说到余占鳌"最英雄好汉也最王八蛋"，但这种充满文学化色彩的描述并不能从根本上化解两个范畴之间的矛盾，于是，墨水河大桥战役为余占鳌形象增添的民族英雄色彩成为了一种"幻象"。

为什么前人一方面希望从"酒神精神"与"生命强力"的角度强调《红高粱家族》是对传统伦理道德的颠覆，而另一方面又积极寻找余占鳌形象与传统民族英雄之间的重合之处？深层原因大概在于，只有当余占鳌形象在民族道义层面具有合理性时，其从伦理方面提供的新鲜的经验与范式，在当代文学范畴内才是具有合法性的。恐怕也正是因此，余占鳌在民族层面的英雄"幻象"才一直影响着后世对于这部作品的接受。

---

① 莫言：《红高粱家族》，作家出版社 2012 年版，第 224 页。

人们对《丰乳肥臀》中司马库、司马粮形象的接受情况可以从侧面说明在中国当代文学的范畴中，研究者在余占鳌身上所关注到的那种"幻象"承载的"合法性"究竟是多么重要。司马父子几乎复现了余占鳌、余豆官父子的精神基因，莫言也曾坦承自己在《丰乳肥臀》中最喜欢的人物形象是司马库，[①] 但司马父子并没有《红高粱家族》中墨水河大桥战役所携带的那种民族大义的合法性，因此这两个人物形象被逼挤到了阅读与研究的边缘。反观研究者与读者眼中的核心——上官鲁氏是二十世纪每个历史阶段中的"受害者"，对于苦难的承受使她成为一种"大地母亲"[②] 式的英雄形象，正是这一层含义的庇护使母亲承载的身体叙事具有了合法性；上官金童的合法性则在于无论他承载了怎样病态的精神现象，归根结底他是个无法对周围产生任何影响的"废物"。联系之前研究者对《红高粱家族》在民族英雄角度的"幻象"的重视，被研究者重点讨论的形象要么是能承担民族国家责任的"英雄"，要么是一事无成的"废物"，这种观念其实仍与"前二十七年文学"呼应着同一种对于合法性的评价体系。

三、消除观念上的"断裂"

上文通过对余占鳌形象对八十年代以前伦理道德的呼应，提出了前人认为余占鳌在"酒神精神"与"生命强力"层面上对之

---

① 莫言在《从〈红高粱〉到〈檀香刑〉》（《当代作家评论》，2002 年第 1 期）中曾说："《丰乳肥臀》这部小说里面，我最喜欢的还是司马库这个人物，他是一个还乡团，是一个敌人，从阶级斗争的意义上说，喜欢他就和敌人站到一边了。但从文学意义上，我确实喜欢他，喜欢他敢作敢为的性格。"

② 张清华：《莫言与新历史主义文学思潮——以〈红高粱家族〉、〈丰乳肥臀〉、〈檀香刑〉为例》，《海南师范学院学报》（社会科学版），2005 年第 2 期。

前文学形成颠覆的观点的局限性。通过对余占鳌并非真正的民族英雄，却被研究者当做民族英雄反复讨论的分析，论证了《红高粱家族》的相关研究从评价标准上与"前二十七年文学"形成了同一性。这两部分都着力于从新的角度反思前人是否夸大了《红高粱家族》这部作品对于当代文学而言的断裂性效果。

前人所谓断裂，主要存在于《红高粱家族》所处的八十年代文学与"前二十七年文学"之间。其逻辑在于将余占鳌与之前《林海雪原》《红岩》《红旗谱》等作品中的革命英雄形象归纳于同一形象谱系之下，进而将余占鳌的土匪抗日英雄身份、释放生理欲望时对礼教的蔑视视为当代文学英雄谱系发展过程中的"自我否定"。所以为了完成对这种断裂性的反思，本文在接下来必须论证余占鳌形象如何外在于传统的英雄形象谱系。

因为《红高粱家族》通过叙事技巧层面的安排，将人物形象的塑造提升为小说的重中之重，因此这一方面的论述还需要借由对人物形象的分析展开。《红高粱家族》中的任副官和五乱子虽然出场时间较短但却使人印象深刻。这两个与传统的"革命者"或者"英雄"距离更近的人物形象，却也是最"短命"的，体现了文本对于当代文学英雄人物谱系的拒斥。任副官以历史演义中常有的"名将气度"，让余占鳌麾下的乌合之众仿佛变成了正规军，并且严明军纪，促使余占鳌上演了一出"大义灭亲"的戏码。小说特意借余豆官的回忆，指出任副官很有可能是个"共产党"，因为在共产党之外"很难找到这样的纯种好汉①。就在余占鳌被逼下令枪毙违反军纪的亲叔叔余大牙之后，任副官突兀地说出一句"是大英雄自风流"——这句话很明显是在戏仿《菜根谭》中时常被评书演义征用的那句"唯大英雄能本色，是真名士

---

① 莫言：《红高粱家族》，作家出版社 2012 年版，第 53 页。

自风流"——并在背对枪口时弯腰嗅花。任副官的"从容"之态与余占鳌对个体欲望的不加掩饰过于明显的反差，标示着余占鳌与传统的革命英雄形象并不具有延续性。最后任副官在擦洗勃朗宁手枪时因走火而莫名其妙地死去，这种荒谬的死亡安排无疑意味着文本对于革命叙事中英雄形象的驱逐。

在《红高粱家族》故事时间后期出现的五乱子，其唆使余占鳌夺铁板会、建铁板国，兵分三路攻胶县、平度、高密，"共产党、国民党、日本鬼子，统统剿灭，力拔三城之后，天下就算粗定了"[①]的对话就像是对《三国演义》"隆中策"的粗劣模仿，将几个县城等同于天下的说法充满讽刺意味，让人忍俊不禁，然而余占鳌听了这番话却激动得差点从马上跌下来，感觉到了从未有过的"充实和明白"[②]，仿佛找到了人生的目的。如此荒诞的一幕中余占鳌缺乏理智的个人野心，进一步使这一形象与"前二十七年文学"中为了某种理念而甘愿牺牲自己的革命英雄式人物形象形成了本质上的差别。

余占鳌与任副官、五乱子两个人物形象的本质性差异，使得将余占鳌纳入中国文学传统的英雄形象谱系之中的做法显得不合时宜，于是前人用余占鳌这一外在于当代文学英雄人物谱系的形象来进行这一谱系的"自我否定"则显得牵强。由此我们可以从更长远的眼光对《红高粱家族》在当代文学史中有着怎样的意义、贡献作出判断：土匪等传统反面人物形象一度在"前二十七年文学"中被革命英雄、革命"新人"形象淹没无声，是《红高粱家族》等"新时期文学"重新使这一被"前二十七年文学"所遮蔽了的人物形象与相关的精神现象获得重要性与合法性。然而从更宽广的文学史视阈看，无论是以余占鳌为代表的土匪形象和

---

① 莫言：《红高粱家族》，作家出版社 2012 年版，第 273、274 页。

② 同上，第 275 页。

红色叙事中的革命英雄形象，还是以《红高粱家族》为代表的启蒙叙事和"前二十七年文学"所代表的意识形态化叙事，都是同一个大的文学史体系下并行的分支，并不能将它们在特定历史阶段下发展的不均衡状况直接视为一方对另一方的取代或者颠覆。

在对当代文学进行"历史化"研究时，发现断裂是重要的，但消除由观念上的局限性造成的断裂同样重要。二十世纪九十年代，正是因为有洪子诚对"前二十七年文学"与"五四"文学进行接续，陈思和以一种民间的立场找到了中国古代文学、现代文学与"前二十七年文学"之间的传承脉络，当代文学史才通过消除断裂的方式，突破了建构过程中遇到的瓶颈。时至今日这样的努力仍然是必要的，本文针对余占鳌形象以及《红高粱家族》整个文本的观点难免有唐突、纰漏之处，但相比于提供"真理"，我更希望能够通过消除观念上的断裂，而为当代文学史的建构提供可能性与新的角度。

发表于《小说评论》2017 年第 1 期

"逻辑"的"变异"与 70 后作家
笔下的"公共性"问题

——以《福寿春》《我亲爱的精神病患者》为例

  徐则臣曾经将 70 后文学面对的窘境概括为"在文学质量上，他们拿的是 60 后的文学标准来要求 70 后；而在市场效应上，拿的又是 80 后的尺寸来度量 70 后"[①]。这其中的问题就在于，一方面 70 后文学似乎没能在文学史层面形成区别甚至超越前人的独到之处，而将"新时期"以来文学的发展势头延续下来；另一方面则是 70 后作家的创作在社会层面，也没能形成期待之中的影响力。某种程度上，对于 70 后作家创作"公共性"问题的讨论，源出于一种焦虑，对于这一问题的阐释角度与讨论结果直接关系到这一代作家将如何被文学史记录，以及他们在历史的层面上是否有不低于前代作家的高度与优于后代作家的深度。

   "在现阶段，否认个人经验与经验的个人性当然都是幼稚的，但一代作家要想成为一代人的代言者、一代人的生命的记录者，如果不自觉地将个体记忆与一个时代具有整体性的历史氛围与逻辑，与这些东西有内在的

---

① 徐则臣：《70 后的写作及可能性之一——在韩国外国语大学的演讲（节录）》，《山花》，2009 年第 5 期。

当代文学作家作品论

197

呼应与'神合'，恐怕是很难得到广泛认可的。"①

这段话谈论的正是作家创作的"公共性"问题，而所谓"历史氛围"与"逻辑"，指的正是"公共性"的两种体现形式。

一方面，将影响广泛的社会事件、国际局势、阶层变动等作为写作的主体，将叙事的背景与被科技文明改变的现实生活嵌合在一起，进而寻找一种"历史氛围"，无疑算是寻求"公共性"的一种手段；另一方面，抽离具体事件，文学创作所体现出的一代人对特定时期内精神生活、物质生活的讲述方式、对外部世界进行转喻、分类、阐释的路径，对应的正是属于一个时代的"逻辑"，其无疑更是"公共性"的组成部分。

以史为鉴，当人们认为50、60后作家对于历史的书写堪称典范、捕捉到了时代的"公共性"时，实际上称道的是类似《红高粱家族》找到了土匪抗日这样的角度；《坚硬如水》发现了性爱的激情与"文革"的对应关系；《人面桃花》用建造乌托邦这一虚幻行为来解释对于一部分革命者来说革命意味着什么。在此比抗日战争、"文革"、革命党等事件更重要的是作家找到的类似土匪、性、乌托邦来对应时代精神的"逻辑"，这种"逻辑"有的时候比"历史氛围"埋藏在文本的更深之处，某种程度上也体现出了更基础性的作用。

包括对下岗工人、农民工、留守儿童、空巢老人等问题的书写在内，从"社会学家"或"新闻记者"的角度试图营造一种"历史氛围"的作品在70后文学中并不少见。事实上这些涉及具体重大事件或社会核心议题的作品，也正是当下研究与批评者在讨论"公共性"时重视的对象。但是本文认为在这些作品之外，

---

① 孟繁华、张清华：《"70后"的身份之谜与文学处境》，《文艺争鸣》，2014年第8期。

一些 70 后作家的创作，从"逻辑"角度体现出的"变异"更能体现出"代际"的特点，其未来的可能性也更加值得期待。

李师江的《福寿春》可以充当一个典型的例子。小说一方面聚焦农村老汉李福仁一个人的百年孤独；另一方面作品从宏大退向琐碎，通过描写一个家庭的婚丧嫁娶、生老病死等世情场景，找到了特定时间场域中乡村生活的"完整性"与"公共性"。小说以算命先生颇具"神秘色彩"的谶语以及一场乡村风味十足的婚礼开篇，以一个农村老汉的一生为主线的结构方式，不禁使人想到九十年代初问世的长篇小说《白鹿原》。但是《福寿春》与《白鹿原》大不相同，甚至反其道行之。《福寿春》中没有为国为民也没有穿越生死，文本完全由最世俗的小人物和家长里短串起。如果没有其中偶尔出现的与消费水平相关的字句，我们甚至难以判断这个故事到底发生在"文革"结束之后的哪个十年里。然而这并不意味着《福寿春》以及与之相似的 70 后作家创作缺乏历史感，换一种思路，这或许正是属于这个时代的历史感。事实上，一切已经发生过的事，都将变成历史，由此历史拥有无限宽阔的外延。50、60 后作家笔下与宏观历史进程或乡村前文明要素结合得极为紧密，因而充满传奇色彩的乡村叙事，实际上留下的只是历史的一个局部。而类似《福寿春》中对于乡村婚宴如何既俭省又有面子、家庭内部分家乃至断绝关系时由谁发起又由谁说和、市场经济冲击传统农业社会时代际之间互动等状况的记录，则更像是一部静态的乡村百科全书。

《福寿春》中的人物关系结构，与《白鹿原》一类的传统乡村叙事形成了鲜明对照。作为大家庭的父亲角色，李福仁与白嘉轩一样保留了传统乡村社会推崇的勤俭耐劳，但另一方面李福仁却是游离于家庭内部人情关系、经济关系之外的，缺乏对于家庭和后辈的约束性作用（家里的大事小情从来不由他做主，与女儿美叶断绝关系，儿子三春甚至敢公然在村口向他发起"决斗"）。母亲常氏一方面与《白鹿原》中的仙草一样遵守着贤良淑德的信条，任劳任怨为家庭献出一切，闪烁着男性视野中理想母性形象的光辉；另一方面她又想尽办法"溺爱"几个儿子，越是没有出息的儿子越能得她纵容，从亲情出发的处世准则碾轧了一般的道德原则。像安春与三春这样的不肖子孙，因为曾经有过乡村世界之外的经历（参军、混"黑社会"、做小本买卖或短暂的县镇生活经验），便高人一等、打着"天生我材必有用"的幌子混吃等死。相比安春、三春以"寄生者"的姿态生活却受到的或隐或显的庇护，二春、细春这样甘愿继承吃苦耐劳传统的人物角色却命运悲苦。

或许《福寿春》可以采用另一种讲述方式，比如花费一些笔墨，移步于乡村之外，详细铺垫市场经济的时代背景，再将李福仁、常氏等老人与这个时代的"空巢老人""留守人员"等热点结合，将安春等几个儿子与"农民工""乡村空壳化"等社会议题相结合，以寻求"历史氛围"层面的公共性。然而《福寿春》却坚持使用"后退"的方式，从宏大的历史退回细碎的事情，从静止中体现时代的流动。这种观察与理解时代的角度与途径的变化，本身就从"逻辑"层面体现出了有别于之前的"公共性"，其情节安排看似只是作者出于个体经验编排的小家庭的悲欢离合，但留存的却是特定时期内，经济环境与阶层关系悄然变化之际，乡村世界中"沉默的大多数"的共同记忆。

"乃不知有汉，无论魏、晋"的桃花源既是淡化了政治意识形态的中国式乌托邦，也是乡村世界的另一种写照。类似《福寿春》这样的作品将乡村叙事的主语从中国历史还原为中国乡村，于藕断丝连中对乡村世界文化记忆的完整性提供了补足。

在世界文学的传统中，现代主义、魔幻现实主义或后现代主义文学的兴起，意味作家们从另外一个角度切入当下、找到了以个体经验映射时代公共记忆的新方式。而在中国，受这些思潮洗礼的50、60后先锋、新潮小说家则更多将新的文学技巧应用到了对历史的文学化处理中。这种历史与现实在比重与表达效果上的"失衡"状态，在一些70后作家的尝试中，似乎正在被逐渐改变。

赵志明的《我亲爱的精神病患者》就是一个例子，其中的14篇小说的风格介于现实主义与类似卡夫卡式的现代主义之间，同时一些莫名的矛盾、含混、幼稚也呈现出如标题所示的"疯癫"味道。曹寇曾给予赵志明的小说以"纯净"[1]的评价，虽然事实并不像曹寇说的那样夸张，但赵志明叙事风格上的不圆熟或许正是一种独立姿态的表征，可以为我们在思考一代作家创作的"公共性"时提供不一样的切入点。在《钓鱼》一篇中，作者通过"我"周围的人对于我钓鱼这件事态度的变化（鱼汤进补寓示的夫妻恩爱；只顾钓鱼象征着一事无成或者逃避赡养老人或家庭生活的责任），以及钓鱼这件事对我意味着什么（从一种单纯的爱好变成现实生活的避难所，甚至是使日常生活静止的办法抑或自暴自弃以对抗周围时采取的具体行动），反映出了现代社会中，人的自主意愿与人情、责任、价值评判标准相龃龉时，生存的尴尬状态。小说中神经质的对话、周围人物模糊但又变化多端的面

---

[1]　曹寇：《一个货真价实的中国人》，《深圳晚报》，2014年1月13日，C05版，原文为"把他和当代作家放一块的话，后者作品中普遍表现出来的矫饰、炫耀、做作、文艺腔、浅薄的深刻、肮脏的机心、鼓励里的谄媚，只能使小平（小平指赵志明，引者注）越发纯净，让我们看到一个透明的赤子"。

孔都体现出一种与现实疏离的风格，但传达出的感受却与现实息息相关，于对"历史氛围"的疏离中寻找到了"逻辑"层面的"公共性"。

类似《钓鱼》《疯女的故事》《歌声》等篇目的叙事风格使人联想到残雪，但与残雪扭曲、乱舞的笔下世界体现出的"躁狂"居多的气质不同，赵志明笔下这种偏向于抑郁、出神、自闭、钝痛的状态，与当下普通人的生活距离更近。无论是李师江还是赵志明，他们都以相对中和、暧昧的态度将现实提炼成一种没有明显刻度的历史。

在《我们都是长痔疮的人》一篇中，赵志明甚至直接将乡村文明史嵌套在"痔疮"这一相当具有普遍性的"隐疾"之中。从正统历史的角度上看，这种从生理角度杜撰故事的方式可能不值一哂，但是假若将这篇小说与卡夫卡的《中国长城建造时》、福柯在《词与物》中从委拉斯开兹的《宫中侍女》开始对认知形式转变的阐释进行对读，或许可以发现在这三个影响力不同的阐释行为中，阐释的"逻辑"本身成了非常重要的东西。在小说前半段赵志明对痔疮的疾病史进行虚构的过程中，一个小村庄里的人们初步认识身体与生存环境——了解到粪便与食物生产的关系后共有财产、私有财产观念的出现——人类对自身以及自然环境重新认知的过程逐渐清晰。这种角度使得作者能够"轻装上阵"，既影射大的历史轮回，并在某种程度上获得人类学视野，但表面上呈现给读者的还是最接近当下生活的一段时间内的微观历史。在小说后半段，当痔疮已经成为一家人的"梦魇"，赵志明故技再施，在类似"淹死鬼"的爪子掏屁股可以治疗痔疮的桥段中，巧妙地用一种看似夸张、疏离的态度生动地呈现了这个时代的兄弟嫌隙、婆媳矛盾、母子爱恨。

厘清 70 后作家创作如何把握与体现"公共性"不会是件简单的事。在处理这一问题时人们很容易陷入一个误区，即当 50、60 后作家群于 20 世纪后期的辉煌成绩体现在重建"前二十七年"被大规模毁坏的文学秩序时，个别 70 后作家、作品在"逻辑"上体现出的"独立"与"新变"似乎不能在"公共性"的层面上说明什么问题。然而目前 70 后文学创作在文学史层面上面临的尴尬状态，正说明解决问题的"钥匙"仍处在未被重视的少数者中。因此本文仅以《福寿春》和《我亲爱的精神病患者》两部作品为例，而没有对 70 后作家创作进行"地毯式轰炸"，就是希望能对个别作品体现出的"公共性"进行确认，以尽量避开既有趋势的局限性。

类似《福寿春》和《我亲爱的精神病患者》这样的作品中已经体现出一少部分 70 后作家已经在对"历史氛围"的过度重视之外，或多或少在处理个人经验与公共文化记忆的关系时寻找到了新的"逻辑"。此时围绕 70 后作家小说创作的研究与批评，或许也应该适时地调整自己的思路，既承接之前的传统，又找到最适合处理这个时代文学创作的方式。

发表于《芒种》2017 年第 17 期

故事与现实的沉潜，幽默与戏剧化的抬升

——马秋芬小说论

对于马秋芬的讨论大多集中在八九十年代，在"追踪新作"式的批评外，研究者对于其小说世界的整体观照基本限定在东北的地域文化视角中。实际上马秋芬的小说作品有更多溢出了地域文化范畴，而上升至文学普遍性层面的问题值得讨论。本文将试图从人物形象塑造与时代问题的处理、幽默意识与戏剧语言等角度进入马秋芬的小说世界，这既是为了使作家的创作获得更充分的阐释，也是为了以马秋芬创作中的个性来探察当代文学发展中的共性与问题。

时代问题的生活化处理

与作家写作所处的时代以及个人经历相关，《雪梦》《远去的冰排》《蝉鸣》等作品都以曾经的知识青年作为主要描写对象，这一类题材在马秋芬的创作中占据了重要位置。知青生活是一代作家成长过程中的主调，更是新中国成立以来数十年间的重要事件，其重要性、复杂程度，自然呼唤着大量的书写，从礼平、梁晓声到李锐、老鬼以及王小波，当代文学中有一个丰富多彩的"知青小说"谱系。当我们尝试用这一谱系去理解、阐释马秋芬的这些小说时，可以初步窥见她的创作特点。在马秋芬的小说

中，与不同时代主题相关的作品一直存在，但是作家从来都是将对时代问题的思考与成长、劳动、家庭生活，与春种秋收、捕鱼打猎糅合在一起书写。就像在书写知青的过去与现在时，许多属于时代的问题都被裹藏在了日常生活的鸡毛蒜皮、磨牙吵架中，你很难区分这些人的快乐和忧愁，究竟是生活的本相，还是时代遗留下来的激情与伤痕。

《远去的冰排》中的女主人公秀石原本生长于上海，在时代的安排下作为知识青年来到黑龙江。东北的寒冷与荒凉并没有阻挡秀石身上那种南方的细致与沪上的摩登。她经营着小镇上最"时髦"的旅店，这里有席梦思床垫、日本原装的彩电，那些被秀石私下里称为"邹税务""杨交通""李武警"的手握"重权"的头面人物都是秀石旅店的常客，在她的八面玲珑中，那些来自各机关部门的"有力人士"也不由得纷纷听命。

> "邹税务最爱听她骂他'死鬼'。她那改造了的南方口音，把这俩字说成'沙龟'，又轻又软，不像当地娘们的调门，嘴唇上像按了把刀，犁得你神经疼。"[①]

秀石嘴里"东北化"了的吴侬软语每每搔中痒处，在与这些东北男人的周旋中无往不利。但是当她回到上海，看到嫁了海员丈夫，有着新潮发型与时装的当年知青同伴时，才发现自己这个风韵迷人的小镇老板娘，延续的无非是那终将消失殆尽的上海生活的影子。追根溯源，是知青政策改变了秀石的一生，但与此同时，黑龙江瑰丽的北风烟雪与小镇上窝心却也温暖的生活又如此真实与必然。当主导了时代的政策与无法回避的琐碎生活熔于

---

① 马秋芬：《远去的冰排》，百花文艺出版社 1990 年版，第 9 页。

一炉，个人心中的小悲戚、小欢喜到底由什么造成，似乎就不重要了。

马秋芬的小说中有对大时代的反思。例如秀石，以及《雪梦》中辗转于三个男人身畔的女知青昕辉，回忆起刚刚"下乡"的岁月都仿佛困兽回忆起自己刚刚踏进牢笼之时。但是当她们用自嘲的态度回忆起青春的天真烂漫与时代号角的慷慨激昂时，对于此时生活本相的描摹远比对彼时之事的悔恨与怨艾更加醒目、真实。秀石的丈夫六筐最后为了赚生活链而走险落入法网，其实就和秀石被上海生活刺痛了的虚荣心有关，一个幸福家庭的崩塌其实追根溯源还是能从"上山下乡"那里找到苗头，但是小说的结尾却并不是常规意义上的悲剧结尾——无论人物的命运如何，在马秋芬的小说中，没有任何一篇作品是真正的悲剧——时代问题带来的创痛被消磨在庸碌而又温情的生活之中。通过书写知识青年的"人到中年"，小说选取了与时代正面交锋不同的角度。这些小说大多完成于八十年代，相比于同时期的作品，马秋芬小说对于历史问题的处理已经超越了"伤痕"与"反思"，进入到了对生活本相的呈现。

到了后来的《蚂蚁上树》《朱大琴，请与本台联系》中，作品处理的底层问题不再是历史问题。面对这些正在发生、无可回避的问题，作者书写角度的变化，体现了之前的一贯风格。《蚂蚁上树》中的男主人公吴顺手年轻时在煤窑里做工攒下一笔小钱，娶了村子里最为人垂涎的少女。吴的妻子八面玲珑、远近闻名，后来出轨煤窑老板，让吴顺手"戴绿帽子"的事也尽人皆知。吴顺手从乡下来到沈阳做建筑工人，为了尽快让人熟识自己，他毫不犹豫地搬出前妻，说自己才是这个风流女人的"原装撒种机"①。

---

① 马秋芬：《蚂蚁上树》，《芒种》，2006 年第 6 期。

之后吴顺手的名字就变成了"吴撒种儿",和作家塑造的不少中年男人一样,只要能博得别人的关注,即便是嘲笑也心满意足。

后来吴顺手有了一个暗娼情人,为了维持情感关系,他自称是开煤窑的——煤窑老板横刀夺爱,他却逆来顺受、有样学样——结果却被暗娼敲诈数千元,背上了还不清的债务。家中的老母亲腿断急需医药费,吴顺手以此为由从工头处支出数千元,却都填了情人的无底洞。最后他无颜面对老母与儿子,也无力承担一身债务,终于从高空脚手架"故意"失足摔死。《蚂蚁上树》故事的内核其实是吴顺手如何从一个性格上有着小瑕疵,但也心灵手巧、可怜亦可爱的普通农民工,沦落到因好色、懒惰以及与生俱来的贫穷而走投无路,自杀身亡的悲剧。许多底层文学善于将个人的悲剧上升至社会层面,但是在《蚂蚁上树》中,叙述者对吴顺手"当菜吃嫌老,当瓢使嫌嫩"[1]的评价终将故事固定在了个人的层面。与此同时,作者将叙述者设置成了一个沈阳本地的女工,她虽然也有生活压力,但终究生存无虞。经过转述后,吴顺手的故事也就成了"别人的故事",多了一份"茶余饭后"的意味,市井小民的血与泪、贫富分化之中的无奈或愤怒淡化在了包容、消磨一切的生活与时间之中。

《朱大琴,请与本台联系》也是如此,不少评论者与读者从底层文学的角度表示对这部作品的赞赏,但实际上马秋芬用少年宫节目策划楚丹彤作为小说的视角所在、用一部彩电的事情来浓缩农民工的辛酸,其实已经大幅度缩减了悲剧氛围,而向能够将喜怒哀乐消化殆尽的日常生活靠拢。对于时代的反思在马秋芬的小说中其实一应俱全,但相比之下作家更注重的是描摹生活的本相。对于八九十年代之交出现的描摹琐屑生活的"新写实主义",

---

[1] 马秋芬:《蚂蚁上树》,《芒种》,2006 年第 6 期。

学界曾经给出类似"零度情感""零度介入"一类的阐释,事实上,今天我们回望马秋芬创作于八九十年代之交至新世纪初的这一批作品时,不难发现对于身处"红色叙事"与"先锋写作"之间的当代小说而言,所谓"零度"近乎是唯一的出路。某种程度上以人性、历史、政治为旗帜书写普通百姓生活的文学,是不属于"当事人"的文学,而生活本身就是如此的温吞和迷茫。

文学史上大致有两种书写"苦难"的传统。一种是将这些苦难作为"主题",就像"伤痕""反思"包括后来的"先锋"文学中专以"文革"等时期为背景的作品,以及更接近当下的"底层文学""非虚构"等等。除了形式上的新意与变革,对意识形态、政治或某个时代的"反思"某种程度上就是对文本内容解读的"终点"。文学在某种程度上是消弭历史的——文学处理的内容,使用的语言与思维模式,带有时代的痕迹,也常有意疏离创作行为所处的时代,正是因此文学才体现出了"永恒性"。然而文学史却是一种目的性明确的"历史",因此那些与历史的"节点"榫卯相应的作品更容易被文学史铭记,进而构成文学史的轨迹与轮廓。

另一种传统是使与具体时代对应的苦难成为"背景",成为推动故事和人物的众多驱力之一。在这种传统下的作品里,因为时代的痕迹以及对时代的反思只是文本的可能性之一,所以时代性或者文学史意义相对淡薄。但正是这种相对的淡薄,为"永恒性"的留存腾出了更多空间。对"永恒性"的追求如何体现?如宗教范畴内,循环或者轮回正是用来表达永恒的主要方式,具体到现实层面,就是《旧约·传道书》中所说的"日光之下,并无新事"。《圣经》中的这段话说的是"人生的虚无",而这种"虚无"的根源正在于生活的丰富性已经无须也不容现世的人再为之增添分毫。在文学的角度，不同时代内部的风起云涌可以在形式上为文学提供新鲜感，但是最需要解决的问题与最关键的奥秘，早已蕴藏在那些看似周而复始、一成不变的日常生活中，只是以不同的面目出现而已。马秋芬的小说既不疏远时代，也不将之作为叙述的终结，相比之下更重要的还是故事中人物的日常生活，正体现着这样的追求。

幽默意识对"政治化"的消解

《张望鼓楼》中的男主人公金木土的形象也反映了在"上山下乡"等人口在城市与乡村之间大规模变动中，个人命运有可能变成何种悲喜剧。与一般女性作家更擅长描写女性人物形象不同，马秋芬笔下的男性形象更让人过目不忘。《张望鼓楼》是较少被人提及的一篇作品，但其中的男主人公金木土却是马秋芬笔下塑造的最成功的形象之一。《张望鼓楼》写的是金木土从乡下返城之后一系列啼笑皆非的故事。金木土自称"文化口儿的人"，用他自己的话说，是"别看我模样丑点，可身上的活儿好使"，"锣鼓家伙、二胡、唢呐，全能弄出动静来"，"毯子功、腰腿功也有点，开场白、定场诗、下场诗，都能背出几套；拉幕、看叶子（戏装）、摆地儿、把门儿、办伙食，样样活路能拿起能摆下。够手儿的女角儿也不敢小看我，巴巴结结地跟在身后……"[1] 但实际上只是个溜着曲艺界边上走的小打杂、"半瓶醋"。既无相貌也无过硬的专长，但又有着堪比演员的表演欲望，出风头和哗众取宠在金木土这里并没有本质差别。

金木土在下乡与返城时，身边除了一个替已经失踪了的情人

---

① 马秋芬：《张望鼓楼》，《雪梦》，春风文艺出版社 1991 年版，第 129 页。

养的儿子之外，就只有"狗蛋大个行李卷儿"①。返城之初，他的暂时居所正搭在公共厕所对面，适应了熏天臭气后，无谓的乐观、对女人的渴望以及人情世故上的愚钝促使金木土有意出现在邻里女人上厕所的路上，并从女人们的排泄声音中总结性格。终于在一个月明星稀的夏夜，"一阵淅淅沥沥，就像春天的小雨"②般的温柔排泄声让一直单身的金木土近乎陷入疯狂。初打听到女人消息时金木土"差点掉下泪来！老天爷这是怎么打点的？我是光棍，她竟是寡妇"③，但在求爱被羞辱之后，金木土旋即愤恨地想到"这娘儿们一脸的寡气"④。金木土从文化局局长那里乞求来看管鼓楼的工作，又靠着在局长接待上级时跳楼相逼，换了一处在文化局大院搭起的小屋。此前金木土诸事不顺，由此认为文化局局长是他的"真朋友"。在为局长做了一系列不合时宜的服务后——包括金木土认为坐在暖和屋子里吸冻柿子，那种快乐"也跟当上科长差不多"，便买上三十斤冻柿子送往局长家中，任由柿子在行李包中化成烂泥等等——得知局长最厌烦的人就是自己，局长死后，其家人坚决阻止金木土出席葬礼。

　　金木土曾在失去住所，与儿子偷偷在鼓楼中过夜时，被儿子骂得失声痛哭，也曾在返城后一无所有，为了一份工作整日软磨硬泡在文化局局长身边。他更不惜跳楼以换得一个住所。金木土生活上的困境，完全可以被放在政策的对立面，或者底层的范畴中加以渲染，换言之金木土是完全可以被政治化的一个人物，但是作者并没有这么做，而用一种幽默的笔调将他化为一个笑料，化为一个足以证明作家笔力，让读者感受到快乐同时也自我反思

①　马秋芬：《张望鼓楼》，《雪梦》，春风文艺出版社 1991 年版，第 126 页。
②　同上，第 134 页。
③　同上，第 136 页。
④　同上，第 138 页。

的存在。这在一定程度上让马秋芬这名"40后"作家的创作有了和同代人不同的质素。

与《张望鼓楼》近似的还有短篇小说《中奖》。小说中的工人父亲将工厂视为生活的全部、骄傲的资本，即便是多年前工厂因为效益不佳，代替奖金下发的一摞钢锹也被父亲细心地珍藏于狭窄的家中。为了让长子接班父亲提前退休了，与一般退休老人下棋打牌、健身休闲不同，看报纸成了父亲的新爱好。看报不为新闻，而只看广告，一旦之前的工厂登了广告，父亲便觉脸上有光，为此父亲熟悉了全市各种工厂、企业的商标。自青年时代留下的这种荒诞的荣誉感，还让父亲爱上彩票，不为奖金中的"金"，而只为"奖"字带来的荣誉。终于有一天，电视台举办猜谜有奖，谜底均是各厂商标，最终获奖者有市领导接见。父亲喜出望外，经历一番波折与期待，最终父亲中的奖仍然是一把钢锹。

从短篇小说的角度，《中奖》的情节结构的设置是相当精妙的。这篇小说创作于八十年代初，父亲那种荒诞的荣誉感、近乎可笑的执着很可以与当时文学主流中的伤痕、反思风气相联结，但是作品中最让人印象深刻的却是从生活细节、柴米油盐中升华出的一种幽默感。回望马秋芬的整个创作历程，这种写作特点正是作者的高明之处。前文讨论马秋芬摧刚为柔，用生活的波澜不惊来诠释时代的尖锐问题，而在《张望鼓楼》《中奖》等作品中，这种难能可贵的幽默特质，更显现了一种对生活、对人心的精确把握。

老舍在《什么是幽默？》中曾经说过幽默需要有"思想性与艺术性"，"因为观察力极强，所以他能把生活中一切可笑的事，互相矛盾的事，都看出来，具体地加以描画和批评"。[①] 事实上，

———————

① 老舍：《什么是幽默？》，《老舍全集》第17卷，人民文学出版社2008年版，第676页。

对于所谓矛盾的发现，正体现着对于生活的理解，而幽默则是表达这种理解的绝佳方式。金木土这样的形象很容易让人联想起以阿 Q、孔乙己等为代表的一系列幽默人物形象。以阿 Q 为例，人们在谈论这个形象时，他的懦弱、自私、愚昧，他的怒目主义、精神胜利法，常常被看作是在讽刺某种"劣根性"，然而为什么鲁迅在有了"匕首"与"投枪"式的批判之外，还要设计这样一类颇为婉转，甚至在可恨中也透着可笑、可怜的一类形象？推而广之，为什么最深入人心的现实批判往往不存在于"十七年文学""文革文学"中着意塑造的"新人"与"旧人"，而是体现在从《儒林外史》到鲁迅、老舍、钱锺书等作家笔下的那些总是带着幽默气质的人物形象身上？其原因或许正在于相比激烈的态度，幽默中蕴含的是对"真实"更深入的理解与更有效的表达。幽默强调的是会心一笑，这种灵光一闪之间蕴藏的其实是穿越语言，穿越故事、形象，穿越传播方式与个人经验差异的共鸣。

遵循《汉书·艺文志》的说法，在中国的文学传统中，小说大致产生于稗官野史之间，所谓稗官野史，正象征着对正史所隐藏之事的一种窥探。黑格尔在《美学》中称小说是"市民社会的史诗"[①]，当这种窥探的意识进入市民社会之中——就像马秋芬的《张望鼓楼》里，金木土通过排泄的声音来意淫女人的性格——此时无论是偷窥者的行为，还是偷窥对象的隐私被洞察，都因某种羞耻感而产生了引人发笑的意味。当作家选择对普通人的日常生活进行详细的剖析与挖掘，幽默感就成了书写策略中的必备因素。

与鲁迅、老舍、钱锺书等人笔下的幽默相一致，因为一种"笑中带泪"或"泪中带笑"，马秋芬的幽默意识获得了耐人寻味

---

① ［德］黑格尔：《美学》(第 3 卷下)，朱光潜译，商务印书馆 1991 年版，第 167 页。

的深刻。对她的小说进行抽象，其故事情节都少不了一种"被捉弄"或"被欺骗"的模式。《雪梦》中女知青昕辉的第一任丈夫是顶天立地的猎人英雄，但死于窝囊的酒鬼舅父之手。随后昕辉的小叔子成了第二任丈夫，却在完全可以避免的情况下死于天灾。昕辉想与憨倔的第三任丈夫"假离婚"然后返家，但在已经向办事人员行贿，并忍受分居生活良久后，被丈夫在公开场合戳穿而功亏一篑。《张望鼓楼》中金木土一直在被身边的人和自己的错觉愚弄；《中奖》中父亲一直被一种来自工人阶级的使命感与荣誉感蒙蔽；《朱大琴，请与本台联系》中电视台为收视效果设计的奖品计划，先是挑起了朱大琴对生活的美好盼望，之后再将其无情击碎；《蚂蚁上树》中无论是廖珍在工地上的"假夫妻"关系，还是吴顺手被煤窑主横刀夺爱又假装煤窑主欺骗他人，在尴尬的错位状态中，也都体现出了现实对于理想的"捉弄"与"欺骗"。

马秋芬书写的总是"小人物"的命运。那些为生活所迫的闯关东者，受时代感召的知识青年、城市工人阶级，或是离乡背井的农民工人们，无不是带着对生活的向往乃至于不切实际的幻想，而在小说的故事空间中进行活动。因此想象和现实之间的落差既是文本内部最重要的张力来源，也是人物形象最隐秘的痛点，小人物们命运的意义全部寄托于此，也终将消弭于此。

按照鲁迅的说法，"悲剧将人生的有价值的东西毁灭给人看，喜剧将那无价值的撕破给人看"，[①] 但是鲁迅笔下那些带着诙谐与讽刺的故事，其关键却不在于将悲剧或喜剧分而论之。无论是《阿Q正传》还是《孔乙己》——乃至古往今来很多经典的文本中——真正的奥义其实在于通过"撕碎"打破悲剧与喜剧之

① 鲁迅：《再论雷峰塔的倒掉》，《鲁迅全集》第 1 卷，人民文学出版社 2005 年版，第 203 页。

间的界限，使"无意义"的东西显现出"意义"，由此在悲喜交加之间深刻性方能得以凸显。马秋芬的小说亦深谙此道，小人物们"被捉弄"与"被欺骗"的模式让人物的命运出现了喜感，他们的命运看似轻如鸿毛、引人发笑，却在悲剧性的结尾中远远超越了个体的层次，变成了时代的缩影，变成了读者生活经验的映象。

戏剧化语言与对历史、传统的化用

不少研究者把马秋芬小说的幽默、生动归因于东北方言或东北人与生俱来的幽默感。事实上，除了属于小说叙事范畴的技术之外，用东北方言去"遮蔽"马秋芬创作中的特点和优长是存在问题的。细读马秋芬的小说作品，尤其是从被结集为《雪梦》的八九十年代之交的作品开始，在一些原汁原味的东北方言俚语之外，作家的语言并不完全是我们今天熟悉的东北方言。其快节奏的、浓郁火辣、直白幽默的语言更多让人联想起老舍、邓友梅等笔下所谓"京味"或"京派"的小说语言，以及一些已经若隐若现于白山黑水的历史之中，属于满族或更广义的边地生活经验的味道。

如果一定要从地域的角度去概括、评价马秋芬的创作，那么应该说其中的语势、语感，以及由此牵动的白描、对话，体现的是整个北方方言的灵魂与精髓。在评价马秋芬笔下那些发生在寒冷东北山林中的传奇故事，或是黑土地上人们生存的艰难与面对自然和历史时人们遭遇到的苦难时，将马秋芬和部分东北地域性作家相联系是没有问题的，但是应该注意到她的小说中有更多的关于乡间劳动、城市生活的书写是超越了地域文化的，这些内容是应该和以老舍等作家为代表的更广阔的文学传统联系在一起的。

就像老舍也擅长剧本创作，马秋芬的小说中也时常体现出戏剧的味道。在《到东北看二人转》中，马秋芬写的既是二人转这一艺术形式的来龙去脉，也是作者自身的成长史。二人转对作家创作的影响，是从语言开始，进而渗透到形象、叙事结构、美学气质等方方面面的。从具体的层面上，在《张望鼓楼》中，有带着浓烈曲艺色彩的段子，例如金木土在靠着自己的半吊子伎俩帮戏时：

> "一阵重击鸡叨米，一阵轻撩雨拍沙；悄着手闷一个哑巴吃瓜，弹指拨锤掩一个和尚念经；甩出个悠扬花锤，慢扫锣边儿二十五，紧打旱雷三十七。"[1]

他的锣鼓秀而抢了演员的风头后，女演员：

> "一拂他脑门，道：'我那憨锣、憨鼓、憨猫、憨虎、憨耍、憨舞的大老憨哥呀，你咋忘了？进姑娘房，看姑娘睡；藏姑娘袄，钻姑娘被；蹭蹭姑娘光光溜溜、煞白煞白的脊梁背儿呀——'"[2]

用急中生智的唱词挽回观众的注意力。虽然小说不为朗诵而作，但是潜在的戏剧化、曲艺化思维还是隐藏在这样的词与段中，让阅读增添了大多数情况下小说这一文体不曾有的"口感"。

广义层面，类似《山里山外》《还阳草》等作品中大量描写了山中劳动的情景，当琐碎的日常生活中展现着属于森林和泥土

---

① 马秋芬：《张望鼓楼》，《雪梦》，春风文艺出版社1991年版，第147页。
② 同上。

的灵气与伟力时，马秋芬的语言是急促甚至带着几分凶狠的，热火朝天的生活图景与不少在今天看起来颇有一些"半生不熟"、带着自创色彩的词汇都喷薄而出。这一切都在一种凝聚着北方方言精髓与戏剧化思维的语感下，以令人惊讶的方式灵动泼辣而又熨帖准确地融合在一起。小说里山中男人的脚步时常是"砸夯一样"①，农民工朱大琴直白坦诚，说话时"捣着自个的胸脯"②，这种普遍的夸张和戏剧舞台上的舞台动作如出一辙，而小说中时常出现的错位的男女搭配——比如《雪梦》中的一妻三夫、《远去的冰排》中的灵妻憨夫、《阴阳角》中的老妻少夫、《蚂蚁上树》中的假夫妻——也正让人联想起二人转中旦角搭配丑角的角色设置模式。

上世纪八十年代中期文学界出现的"寻根"运动意义非凡，但在短短几年间便因为文化传统与启蒙诉求的抵牾而偃旗息鼓。时至今日，当代文学的历史格局、海外视野日渐宽广，小说创作如何继承传统，找到属于中国的个性与特色日渐被作家与学者重视。此时回望马秋芬在二三十年前的创作，二人转等传统曲艺为文学作品增添的亮色，其实正为当代文学寻求蕴藏在文化传统中的资源指出一条道路。莫言、贾平凹、陈忠实等作家的创作莫不暗合此道，包括曲艺等在内的民间模式裹杂着传奇与琐屑，在具有地域特色却又不限于此的语言的指引下，与作家的生命体验融为一体，与小说的叙事结构、主题原型、人物形象等相辅相成时，当代文学所渴望的中国特色自然在此中生根发芽。

任何一种"记录"同时都意味着"遗忘"，因此所有"回溯"性的研究与批评都应该注意到，每一段"过去"在成为主

① 马秋芬：《还阳草》，《雪梦》，春风文艺出版社1991年版，第188页。
② 马秋芬：《朱大琴，请与本台联系》，《人民文学》，2008年第2期。

线鲜明、鳞次栉比的"历史"之前，都曾经是鲜活、复杂而无序的，进而寻找到一种"历史化"的角度与立场。对于已有的当代文学史，我们似乎已经很熟悉，但这种共识，正是"历史化"思维反思与质疑的对象。从"十七年文学""文革文学"到"新时期"的"伤痕""反思""改革""寻根""先锋""新历史""新写实"，一条明确的主线似乎已经在这段相当晚近的历史中浮现了，但这种文学史逻辑也建立在遗忘的基础上。很多作家作品能在形式与内容上引领了一个时代的文学潮流，进而被文学史铭记，不仅归功于其自身的文学性或历史影响，更与文学史是否有一套相对应的阐释方法、知识谱系有关。相比之下，许多作家的创作中虽不乏佳作，但却难以为文学史提供一个"记忆点"，久而久之便疏远了时代精神，被归于平凡一类。对于这些作家与文本，相关的研究还亟待扩充，太多针对复现当代文学史景观、拓展文学研究的视野，以及为当下的创作提供多样性的宝贵资源就蕴藏在其中。时至今日重新解读以马秋芬为代表的作家作品，意义正在这里。

发表于《当代作家评论》2018年第4期

世界经验、政治寓言与叙事形式的中西之辨

——刘震云作品海外传播研究

从二十世纪八九十年代之交的新写实小说潮流开始，刘震云的小说创作进入学界与大众的视野。历经二十余年，刘震云的作品已经成为中国当代文学最不可替代的组成部分之一。其小说对历史与当下经验的处理方式独树一帜，其对语言、孤独等根植于人类社会与人性之中永恒问题的思索，与对小说故事性的追求水乳交融。与此同时，文学与影视的"双管齐下"也让刘震云在国际社会中受到越来越多的读者认可。刘震云作品海外传播情况的研究，对当代文学海外传播研究的整体而言是不可缺少的，与此同时相关研究也将为我们重新审视当代文学自身提供重要的参考与启示。

近些年当代文学的海外传播研究相当兴盛，与此同时笔者认为始终有必要反思这些研究的问题与意义。国内学者研究海外情况，很难从客观上建构中国当代文学的世界影响、提升当代文学的世界地位——文学文本的传播与接受状况尚不乐观，相关研究更多是在与中国的学者、作家对话。此时对于海外的研究，除去从现象的层面上呈现中国当代文学作品在海外以何种"量"和"态"生存之外，其意义可能终归落实到用海外状况，来"反哺"对于中国当代文学作品、现象的理解与阐释以及对文学史问题的解读。对刘震云作品海外传播情况进行研究的成果较少，本文

将对其作品的译介与接受情况作出客观地梳理，并在此基础上阐释刘震云创作乃至中国当代文学在海外生存环境下显现出的特殊问题。

刘震云作品海外译介情况

截至 2017 年，刘震云有超过 11 部中长篇作品，被译成 11 种语言。综合各数据来源，本文将刘震云作品的译介情况简单汇总成表格如下：

语种	小说名	译名	译者	出版社	年份
英文	一句顶一万句	Someone to Talk to	Howard Goldblatt, Sylvia Li-chun Lin	Durham: Duke University Press ooks	2018
	我不是潘金莲	I Did Not Kill My Husband : A Novel	Howard Goldblatt, Sylvia Li-chun Lin	New York : Arcade Publishing	2016
	温故一九四二	Remembering 1942: and Other Chinese Stories	Howard Goldblatt, Sylvia Li-Chun Lin	New York : Arcade Publishing	2016
	我叫刘跃进	The Cook, The rook, And The Real Estate Tycoon : A Novel Of Contemporary China	Howard Goldblatt, Sylvia Li-chun Lin	New York : Arcade Publishing	2015
	一地鸡毛	Ground Covered with Chicken Feathers	David Kwan	北京：外文出版社	2014
	一地鸡毛	Ground Covered with Chicken Feathers	马爱英	北京：外语教学与研究出版社	2012
	手机	Cell Phone : a Novel	Howard Goldblatt	Portland, ME : erwin Asia	2011
	刘震云小说选（官场、一地鸡毛）	Seleccted Stories by Liu Zhenyun	David Kwan	北京：外语教学与研究出版社	1999
	官场	The Corridors of Power	David Kwan	北京：中国文学出版社	1994

语种	小说名	译名	译者	出版社	年份
韩文	一句顶一万句	말 한 마디 때문에: 옌진 을 떠나는 이야기 : 류 전원 장편 소설	金泰成	서울 : 아시아	2015
	我不是潘金莲	나는 남편을 죽이지 않았다	문현선	서울 : 오퍼스프레스	2015
	我叫刘跃进	나는 유약진이다	金泰成	서울 : 웅진지식하우스	2010
	一腔废话	객소리 가득 찬 가슴	朴明爱	서울 : 문학과지성사	2008
	手机	핸드폰 : 류전원장편소설	김태성	서울 : 황매	2007
	故乡天下黄花	고향 하늘 아래 노란 꽃	金宰永	서울 : 황매	2007
	一地鸡毛: 刘震云小说集	닭털같은날날 : 류진운소설집	김영철	서울 : 소나무	2004
法文	手机	Le téléphone portable	Hervé Denès; Chunjuan Jia	Paris : Gallimard	2017
	我不是潘金莲	Je ne suis pas une garce : roman	Brigitte Guilbaud	Paris : Gallimard,	2015
	塔铺	Les épreuves : nouvelle	Grégoire Läubli; Zhengfeng Zhong	Paris : Hachette livre	2015
	一句顶一万句	En Un Mot Comme En Mille	Isabelle Bijon et Wang Jiann-Yuh	Paris : Gallimard	2013
	温故一九四二	Peaux d'ail et plumes de poulet	Geneviève Imbot-Bichet	Paris : Gallimard	2013
	一地鸡毛	Peaux d'ail et plumes de poulet	Sebastian Veg	Paris : Bleu de Chine	2006
	官人	Les mandarins	Sébastian Veg	Paris : Bleu de Chine	2004
越南文	一句顶一万句	Một câu chọi vạn câu	Trung Nghĩa	Hà Nội : Nhà xuất bản Lao Động	2014
	我叫刘跃进	Tôi là Lưu Nhay Vọt	Trung Nghĩa	Thành phố Hồ Chí Minh : Nhà xuất bản Văn Hóa Sài Gòn	2009
	故乡天下黄花	Hoa vàng cố hương	Trung Nghĩa	Hà nội : NXB Phụ nữ	2007

语种	小说名	译名	译者	出版社	年份
日文	手机	Điện thoại di động : tiểu thuyết	Sơn Lê	Hà nội : NXB Phụ nữ	2006
	这就是生活：刘震云故事集	Đời là như thế : tập truyện	Tú Châu Phạm	Hà Nội : Nhà xuất bản Hội nhà văn	2004
	我不是潘金莲	わたしは潘金蓮じゃない	水野衛子	东京：彩流社	2016
	温故一九四二	人間の条件 1942: 誰が中国の飢餓難民を救ったか	劉燕子	福冈：集広舎	2016
	我叫刘跃进	盗みは人のためならず	水野衛子	东京：彩流社	2015
	手机	ケータイ	劉燕子	相模原：桜美林大学北東アジア総合研究所	2009
意大利文	我不是潘金莲	Divorzio alla cinese	Maria Gottardo	Milano : Bompiani	2016
	我叫刘跃进	Oggetti smarriti	Patrizia Liberati	Milano : Metropoli d'Asia	2015
瑞典文	一句顶一万句	Ett ord i rättan tid	Anna Gustafsson Chen	Stockholm : Wanzhi	2015
	我不是潘金莲	Processen	Anna Gustafsson Chen	Västerhaninge : Wanzhi	2015
捷克文	我不是潘金莲	Manžela jsem nezabila	Zuzana Li	Praha : Odeon	2016
荷兰文	我叫刘跃进	Ik ben geen secreet: roman	Mathilda Banfield; nelousStiggelbout	Amsterdam : Uitgeverij De Arbeiderspers	2015
俄文	手机	Mobil'nik	Ol'ga P Rodionova	Sankt-Peterburg: Giperion	2016

表中仅列出刘震云个人长篇小说及中短篇小说集译介情况，与其他作家合录的小说集表中并未列出，因而在此注明：刘震云《塔铺》英译本（*Pagoda Depot*）收入 1992 年由 International Cultural Exchange 出版的小说集 *Short Story International: Tales By The World's Great Contemporary Writers Presented Unabridged* 中；《单位》韩语版（직장）收入 2001 年由책이있는마을出版的小说集중국 현대 신 사실주의 대표 작가 소설선中；《一地鸡毛》匈牙利语版（*Linék hé tköznapja*）收入 2003 年由 Európa 出版的小说集 Nök egy fedél alatt : mai kínai kisregények 中。

除"故乡三部曲"被较少译介之外，刘震云的包括《手机》《我叫刘跃进》《一句顶一万句》《我不是潘金莲》在内的长篇，《塔铺》《新兵连》《单位》《一地鸡毛》《温故一九四二》等中短篇小说在内的代表性作品，都有着不少于三种语言的译介。通过表格不难发现，与莫言、苏童、余华等当代作家相似，刘震云作品以英语译本数量居首，韩语、法语、越南语等译本数量次之。按照目前当代文学界时常提及的"代际划分"标准，刘震云与莫言、贾平凹同属"50后"作家，但是刘震云的海外译介在时间上却大为落后于莫言、贾平凹，甚至也落后于"60后"作家余华、苏童等人。但应该看到2010年之后刘震云的海外译介发展迅速，尤其是意大利语、瑞典语、捷克语等语种的译介在近几年集中出现。这一方面与刘震云个人的创作节奏有关——《手机》《一句顶一万句》等长篇"代表作"都发表于"新世纪"——另一方面也与刘震云参与创作的影视作品在海外产生影响有关。相关内容在后文将进行具体分析。

从单篇作品的译介情况来看，长篇小说中《我不是潘金莲》有不少于7种语言的译本，《我叫刘跃进》《手机》次之，各有6种语言的译本，《一句顶一万句》5种，《温故一九四二》3种。中短篇小说方面，《一地鸡毛》有不少于5种语言的译本，《塔铺》《新兵连》《单位》《官人》等写于八十年代末、九十年代初的短篇小说也都有着不少于2种语言的译本。在海外译介中，刘震云创作生涯的开端与新世纪以来的创作明显是更受重视的，而九十年代中、后期及世纪之交写作的包括"故乡三部曲"、《一腔废话》在内的作品则相对被忽视。刘震云同代作家的乡土叙事，几乎成为中国当代文学面对世界的"重要标签"，然而刘震云的乡土叙事则几乎毫无影响，从题材角度，刘震云描写城市生活与历史事件的作品显然更受重视。这或许为我们省视刘震云创作提供了一个角度。

另外刘震云与其他作家相似，其作品的海外译介相当程度上依赖特定的译者。以英语的翻译情况为例，刘震云被英译的 7 种作品中（《一地鸡毛》曾经多次出版，不同版本姑且算作一种），葛浩文翻译了 5 种。就像在中国村上春树的作品大多数由林少华翻译，人们一提到卡夫卡的名字就会想起叶廷芳，某一位作家在某个语种中有指定的译者，这并不奇怪。然而刘震云乃至更多中国当代作家在英语世界中对应的几乎只有葛浩文一个人的名字。葛浩文是英语世界里中国当代文学的"首席"译者，在很多情况下也是"唯一"译者，这种情况正在逐渐改变，但仍难免说明目前无论是单个作家还是中国当代文学整体在英语世界中的影响还难以达到一个足以让中国作者、学者、读者感到"自信"的水平。

除特定译者，刘震云作品的海外传播也在相当程度上依赖以中国文学为主题的丛书项目。以刘震云作品的法语翻译情况为例，7 部作品中有 4 部属于"中国蓝"丛书，1 部属于《月光斩》与中国当代小说"丛书①，另外 2 部则由"中国蓝"出版社②出版。刘震云作品的法语译介，无一例外全由与中国文学相关的丛书、项目"包办"。法语译介情况较为特别，但在其他语种翻

① 丛书原名为 Tranchant de lune et autres nouvelles contemporaines de Chine，该丛书也是以翻译中国当代作家的作品为主，丛书名中提及的《月光斩》就是莫言的一篇小说，涉及的作家包括莫言、刘震云、金仁顺、李洱、刘庆邦等。

② "中国蓝"（Bleu de Chine）起初是一个由汉学家安博兰（GenevièveImbot-Bichet）成立的专事中国 30 年代至今文学作品出版的小型出版组织，后来并入法国 Gallimard 出版社，成为丛书名，该丛书涉及的作家有沈从文、废名、刘震云、刘小波、韩寒、慕容雪村等。此处信息来源自 Gallimard 出版社网页 http://www.gallimard.fr/Catalogue/GALLIMARD/Bleu-de-Chine，原文为法语。

译中，这样的问题也不同程度存在。[①] 虽然刘震云作品在当代中国已占据不可替代的位置，但其世界影响力仍有待进一步提升。

海外刘震云作品研究概述

以对刘震云早期作品在英语世界传播状况的研究为例，我们不难看出一种尴尬的状态——刘震云的作品在英语世界更多是"反响平平""并未引发太多关注"[②]。在《我不是潘金莲》被翻译之后，相关情况得到改善，然而对刘震云作品的评论与研究也仅仅停留在《科克斯书评》（Kirkus Reviews）、《出版商周刊》（Publishers Weekly）、《纽约时报书评》（New York Times Book Review）的"豆腐块"[③] 文章中。虽然这些刊物具有相当的影响力，但是西方对于刘震云作品的阐释，远不像曾经夏志清等人对张爱玲、钱锺书、废名等人的重新阐释那般，可以重新使国内的现当代文学研究者受到启发。

与欧美世界相比，越南是较早集中译介刘震云小说的国家。在阮氏妙龄的博士论文《越南文学的"他者"与"同行者"》附

---

① 比如英语世界中的《一句顶一万句》在"中国理论"（Sinotheory）丛书内;《一地鸡毛》《刘震云小说选》在"中国现代文学宝库"（Gems of modern Chinese literature）丛书内。韩语世界中的《一句顶一万句》在"亚洲文学丛书"（Asia munhaksŏn）内；越南语中的《我叫刘跃进》在"当代中国文学书系"（Tủ sách văn học Trung Quốc đương đại.）丛书内等。

② 胡安江、彭红艳:《从"寂静无声"到"众声喧哗":刘震云在英语世界的译介与接受》,《外语与外语教学》2017 年第 3 期。

③ 经过笔者统计，除由舒晋瑜撰写，Eleanor Goodman 翻译的 Making Friends: Liu finds friends inside and outside of his books（Publishers Weekly. 5/25/ 2015, Vol. 262 Issue 21）等少数几篇文章外，真正由海外评论研究者撰写的相关的评论，在篇幅上大多不超过三四百字，并且主要以内容介绍为主，很容易淹没于同页面上相近的"新书推荐"中。

录的访谈中，越南汉学家范秀珠谈到起初对刘震云的译介，是因为"认为这样的作品可以让越南作家感觉到，在中国作家的写法中有'新'的东西，写作也不应受政治上的问题所限制"[①]。包括刘震云早期作品在内的新写实主义小说，对越南文学发展产生了积极影响，但是越南学者对于刘震云的阐释，并未超脱中国学者的言说范畴。在韩国研究界，对刘震云的研究多以硕士论文出现，少数学者以"欲望""权力"等刘震云小说中的个别因素作为讨论对象，其着眼点相比于中国学者也并没能体现出太多的新意。

目前刘震云作品在普通读者之外的海外被接受，大致存在两种状况。一种是在欧美国家中，如何让刘震云（或者说中国当代文学）进入人们视野尚成问题，中国当代文学对于另外一片土壤上的人们而言没有阅读的"必要性"，因此引荐者必须将强调刘震云作品中的新奇元素——此"新"也许并非进化论意义上的"新"，而很可能是曾经极端的"旧"而产生的"陌生感"——放在首位，深层次的阐释则暂时无法顾及。另一种则是在极少数国家，曾经中国的文学潮流对其产生了影响，[②]相关的阐释仍然以介绍为主，用以启发本国的写作者与研究者，此时相关的阐释，具有"史料"层面的意义，观点与方法角度的意义则不明显。

审视中国文学在不同的文化场域、接受习惯下的传播情况，理应为中国当代文学的研究提供一个穿透习见与遮蔽的视角。二十世纪八十年代，夏志清、司马长风等学者的文学史作品对中国

---

① 阮氏妙龄：《越南文学的"他者"与"同行者"》，华东师范大学2013年博士论文。

② 如前文列举，阮氏妙龄的论文中提及刘震云在"新写实主义"时期的作品，从叙事形式或者更抽象的"故事讲法"的层面对越南文学的发展产生了积极影响。

现当代文学的研究格局的影响仍在延续；九十年代，包括唐小兵、刘禾、黄子平等具有"海外视野"的"再解读"研究为重新面对"十七年文学"与"文革文学"提供的新视角以及话语资源至今仍然生效。

近些年来中国当代文学的海外传播是研究界瞩目的热点，但是目前的研究似乎仍未能在资料搜集的基础上走出一条问题意识自足而明确的路，更与寻求文化输出策略，发掘、建构中国形象与中国文化影响力的使命还有着不小的距离。这与研究的方法相关，但归根结底由当代中国文学世界影响力的"先天不足"决定。此时重提这种"反哺"的关系，是希望对当代文学海外传播的研究在呈现海外状况的同时，亦能回落到当代文学内部。在促进当代文学研究形成更客观、准确的自我认知的同时，为当代文学的创作提供参照。沿着这一路径，在梳理刘震云作品海外译介与研究状况的基础上，其作品中的一些问题与意义是不容忽视的。

世界经验与政治寓言：
中国小说走向世界的一个入口

《温故一九四二》与《我不是潘金莲》在英语、法语、韩语等语种中的译介，对于刘震云作品的海外传播有着"拐点"的意义。2016 年，英语世界中《温故一九四二》与《我不是潘金莲》同一年出版，这是刘震云作品进入英语世界后，第一次在同一年中有两部作品面世。法语世界中，2013 年《温故一九四二》被译介后，刘震云的作品每两年至少有一部被翻译出版。瑞典语、俄语、捷克语等语种的译介在 2015、2016 年集中展开，《我不是潘金莲》在多语种中得到翻译，刘震云作品的海外传播领域得到迅速拓展。

中国当代文学的海外传播，往往与电影有些关系，比如莫言与苏童作品得以走出国门，则得益于张艺谋导演的《红高粱》以及《大红灯笼高高挂》。与之相似，冯小刚导演、刘震云原著改编的《一九四二》和《我不是潘金莲》在国际上产生的一些反响，[①] 也有助于刘震云的作品走向国际。这一类作品中暗含着中国当代文学在国际视阈中的"宿命"——当文学与国家符号相伴时，西方世界首先对中国的落后历史，以及特殊的政治意识形态感到好奇，之后才对与之相关的文学作品感兴趣。除此之外，文本的立场以及与故事相关的国家族群的阅读期待，也与中国当代文学的海外传播有密切关系。《温故一九四二》的日语译本书名副标题为"谁拯救了中国的饥饿难民"[②]，不难想见这部作品中的部分内容，可能配合日本的出版市场满足了从政治角度产生的阅读期待，挑动着日本读者的好奇心。

二十世纪八十年代，莫言的《红高粱家族》作为"新历史主义"的滥觞，从民间角度讲述了一个与抗日战争有关的故事，而体现出了文学之于历史层面上的新鲜可能。虽然写法不同，但《温故一九四二》叙写的仍然是抗日战争所处的现代历史。《温故

① 《一九四二》获得第七届罗马电影节青年影评金蝴蝶奖，代表中国大陆参评第 86 届奥斯卡最佳外语片，虽然并未最终入围，但这也使该片产生了一定的国际影响。除此之外，参演影片的 Adrien Brody 曾荣获第 75 届奥斯卡最佳男演员奖、Tim Robbins 也曾荣获戛纳电影节及金球奖最佳男主角，两人在国际电影市场中均有相当影响力。《我不是潘金莲》获第 41 届多伦多国际电影节特别展映单元——国际影评人费比西奖、第 64 届圣塞巴斯蒂安国际电影节金贝壳奖——最佳影片等国际奖项。

② 日语译名为《人间の条件 1942：誰が中国の飢餓難民を救ったか》。在中文版《温故一九四二》中作者有"他们给我们发放了不少军粮。我们吃了皇军的军粮，生命得以维持和壮大。当然，日本发军粮的动机绝对是坏的，心不是好心，有战略意图，有政治阴谋，为了收买民心，为了占我们的土地，沦落我们河山，奸淫我们的妻女，但他们救了我们的命"这样的叙述，因此日文版会采取这样态度暧昧的译名。

一九四二》名义上是小说，实则杂糅小说、散文、杂文等文体形式，其对于主流史观的"颠覆"，对于宏大历史事件中渺小个体的心灵世界的探寻，无疑与之前莫言、余华、苏童等人的新历史小说高度一致。时至今日，《温故一九四二》处理的题材以及使用的方法，仍然能够在国际范围引人注目，彰示了这种创作角度在当代文学海外传播中的重要性。

第二次世界大战是属于全人类的共同记忆，二战作为世界性事件，其为不同地域社会带来的变化、对人类造成的肉体与精神创伤，是具有"世界性"的。从丘吉尔《二战回忆录》、海明威《战地钟声》、肖洛霍夫《青年近卫军》、凯尔泰斯·伊姆雷《无形的命运》等文学作品，到《辛德勒的名单》《钢琴家》《最长的一天》《拯救大兵瑞恩》等电影作品，二战题材在艺术领域的影响无疑是巨大的。这些作品往往从个体或特定国族的视角出发，但特殊的题材让它们得以唤起全世界受众的共鸣。发生在中国的抗日战争是第二次世界大战的重要组成部分，《温故一九四二》从流民、民间的角度出发，以中国故事为起点，为当代文学通向"世界性"提供了一条道路。发表在《多伦多明星报》上的《战争，如惨不忍睹的地狱》（ *War is hell, and hard to watch* ）就对冯小刚导演、刘震云编剧的《一九四二》作出了这样的评价："这是一部有着史诗感的电影""这部电影众多让人钦佩之处就包括一种强烈的真实感，尤其是日本零式战斗机轰炸、扫射无助的士兵与百姓的血腥场面"。[①] 类似这样的世界战争题材故

---

① 参见 DeMara, Bruce: *War is hell, and hard to watch*. Toronto Star（Nov.30 2012）. 中文为笔者翻译，原文为："It's a film with an epic feel" "There are a number of admirable qualities in director Feng Xiaogang's film, including a great sense of authenticity, especially in the bloody battle scenes – mostly Japanese Zeros bombing and strafing helpless soldiers and civilians below."

事，塑造的是中国人物，讲述的是中国故事，却能激起世界上其他国家、民族观众与读者的共鸣。

在我们已经深谙"越是民族的就越是世界的"这个道理时，应该注意到这句话不仅是在说每个民族看似独立的"特殊性"共同构成了世界的"丰富性"，还应该注意到民族与世界始终存在着共时性的联系。中华民族秘史中的乡土故事，正是呈现、阐释世界重要历史进程的重要角度，这一角度将为中国当代文学与世界文学的平等交流提供可能。以《温故一九四二》小说以及刘震云编剧的《一九四二》电影产生的影响为例，如何从世界史，或者从普遍的人道主义出发去处理抗战、"文革"等被裹挟进了国际浪潮中的历史叙事，时至今日仍然是一个问题，也是中国当代文学获得世界影响力的一条有效"通道"，其中蕴藏着有待当代文学开发的巨大"宝藏"。

《我不是潘金莲》受到的关注，同样与中国特殊的历史与政治环境有关。在海外传播的过程中，作品最引人关注的就是其中涉及的中国政治体制问题，以及与中国女性息息相关的生育、婚姻制度。例如发表在《纽约时报书评》上的评论文章①就在极其有限的篇幅里着重强调"the National People's Congress"（全国人大会议），甚至反复提及"Beijing"，以地名来指代一种政治隐喻。又例如《科克斯书评》发表的评论文章，在开头即强调"如果一对夫妻想在中国生第二个孩子，他们该怎么办？最简单的办法就是先离婚，躲过计划生育政策之后再复婚"②，婚姻和生育变成

---

① 参见 Hvistendahl, Mara：*I DID NOT KILL MY HUSBAND*, New York Times Book Review（Nov. 23, 2014）.

② 参见 *I DID NOT KILL MY HUSBAND*, Kirkus Reviews. 10/1/2014, Vol. 82 Issue 19, p274. 中文为笔者翻译，原文为："What's a couple to do when they're expecting their second child in China? Simple. Divorce and get remarried to avoid the one-child policy."

了小说中头等重要的关键词。

刘震云对于这些问题的处理是极为巧妙的。理性地看，李雪莲不断上访的动机本身就是站不住脚的——为了逃避计划生育，钻政策与法律的漏洞与丈夫"假离婚"，之后又要借助法律与政府的力量来证明自己并非"真离婚"——动机上的自相矛盾让整部作品蒙上一层"荒诞"乃至"闹剧"的色彩，其中对于政治的讽刺自然也就不会"犯禁"。但是这部作品却在国外引起了反响，也就是说在国外读者以及出版界的阅读中，"玩笑"一般的动机却起到了"有效"的作用。

从"十七年文学"到"新时期文学"，如何处理虚构与现实、作家身份与知识分子的社会责任之间的关系，一直是当代中国严肃文学作家面临的"难题"。在刘震云的作品中，常出现"将一件事说成了另一件事"这句话。《我不是潘金莲》中刘震云用枝蔓复杂的人物关系，连绵不断的小事件，成功地"将一件事说成了另一件事"，而这种做法，似乎也在为平衡当代作家面临的难题提供途径。在《我不是潘金莲》中，层层递进的行政体制、一年一度的人大会议、为期十天的会议时间，在作为叙事的限制性因素的同时，也为故事气氛的营造提供了"机制"。比如小说第二章对李雪莲第二次上访的描写中，李雪莲为了不让"同样一个状，离开全国人民代表大会，老虎就缩成了猫"[①]，必须与十天的时间赛跑，叙事的紧张感就此产生。从县法院院长，到县长、市长、省长，每一层级的官员名字都与"公道""宪法""正义"等词汇相连，行政层级成为反讽效果递进的"跳板"。

与此同时，看似不成问题的上访动机、被卡通化的政治符号，这一切都是在为了削弱作品对现实"禁忌"的"触犯"。但

---

① 刘震云：《我不是潘金莲》，长江文艺出版社 2012 年版，第 235 页。

是《我不是潘金莲》的特殊之处在于，即便上访是"不可理喻"的，政治体制对她的压制是"假"的，但是主人公从家庭、爱情、尊严角度的喜怒哀乐却是真实的。后者的真实能从一种"隐蔽"的向度使前者同样变得真实。从这个角度，刘震云的小说与贝克特、卡夫卡等人的荒诞艺术是相通的。将一切问题降落到个体的命运中，落实在人类共通的喜怒哀乐上，正体现了文学应有的主体性。

形式的本土性与世界性：
影响海外接受的一个关键点

前文在总结刘震云小说译介的整体状况时，曾经提到与同代作家如莫言、贾平凹等有所不同，在海外刘震云小说对于城市生活的书写与批判，较其乡村叙事更受关注。刘震云在国内文学界真正声名大噪于"新写实小说"，从这一时期开始严肃文学的发展方向已经明显出现了向书写城市经验的转向。且刘震云相比莫言、贾平凹等"50后"作家更多书写城市生活，因此刘震云以《一地鸡毛》、"官场"系列等城市叙事闻名后，自然而然其相关作品更受关注。

然而刘震云小说在海外的传播情况提醒着我们，这背后很可能有着隐藏的，或至少被国内研究界所忽略的原因存在。首先，无论在国内还是世界范围内，对于城市生活的书写某种程度上与文学阅读者的生活经验更为接近，对于城市文明的批判、城市美学的呈现也更容易体现"当下性"。其次，与相对"静态"的乡村经验、美学相比，城市经验的繁杂、匆忙、多变更容易产生节奏快、线索多、欲望性强烈且带有离奇性甚至传奇性的故事情节。如果说前者更接近"文学性"或"思想性"的角度，那么后者则更多与文学的可读性以及文学与消费社会、大众文化的契合度有关。国内研究界对文学作品的评价标准往往不以后者为转移，但"海外传播"的研究角度为我们重新正视后者提供了重要的契机。

在对刘震云作品译介情况进行梳理后，可以发现《我叫刘跃进》在海外是较被重视的。《我叫刘跃进》被译成 6 种语言，与《手机》并列，仅次于《我不是潘金莲》，在刘震云创作中是译本数量第二多的作品，并且《我叫刘跃进》与《我不是潘金莲》的意大利语译本分别被收入 Narratori Stranieri 与 Narratori 丛书①。这几乎是刘震云所有被译介的作品中，仅有的两部被纳入非中国类主题丛书的作品，并且在如上两类丛书中刘震云都是唯一的中国籍作家。与此同时，包括《图书馆杂志》（Library Journal）、《科克斯书评》《出版商周刊》等刊物在内，对《我叫刘跃进》的评论数量在刘震云所有被翻译至英语世界的小说中也名列前茅。

《我叫刘跃进》讲述的是小市民、当地黑帮、政府要员与企业家、警察四伙人围绕着一个装着重要 U 盘的钱包，展开追逐角力的故事。以一个核心物件串联情节，并用简练的语言串联起相关人物乃至无甚关系的人物的前世今生，这种小说的写法带有鲜明的"三言二拍"的味道，这是中国古已有之的一种小说写法。而在海外，《我叫刘跃进》则被认为带有科恩兄弟电影的味道——"一旦小说的人物背景设定渐隐，读者能够沉浸于小说的故事线索时，就可以发现刘震云的讽刺性写作能够让人联想起科恩兄弟的电影情节"②，一些普通读者也在 Goodreads 发表书评，认为"读

---

① Narratori 在意大利语中为"叙述者""讲故事的人"之意。

② 2015 年《图书馆学刊》（Library Journal）发表书评，原文为："Once the character introductions subside, one can appreciate the story line and take note of the satire found in Liu's writing, which can be reminiscent of a Coen Brothers movie plot." 中文为笔者翻译。

这本书就像看科恩兄弟的《阅后即焚》或《冰血暴》"①。

如上现象虽不足以在刘震云和科恩兄弟之间建立稳固的联系，但却足以提示我们重新思考《我叫刘跃进》使用的叙事形式。在中国文学史中，这种叙事模式大多被应用到中短篇小说中，在长篇小说中较为少见，因其对作者把控结构的能力要求极高。实言之，从一个专业读者的角度，《我叫刘跃进》在结构方面也存在着问题。小说情节的推进靠与故事核心物件相关的人物串联，然而从开篇作者便用"顺藤摸瓜"的方式，交代了太多与主线情节关联不够紧密的次要人物，致使越到后面的章节，作者的回顾便越显"臃肿"——不仅占据篇幅，还延宕了叙事节奏。又例如，在小说前期，多条故事线索交错互现，作者的处理显得游刃有余，但是在后期，线索缠绕使叙事略显杂乱，创造一个顺应前期铺垫的有"爆发力"的结局也是难上加难，终篇难免让读者意犹未尽。

然而瑕不掩瑜，这种犹如"双刃剑"的叙事模式，为普通读者提供了更加容易、更加流畅的阅读体验。刘震云不厌其烦的回溯虽然在专业读者眼中有失技巧性，但却使普通读者对情节的"记忆成本"大大降低。与此同时，多线并举的叙事模式时常要依靠巧合、失误、奇迹来制造故事线索之间的交集，由此带出的小人物或大人物的愚蠢、反常行为，使小说对都市生活、资本社会的批判妙趣横生。一如《科克斯书评》用"一本十分具有娱乐性的书""妙趣横生的现代北京历险记"②来评价《我叫刘跃进》，

① 参见网址 https://www.goodreads.com/book/show/23130253-the-cook-the-crook-and-the-real-estate-tycoon，原文为："Reading this book is like watching a Coen brothers movie-'Burn After Reading' or 'Fargo'."中文为笔者翻译。

② *THE COOK, THE CROOK, AND THE REAL ESTATE TYCOON.* Kirkus Reviews. 6/1/2015, Vol. 83 Issue 1, p258. 原文分别为"a thoroughly entertaining book""a romp through modern Beijing"，中文为笔者翻译。

刘震云非常注重运用"三言二拍"或科恩兄弟电影式的模式来设置关隘、创造悬念，进而挑起读者的阅读期待，这种贯通中西的叙事模式对于海外读者同样生效。无论是"三言二拍"还是科恩兄弟的电影，都带有着与大众相关的通俗化色彩，与之相类比，《我叫刘跃进》在一定程度上体现出的正是通俗文学的魅力。

《我叫刘跃进》在国内虽然先后被改编为电影、电视剧，但是在研究界却并没有引起太大反响，在刘震云的创作中也并未被视为最上乘之作。仅以国内"中国知网""中国文学"学科下搜索到的研究、评论数量为依据，主题包含刘震云创作中《一句顶一万句》《手机》、"故乡三部曲"、《我不是潘金莲》的文章都超过百篇，主题包含《我叫刘跃进》的文章仅有二十余篇。依靠网络平台的搜索当然远不够精准，但如此悬殊的数量差距至少说明《我叫刘跃进》这样一部在海外相对受欢迎的作品，在国内研究界并没有得到太多的重视。

海外接受与国内的文学研究体现了相异的美学趣味和评价体系，这并不让人意外，但反过来这种差异却能为当代文学的本土研究与海外传播提供启示。《我叫刘跃进》在海内外的接受差异或许就寓示着，当代文学的创作与研究应该对严肃文学与通俗文学之间的界限有一番重审。就如《科克斯书评》对《我叫刘跃进》的评价，"这里没有真的朋友，也没有英雄，有的只是一个个疲于奔命的普通人"。[①] 小说中既有对现代都市文明、社会生活的批判，以及对孤独感或人与人之间隔阂的探索，保持了对形而上问题的关注；又有着跌宕、离奇的情节安排，平易近人的叙事形式，以及科恩兄弟式的"黑色幽默"。尽管《我叫刘跃进》远

---

① *THE COOK, THE CROOK, AND THE REAL ESTATE TYCOON.* Kirkus Reviews. 6/1/2015, Vol. 83 Issue 1, p258. 原文为 "There are no real friends here, no heroes, just everyone on the hustle"，中文为笔者翻译。

非完美，在文学性上有进一步提升的空间，但是这样能够兼顾通俗与严肃的文学创作理应得到作家与研究者更多的重视，尤其是考虑到中国文学如何产生世界影响时。

时至今日，回想起在海外产生"轰动效应"的中国作家与文学作品时，许多人脑海中首先浮现的大概还是卫慧、棉棉以及一度创造了"奇迹"的《狼图腾》。从内容到形式上的"通俗性"对这些作品的海外接受影响甚大。然而这些却并非"正面"的例子，在文学性与思想性上，类似《狼图腾》在中国当代文学领域中并非一流，卫慧、棉棉等人的作品则更是可疑的。因此当我们考虑到中国文学，甚至是中国文化要如何才能在世界范围内产生正向的影响力时，类似《我叫刘跃进》中体现出的"严肃性"与"通俗性"的结合才显得至关重要。如果说八十年代西方文学、哲学对中国产生的影响是"自上而下"的，那么在市场经济、资本、新媒介主导的今天，中国文学与文化世界影响力的产生，必会经历一种"由下至上"的过程。参考海外的电影、音乐、文学、游戏、动漫等在中国大众之间产生广泛影响的过程，"通俗性"如何与文学性、思想性相契合是国内文学界急需正视的问题。

另外在思考刘震云作品的译介问题时，其小说的语言风格也是非常值得注意的。刘震云小说语言的简练在当代文学中是相当明显的，尤其从《手机》《我叫刘跃进》开始这种特点愈加明显。刘震云小说中的句子往往由最简单的主谓关系构成，比如"谁是谁的什么""谁做什么""谁想／感觉到什么"等等，这种简单句在多种语言的转换中将更容易处理。翻译面对的最大难题就是如何保持原文的"神韵"，而刘震云作品的"神韵"并不过多依靠基于汉语的语法、词汇以及其他因素（刘震云的小说中时常出现河南等地域，但其小说中的方言词汇并不多，也相对不占核心地位）。这种语言特色将使刘震云的作品相比于莫言、苏童、贾平凹等作家在语言上极具"中国特色"的作品而言更容易翻译，这对于刘震云的海外传播而言无疑是巨大的优势。但是目前阶段，刘震云作品的海外译介数量并未明显多于同层次的其他当代作家，因此笔者的这一观点，仍有待时间检验。

就如有学者在对余华海外传播状况的研究中所说，"'对象'永远是统一的整体，而我们往往因为语言、国别、文化、理论、方法等以及个人能力的局限，只能如'盲人摸象'一般'切割'地研究对象""不论是海外抑或是国内，都意味着双方在观察中国当代文学时，固有的视野在带来洞见的同时也会伴随着不察与盲视"。① 如何以海外"反哺"海内，是当代作家的海外传播研究绝对不能忽略的一个关键向度。虽然由此谈及的未必是刘震云创作中最核心的问题——比如《手机》如何用非科幻、非乌托邦或异托邦的模式讨论科技伦理和人的异化；比如《一句顶一万句》如何书写通向人性深处的隽永的孤独；又比如刘震云的新写实笔法如何处理当下经验的问题等等——但是有一些海内研究所忽略的问题，却可以借此言及。无论在海内还是海外，刘震云都不是最具话题性的中国作家，但其作品中涉及的这些问题与可能性，却对当代文学的海外传播，以及当代文学的研究与创作自身有着重要意义。

发表于《当代作家评论》2020 年第 2 期

---

① 刘江凯：《当代文学诡异"风景"的美学统一：余华的海外接受》，《当代作家评论》，2014 年第 6 期。

文学或科学，生存与毁灭

——评李宏伟的《国王与抒情诗》

摘要： 文学的社会影响力，正在逐渐让位于其他艺术门类，这是不争的事实。李宏伟的长篇小说《国王与抒情诗》探讨了这个世界按照现在的轨道继续发展，文学是否仍将关乎人类生存的根本、一直保持存在的意义。《国王与抒情诗》秉持严肃文学的笔法和态度，但他更在科幻文学的谱系和方法论上思考现实问题。本文试图接续《国王与抒情诗》与《美丽新世界》、"神经漫游者"系列以及《海伯利安》等经典科幻文学之间的传承、创新关系，并对作品中文学／科学，抒情／理性之间的矛盾关系作出阐释。

关键词： 李宏伟 《国王与抒情诗》 科幻文学 《海伯利安》

那就是，通过重复使用这些文学模式、语言结构、情感类型，消耗干净语言的抒情性、文学性。或者说，消耗干净语言、逐步清除文字，是这个答案的两部分。毕竟，抒情性的语言是最麻烦的。通向国王的不朽的路上，所有耽延人类的语言障碍物、文字绊脚石都来自文学，文学就是人类自身的病菌，抒情就是上帝驱逐亚当、夏娃时铭刻在他们身上的诅咒。[①]

——李宏伟《国王与抒情诗》

[①] 李宏伟：《国王与抒情诗》，中信出版社 2018 年版，第 191 页。

"跨界"之作的意义

李宏伟的《国王与抒情诗》是近些年长篇小说中的一个"异类",已经很久没有作家以"严肃文学"创作者的身份去写"科幻小说"了。

在欧美地区,科幻文学因为发展早、成果多,与传统严肃文学之间的界限并不鲜明,甚至很多严肃文学作者会将科幻作为一种"方法",探讨现实主义创作无法触及的问题,比如著名的《我们》《美丽新世界》《1984》等。但在中国现当代文学中,科幻与严肃文学之间的互通则较少。近现代时期,一些最受尊敬的文学大家也写科幻小说,例如梁启超的《新中国未来记》、老舍的《猫城记》等。与西方作家近似,梁启超、老舍也是在借超现实题材,讨论一些深藏在现实之下的问题。但是到了当代文学阶段,严肃文学作家"跨界"创作的情况实属罕见,凤毛麟角的一些个例,无法掩盖科幻文学与严肃文学分离的趋势。高校在设置学科与专业时,将科幻文学放在了"儿童文学"的范畴中;从文学的传播和生产上看,科幻文学越来越成为一种"类型",被汇入通俗或类型文学之中,一些象征着严肃文学的期刊上鲜有科幻小说出现,主流的评奖中几乎也看不到哪个作家以科幻创作上榜。与之相对应,主要研究严肃文学的学者与批评家们也较少将科幻小说作为自己的话语资源。

继莫言荣获诺奖之后,刘慈欣的《三体》获得雨果奖第二次提供了"中国文学走向世界"的想象。严肃文学界对科幻文学的讨论多了起来,但二者之间的壁垒仍然存在,因为刘慈欣在某种程度上属于国内的"科幻圈"而不属于"严肃文学圈"。在这种情况下,《国王与抒情诗》的意义是明显的。李宏伟的身份更像是"严肃文学作家"(这样的概念也属不得已而为之,动态鲜活的当代文学中，总有一些难以名状但又确实存在的群体与场域），《国王与抒情诗》首发于《收获》，这是国内严肃文学的最高舞台之一，作者的身份与文本的状态决定这部小说为打通当代严肃文学与科幻之间的壁垒提供了一种可能性。即便《国王与抒情诗》作为科幻小说无法达到《三体》的高度，[①] 但是当以"十七年文学""先锋文学"为研究对象，以二十世纪西方文论为方法的批评者们开始尝试言说这部作品，"茅盾文学奖"等主流文学奖项将这部作品纳入考量范围，这种"打通"便已经在一定程度实现了。

未来想象：科技带领资本，公司取代国家

即便是像《星球大战》那样借着科幻的外壳，讲老套的中世纪骑士故事的作品，也为受众提供了完全迥异于现实的"设定"，例如无坚不摧的"光剑"、种类繁多的外星人形象等。作者提供了那些对技术的设想，社会制度的推演，日常生活的变化的想象——为受众提供怎样的"脑洞"？这始终是科幻小说接受评价时面临的第一个诘问。

《国王与抒情诗》在这方面为我们提供的内容，大致可以归纳为以下几个方面：

第一，在不远的将来——小说给定的时间点是 2050 年，视

---

① 无论从身份的归属，还是主题的类别、作者本人的价值观上看，《国王与抒情诗》和《三体》都属于两种路子。《国王与抒情诗》直到现在也没有得到充分的、作为科幻作品的阐释，而《三体》从出现之际就是"纯粹"的科幻小说，以至于其思想内涵在某种程度上受到忽视。《国王与抒情诗》强调情感在技术发展面前的特殊性，这在某种程度上反映了作者本人的启蒙主义思想观念；在《三体》中，人类文明在先进文明的威胁下体现出的愚昧与智慧充满一种冷酷的"进化论"色彩，相比之下人类的所谓理智与情感反而常常将人类引向歧途。

觉层面虚拟与现实的障碍已经打破。

例子是小说中描写了一种被称为"自在空间"的技术，虚拟时空中的信息、图像可以无障碍地投射到主体周围的现实世界，并且这种投射不是从神经层面对感官的一种"欺骗"，除了使用者，其他人也可以看到"自在空间"中的内容。

第二，借由"意识晶体""移动灵魂""意识共同体"，人和人之间的意识交流变得前所未有地方便。

意识晶体指的是一种植入人类身体中的微小设备，可以实现对人感官、记忆、思想的捕捉，并将其信号化。移动灵魂近似于进化后的手机，负责发送与接收这些信息。意识共同体指的则是一种近似于互联网，但从根本上取代了互联网的新型信息交互、储存平台。以意识晶体的信息捕捉、编码、传递功能为基础，人们在意识共同体上可以通过一对一、一对多、多对一的方式交换、获取信息。这种技术在某种程度上使人们的意识相互连接，因而成为了"共同体"，人类意识的可塑性也不断增强，掌控意识技术的人甚至可以实现对个体未来的全面控制。

第三，这种技术的运行对人工与资本的要求相当高，尚未发展至自足状态。因此这种技术必然以商业形态出现，由某一公司集中运营。

人与人之间关系的变化、资本与权力的转移，必然波及现行的政治制度。《国王与抒情诗》中的"国王"指的就是拥有并垄断意识共同体技术的公司的掌权者。公司对于国家的取代在小说中已是明显趋势，在一个高度信息化、信息可操控化的社会里，"国王"的权威超越了民族与地域的界限。

第四，一切皆可信息化，包括意识与记忆。这导致资本与权力的高度集中也催生关于永恒或永生的"妄念"。

作者塑造的"国王"形象兼具"专制君主"与"哲人王"的

特点，他希望以意识共同体系列技术将人类的思想或"灵魂"完全信息化，进而通过注入其他肉体的方式实现思想的永生与统治模式的永久延续。在这方面"国王"类似于那个希望让自己的国家二世三世直至万世的始皇帝。但与此同时，"国王"作为人类的面目又是极为模糊的，这使得"国王"显得相当神秘，[①]他缺乏人类情感，或者说他的种种情感都是理性思考的结果，是一种伪装成感性的理性。关于企业的运转和人类的未来，他有一套清晰的理念，即消灭语言的"抒情性"，就相当于取消了语言的"歧义"，语言作为一种不得已而为之的"替代方案"，阻碍了人类的交融与统一，一旦语言的"歧义"消失，通过意识的交流，人类将重新"一体化"，进而实现群体性的"永生"。

作为一部严肃文学与科幻文学的"跨界"之作，《国王与抒情诗》延续了前人的设想和现实的趋势。例如人类将意识接入网络的构想，在80年代威廉·吉布森的"神经漫游者"系列中已经出现；意识晶体、移动灵魂、人类意识数字化的概念在2011年上映的《黑镜》电视剧中有近似的呈现；通过阉割人类个性以实现大一统的理念也曾在世纪之交的"黑客帝国"三部曲、完结于2014年的《火影忍者》中风靡世界；"公司"对于"国家"的取代，在30年代赫胥黎的《美丽新世界》，以及80年代"神经漫游者"三部曲中已经有了雏形；又比如文中最重要的设想"国王"与他以"帝企鹅"为名的巨型企业，很难不让人联想到马化腾和"腾讯"公司（以企鹅形象为标志）……

但是《国王与抒情诗》在这种继承中还是体现出了一定的新变，例如对"公司"代替"国家"的描写。1932年的《美丽新

---

① 就像刘慈欣将人类在面对三体人时的行动写得极为具体，但整篇小说中却没有任何一个具体的三体人形象，因为这是目前人类认知范围内不存在之物，强行塑造只能降低神秘感。

世界》中，人类生活在"福特纪元"——生产汽车的那个跨国公司的名称，直接变成了全人类的年号。而社会的运行方式，也与福特公司创造的"流水线"模式高度一致，极端追求"效率"的公司制度作为一种可行的统治形式，加剧了人们对极权的恐惧。在"神经漫游者"三部曲中跨国公司对政府的取代，与当时崛起的日本经济威胁美国、跨国金融业逐渐取代制造业有关（作者威廉·吉布森是美国人），当然，更核心的问题在于从 70 年代末期开始，类似"神经漫游者"这样的"赛博朋克"小说中，日本文化就时常是作者们向往、焦虑的核心。

　　而在《国王与抒情诗》中，一切矛盾似乎都是"内部矛盾"，小说中的两个关键人物：诺贝尔文学奖得主宇文往户和"国王"看上去都是中国人。主人公名为"黎普雷"，这看上去是一个音译的欧美名字，但实际上主人公姓黎，名普雷——虽然不知是否向"异形"系列主角"雷普利"致敬，但这是地道的中文命名方式。小说并没有体现出对国别、民族问题上的焦虑，一切问题的焦点在于技术的发展，使资本与权力高度统一。

　　通过意识、信息方面的技术，"帝国文化"实现了对"人"的全面操控，这种操控甚至能够精确到客体写下的一字一句，甚至小说中宇文往户获得诺贝尔文学奖就是操控的结果。宇文往户真的写出了诺奖级别的文字，但这不再是他个人的才智和创造的结果，而是"帝国"公司通过掌握一切信息，再反过来渗透到宇文往户生活中遇到的每一个人、每一件事上，进而完完全全塑造了这个人。

　　这个极端的例子生动诠释了福柯有关知识与权力、有关话语的学说。过去反乌托邦文学里的暴力、镇压不见了，资本让技术运转起来，由此公司对个人的控制已经水到渠成、无须强制。

科技或文学，毁灭者还是救世主

　　这就是人类创造性天赋的精髓：不是文明的大厦，也不是什么可以用来毁灭文明的重击闪光武器，而是词语……词语和想法这对孪生婴儿，是人类能够、将要、或者应该为纠结不清的宇宙作出的唯一贡献……是的，我们通过数学的梦想编织出了真正的事物，但是宇宙本就是由算法连起来的。画一个圆，圆周率就蹦出来了。进入新的太阳系，第谷·布拉赫的公式就在时空的黑丝绒斗篷下等着呢。但是，宇宙把词语藏在哪里呢？

　　瞧，起初有了词语。人类宇宙慢慢编织，词语便被赋予了血肉。唯有诗人能扩张宇宙，发现通向新真理的捷径，就像霍金驱动器在爱因斯坦时空的屏障之下一穿而过。[1]

——丹·西蒙斯《海伯利安》

　　在开篇部分我复述的《国王与抒情诗》中的一段话，与丹·西蒙斯在《海伯利安》中的观点有着惊人的内在一致性。这种一致正体现了科幻文学内部的一种传承。科幻文学是一种文学类型，但科幻在很多时候也超越了类型的范畴，成为探讨现实问题或思想问题的一种方法。《海伯利安》和《国王与抒情诗》之间的共鸣，正为我们探索、摸清这种方法的情况与意义提供了线索。

　　西蒙斯借小说人物之口，指出在科学技术发展到匪夷所思的阶段时，反而文学和语言才是人类最值得称道的发明创造。技术改变人类自身的生存状态，这毋庸置疑，但论及人类对宇宙的贡

---

[1]　［美］丹·西蒙斯：《海伯利安》，潘振华、官善明、李懿译，吉林出版集团有限责任公司 2014 年版，第 216、217 页。

献时，语言——人类的语言具有唯一性。因为其他技术都是对既有物理、化学技术的运用，是一种"发现"，而只有词语才是真正的无中生有，是一种"发明"。

李宏伟从另一个角度强调语言和文学的重要性。如果说前所未有的科学技术，使人类的灵魂永生成为可能，抒情、语言代表的个体差异则成了唯一的障碍。在李宏伟架构的未来世界里，公司代替了国家，在科学技术面前政治、经济、军事也许"不值一提"，而能够和技术站在同一高度并阻止技术进一步改变人类的，只有文学和语言。

西蒙斯或李宏伟谈论的都不是构成了《海伯利安》和《国王与抒情诗》或其他少数故事的字词，而是语言本身。在他们的讨论中，语言就像一个不停翻转着的硬币：一面是无可奈何，人和人之间必须交换信息却找不到一个没有"延异"、比文字更好的媒介；另一面则是人之为人的根本，语言的存在见证着人的千差万别，差异性就是个性，是美好而不可或缺的。

"国王"希望消除语言，打通所有个性，让人类变成一个统一、永恒的存在。这让人想到《圣经》中上帝担心人们建成巴别塔，将自己的天庭刺穿，因此用语言将个体分开，让人永远也成不了上帝。但是《国王与抒情诗》并不是一个简单的，关于人如何推翻上帝统治的"革命"寓言。作者无疑看到了语言或文学对人的束缚，以及人类这种动物与生俱来的局限性。但作者也深深沉迷于这种"残缺"——抒情和人性正由此出现。而在故事的结尾，小说又卖了一个充满"歧义"的关子，如若人变成上帝，发现上帝其实拥有另一种"抒情"，那么人类之前的抱残守缺是否失去了意义？

> "等你执掌这个庞大帝国，明白它十多万员工的运

作，看到世上数十亿人如同漫天星宿，看似毫无规律，实则精密地绕着帝国的'主脑'旋转、汇聚、奔流，等你体会到我今天和你说的每一句话都是运思推演的结果，而不是妄念与狂想控制下的信口开河，你会明白，这是另一种抒情，与你的抒情实为人类之两翼。至于这两翼会合力飞向何方，我有我的确信，但我不后悔、不惧怕任何结果。这不是赌一把，这是帝国的抒情……"[①]

结局部分，"国王"向黎普雷揭示了有关帝国、意识控制、消灭语言、人类永生计划的一切，并邀请黎普雷成为第二代"国王"。在黎普雷决定接受还是拒绝这一邀约之前，故事结束了。

当读者翻到下一页时，会惊讶地发现原来刚刚结束的只是"第一部"，接下来还有"第二部"。第二部有70页的篇幅，但里面却没有完整的人物、故事，通篇都是意义不明、没有标点的短句或词语。极端者如第8章，全由吃、呦、咳、哼、喷等"口字旁"的字组成。我不想用"后现代主义""形式实验"之类的词将其一笔带过，身为读者，我想姑且对作者的意思进行猜测，这大概是作者在描述不同人的记忆，通过意识晶体汇合到同一个场域之后的情景，无数碎片化的情景、感受在同一个空间中以文字的形式激荡着，形成一幅极为混沌的画面。而那些"口字旁"的字，则在提示我们文字原本的多样性，3页密密麻麻的小字，其实仍未穷尽所有的"口字旁"汉字，而已经列出来的这些字里，至少已经有三分一已经相当"陌生"，"消灭语言"也许危言耸听，但我们正处在语言丰富性流失的过程之中。

在第二部后面，还有五篇极为短小的附录，写的是与意识共

---

① 李宏伟：《国王与抒情诗》，中信出版社2018年版，第255页。

同体等技术有关的一些生活细节。《国王与抒情诗》的结局是开放的，但从附录描写的未来世界看，"帝国"以及相关的技术基本在"国王"预言的轨道上发展着，这个世界没有变得更令人失望，但似乎也不一定更好。

结　语

评价《国王与抒情诗》这样的作品很难，它的故事层面与思想层面是"两重天"。从故事的角度看，它提供的技术设想在前人的作品里已现端倪，全书后三分之一颇为独立的高潮迭起，让前三分之二的铺垫显得有些漫长。与其他优秀的科幻小说相比，《国王与抒情诗》也许并不是最出彩的作品之一。从思想的层面看，这部作品背后的东西隐藏很深，深到甚至可以和故事本身分而治之，但这种思想确实有着无底洞般的可阐释性，尤其是在与科幻小说的历史、人类的历史联系在一起时，并且在阐释思想的过程中，作者其实并没有明确的立场，最后"国王"对于意识数据化的"抒情"阐释，说明作者基本是用"进化论"的眼光在看待故事里人类的发展。"存在"的即是"合理"的，未来看似"泯灭人性"的变化，其实用古老的"抒情"概念一样解释得通。

这部作品在讲故事和阐述思想间的游移，一如主人公黎普雷在"继承"与"拒绝"之间的犹疑，二元对立的背后，是资本与技术掌控的时代，与有着情感和灵魂的人的对立。不仅是作者，也许整个时代里也没有多少人能从中得出确切的答案。相比之下，更重要的应该是用文学的方式提出问题，以及解释问题的尝试。从这个角度看，小说完成了任务，借着《国王与抒情诗》，

　　　　　　　　　　　　　　　边界内外的凝视　|

我们可以期待中国当代的严肃文学和科幻文学有进一步的交融，期待这一类问题在更多作家的笔下呈现、深化。

发表于《文艺论坛》2020年第3期

图书在版编目（CIP）数据

边界内外的凝视——中国当代文学研究笔记/刘诗宇著.
-- 北京：作家出版社，2021.8

（21世纪文学之星丛书·2020年卷）

ISBN 978 - 7 - 5212 - 1474 - 1

Ⅰ.①边… Ⅱ.①刘… Ⅲ.①中国文学 - 当代文学 -
文学研究 Ⅳ.①I206.7

中国版本图书馆CIP数据核字（2021）第 128788 号

边界内外的凝视——中国当代文学研究笔记

作　　者：刘诗宇
责任编辑：史佳丽　李亚梓
特约编辑：赵　蓉
装帧设计：守义盛创·段领君
出版发行：作家出版社有限公司
社　　址：北京农展馆南里10号　　邮　　编：100125
电话传真：86 - 10 - 65067186（发行中心及邮购部）
　　　　　86 - 10 - 65004079（总编室）
E - mail: zuojia@zuojia. net. cn
http: // www. zuojiachubanshe. com
印　　刷：唐山玺诚印务有限公司
成品尺寸：142 × 210
字　　数：203 千
印　　张：8.5
版　　次：2021 年 9 月第 1 版
印　　次：2021 年 9 月第 1 次印刷
ISBN 978 - 7 - 5212 - 1474 - 1
定　　价：45.00 元